KB111804

이효석 단편소설 12선

# 메밀꽃 필 무렵

이효석 단편소설 12선
# 메밀꽃 필 무렵

| | |
|---|---|
| 초판 1쇄 인쇄 | 2014년 08월 08일 |
| 초판 1쇄 발행 | 2014년 08월 15일 |
| 지은이 | 이 효 석 |
| 엮은이 | 편 집 부 |
| 펴낸이 | 손 형 국 |

| | | | |
|---|---|---|---|
| 편집인 | 선 일 영 | 편 집 | 이소현 이윤채 김아름 이탄석 |
| 디자인 | 이현수 신혜림 김루리 | 제 작 | 박기성 황동현 구성우 |
| 마케팅 | 김회란 이희정 | | |
| 펴낸곳 | 에세이퍼블리싱 | | |
| 출판등록 | 2004. 12. 1(제2011-77호) | | |
| 주소 | 153-786 서울시 금천구 가산디지털 1로 168, | | |
| | 우림라이온스밸리 B동 B113, 114호 | | |
| 홈페이지 | www.book.co.kr | | |
| 전화번호 | (02)2026-5777 | 팩스 | (02)2026-5747 |

ISBN  979-11-85742-21-2 04810    978-89-6023-773-5 04810(SET)

에세이퍼블리싱은 ㈜북랩의 문학 전문 브랜드입니다.

이 도서의 국립중앙도서관 출판예정도서목록(CIP)은 서지정보유통지원시스템 홈페이지(http://seoji.nl.go.kr)
와 국가자료공동목록시스템(http://www.nl.go.kr/kolisnet)에서 이용하실 수 있습니다.
( CIP제어번호: 2014023388 )

이효석 단편소설 12선

# 메밀꽃 필 무렵

편집부 엮음

일제강점기 한국현대문학 시리즈

20

ESSAY

## 일러두기

※ 〈일제강점기 한국현대문학 시리즈〉로 출간하는 한국 근현대 작품집은 공유
저작물로 그 작품을 집필하신 저자의 숭고한 의지를 받들어 최대한 원전을
유지하였다.

※ 오기가 확실하거나 현대의 맞춤법에 의거하여 원전의 내용 이해에 문제가 없
을 정도의 선에서만 교정하였다.

※ 이 책은 현대의 표기법에 맞춰서 읽기 편하게 띄어쓰기를 하였다.

※ 이 책은 원문을 대부분 살려서 옛글의 맛과 작가의 개성을 느끼도록 글투의
영향이 없는 단어는 현대식 표기법을 따랐다.

※ 한자가 많이 들어간 글의 경우는 의미 전달이 어려운 경우에 한해서 한글 뒤
에 한자를 병기하여 그 뜻을 정확히 했다.

※ 이 책은 낙장이나 원전이 글씨가 잘 안 보여서 엮은이가 찾아 볼 수 없는 경
우에는 굳이 추정하여 쓰지 않고 원전의 내용을 그대로 살렸다.

※ 중학생 수준의 독자가 이해하기 어려운 단어, 어휘에 대해서는 본문 밑에 일
일이 각주를 달아 가독성을 높였다.

# 들어가는 글

혹자는 이효석의 작품이 현실도피와 성적 욕구로 가득 차 있다 하고, 또 혹자는 그의 작품이 일제 치하라는 비참한 조국의 현실을 담아내지 않았다고 한다. 허나 반박을 하자면 만약 그의 작품세계가 온통 냉혹한 조국을 잃은 현실로 점철된 채 일관되었다면 '메밀꽃 필 무렵'과 같은 한국 문학사에 길이 남을 동화 같은 작품이 탄생할 수 있었을까? 모든 이에겐 각자의 강점이 있고 이효석이란 작가의 강점은 그가 태어난 강원도 평창에서 보고 들은 수많은 한국적인 생생한 기억들이었다. 그가 작품 속에 담아낸 온갖 생생한 장면들만으로도 그는 애국자이며 시대를 대표하는 작가이다. 이 책에는 '메밀꽃 필 무렵' 외에도 때론 향토적이고, 때론 도회적이며, 또 때론 고뇌적인 이효석의 개성 강한 작품세계를 경험하고 느낄 수 있는 총 12편의 단편소설을 수록하였다.

2014년 여름
편집부

**차 례**

들어가는 글 / 5

메밀꽃 필 무렵 / 7

들 / 19

돈豚 / 39

분녀 / 46

깨뜨려지는 홍등 / 79

장미 병들다 / 102

수탉 / 125

도시와 유령 / 131

마작 철학 / 149

프렐류드 / 182

약령기 / 210

계절 / 237


작가 연보 / 259

# ⚘ 메밀꽃 필 무렵

여름 장이란 애시당초에 글러서, 해는 아직 중천에 있건만 장판은 벌써 쓸쓸하고 더운 햇발이 벌여놓은 전 휘장 밑으로 등줄기를 훅훅 볶는다. 마을 사람들은 거의 돌아간 뒤요, 팔리지 못한 나무꾼패가 길거리에 궁깃거리고들 있으나, 석유병이나 받고 고깃마리나 사면 족할 이 축들을 바라고 언제까지든지 버티고 있을 법은 없다. 칩칩스럽게 날아드는 파리 떼도 장난꾼 각다귀들도 귀찮다. 얽음뱅이요, 왼손잡이인 드팀전[1]의 허 생원은 기어이 동업의 조 선달을 나꾸어 보았다.

"그만 거둘까?"

"잘 생각했네. 봉평장에서 한 번이나 흐뭇하게 사 본 일이 있었을까? 내일 대화장에서나 한몫 벌어야겠네."

"오늘 밤은 밤을 새서 걸어야 될걸."

"달이 뜨렸다."

절렁절렁 소리를 내며 조 선달이 그날 산 돈을 따지는 것을 보고 허 생원은 말뚝에서 넓은 휘장을 걷고 벌여놓았던 물건을 거두기 시작하였다. 무명필과 주단 바리가 두 고리짝[2]에 꼭 찼다. 멍석 위에는 천 조각이 어수선하게 남았다.

---

1) 드팀전: 각종 옷감을 팔던 가게.
2) 고리짝: 고리나 대오리로 엮어 상자같이 만든 물건.

다른 축들도 벌써 거의 전들을 걷고 있었다. 약빠르게 떠나는 패도 있었다. 어물 장수도, 땜장이도, 엿장수도, 생강 장수도, 꼴들이 보이지 않았다. 내일은 진부와 대화에 장이 선다. 축들은 그 어느 쪽으로든지 밤을 새며 육칠십 리 밤길을 타박거리지 않으면 안 된다. 장판은 잔치 뒷마당같이 어수선하게 벌어지고, 술집에서는 싸움이 터져 있었다. 주정꾼 욕지거리에 섞여 계집의 앙칼진 목소리가 찢어졌다. 장날 저녁은 정해 놓고 계집의 고함 소리로 시작되는 것이다.

"생원, 시침을 떼두 다 아네⋯⋯. 충줏집 말야."

계집 목소리로 문득 생각난 듯이 조 선달은 비죽이 웃는다.

"화중지병畵中之餅[3]이지. 연소패들을 적수로 하구야 대거리가 돼야 말이지."

"그렇지두 않을걸. 축들이 사족을 못 쓰는 것두 사실은 사실이나, 아무리 그렇다군 해두 왜 그 동이 말일세, 감쪽같이 충줏집을 후린 눈치거든."

"무어, 그 애숭이가? 물건 가지구 낚았나 부지. 착실한 녀석인 줄 알았더니."

"그 길만은 알 수 있나⋯⋯. 궁리 말구 가보세나 그려. 내 한턱 씀세."

그다지 마음이 당기지 않는 것을 쫓아갔다. 허 생원은 계집과는 연분이 멀었다. 얽음뱅이 상판을 쳐들고 대어 설 숫기도 없었으나, 계집 편에서 정을 보낸 적도 없었고, 쓸쓸하고 뒤틀린 반생이었다. 충줏집을 생각만 하여도 철없이 얼굴이 붉어지고 발밑이 떨리고 그 자리에 소스라쳐 버린다.

충줏집 문을 들어서 술좌석에서 짜장[4] 동이를 만났을 때에는 어찌 된

---

3) 화중지병(畵中之餅): 그림 속의 떡이라는 뜻.

서슬엔지 발끈 화가 나버렸다. 상 위에 붉은 얼굴을 쳐들고 제법 계집과 농탕치는 것을 보고서야 견딜 수 없었던 것이다. 녀석이 제법 난질꾼인데 꼴사납다. 머리에 피도 안 마른 녀석이 낮부터 술 처먹고 계집과 농탕이야. 장돌뱅이 망신만 시키고 돌아다니누나. 그 꼴에 우리들과 한몫 보자는 셈이지. 동이 앞에 막아서면서부터 책망이었다. '걱정두 팔자요.' 하는 듯이 빤히 쳐다보는 상기된 눈망울에 부딪힐 때, 얼결 김에 따귀를 하나 갈겨 주지 않고는 배길 수 없었다. 동이도 화를 쓰고 팩하고 일어서기는 하였으나, 허 생원은 조금도 동색하는 법 없이 마음먹은 대로는 다 지껄였다.

"어디서 주워먹은 선머슴인지는 모르겠으나 네게도 아비 어미 있겠지? 그 사나운 꼴 보면 맘 좋겠다. 장사란 탐탁하게 해야 되지, 계집이 다 무어야. 나가거라, 냉큼 꼴 치워."

그러나 한 마디도 대거리하지 않고 하염없이 나가는 꼴을 보려니, 도리어 측은히 여겨졌다. 아직두 서름서름한 사인데 너무 과하지 않았을까 하고 마음이 섬짓해졌다.

"주제도 넘지, 같은 술손님이면서도 아무리 젊다고 자식 낳게 된 것을 붙들고 치고 닦아셀 것은 무어야 원."

충줏집은 입술을 쭝긋하고 술 붓는 솜씨도 거칠었으나, 젊은 애들한테는 그것이 약이 된다고 하고 그 자리는 조 선달이 얼버무려 넘겼다.

"너 녀석한테 반했지? 애숭이를 빨면 죄 된다."

한참 법석을 친 후이다. 담도 생긴 데다가 웬일인지 흠뻑 취해보고 싶은 생각도 있어서 허 생원은 주는 술잔이면 거의 다 들이켰다. 거나해짐을 따라 계집 생각보다도 동이의 뒷일이 한결같이 궁금해졌다. '내 꼴에

---

4) 짜장: 과연 정말로 라는 뜻의 방언.

계집을 가로채서는 어떡헐 작정이었누.' 하고 어리석은 꼬락서니를 모질게 책망하는 마음도 한편에 있었다. 그렇기 때문에 얼마나 지난 뒤인지 동이가 헐레벌떡거리며 황급히 부르러 왔을 때에는, 마시던 잔을 그 자리에 던지고 정신없이 허덕이며 충줏집을 뛰어나간 것이었다.

"생원 당나귀가 바를 끊구 야단이에요."

"각다귀들 장난이지 필연코."

짐승도 짐승이려니와 동이의 마음씨가 가슴을 울렸다. 뒤를 따라 장판을 달음질하려니 거슴츠레한 눈이 뜨거워질 것 같다.

"부락스런 녀석들이라 어쩌는 수 있어야죠."

"나귀를 몹시 구는 녀석들은 그냥 두지는 않을걸."

반평생을 같이 지내온 짐승이었다. 같은 주막에서 잠자고 같은 달빛에 젖으면서 장에서 장으로 걸어 다니는 동안에 이십 년의 세월이 사람과 짐승을 함께 늙게 하였다. 까스러진 목뒤털은 주인의 머리털과도 같이 바스러지고, 개진개진5) 젖은 눈은 주인의 눈과 같이 눈곱을 흘렸다. 몽당비처럼 짧게 슬리운 꼬리는 파리를 쫓으려고 기껏 휘저어 보아야 벌써 다리까지는 닿지 않았다. 닳아 없어진 굽을 몇 번이나 도려내고 새 철을 신겼는지 모른다. 굽은 벌써 더 자라나기는 틀렸고 닳아버린 철 사이로는 피가 빼짓이 흘렀다. 냄새만 맡고도 주인을 분간하였다. 호소하는 목소리로 야단스럽게 울며 반겨한다.

어린아이를 달래듯이 목덜미를 어루만져 주니 나귀는 코를 벌름거리고 입을 투르르거렸다. 콧물이 튀었다. 허 생원은 짐승 때문에 속도 무던히는 썩였다. 아이들의 장난이 심한 눈치여서 땀 밴 몸뚱어리가 부들부들 떨리고 좀체 흥분이 식지 않는 모양이었다. 굴레가 벗어지고 안장

---

5) 개진개진: 눈에 끈끈한 물기가 있는 모양.

도 떨어졌다. 요 몹쓸 자식들, 하고 허 생원은 호령을 하였으나 패들은 벌써 줄행랑을 논 뒤요, 몇 남지 않은 아이들이 호령에 놀래 비슬비슬 멀어졌다.

"우리들 장난이 아니우. 암놈을 보고 저 혼자 발광이지."

코흘리개 한 녀석이 멀리서 소리를 쳤다.

"고 녀석 말투가……."

"김 첨지 당나귀가 가버리니까 온통 흙을 차고 거품을 흘리면서 미친 소같이 날뛰는걸, 꼴이 우스워 우리는 보고만 있었다우. 배를 좀 보지."

아이는 앙돌아진 투로 소리를 치며 깔깔 웃었다. 허 생원은 모르는 결에 낯이 뜨거워졌다. 뭇 시선을 막으려고 그는 짐승의 배 앞을 가리워 서지 않으면 안 되었다.

"늙은 주제에 암샘을 내는 셈야. 저놈의 짐승이."

아이의 웃음소리에 허 생원은 주춤하면서 기어이 견딜 수 없어 채찍을 들더니 아이를 쫓았다.

"쫓으려거든 쫓아 보지. 왼손잡이가 사람을 때려."

줄달음에 달아나는 각다귀에는 당하는 재주가 없었다. 왼손잡이는 아이 하나도 후릴 수 없다. 그만 채찍을 던졌다. 술기도 돌아 몸이 유난스럽게 화끈거렸다.

"그만 떠나세. 녀석들과 어울리다가는 한이 없어. 장판의 각다귀들이란 어른보다도 더 무서운 것들인걸."

조 선달과 동이는 각각 제 나귀에 안장을 얹고 짐을 싣기 시작하였다. 해가 꽤 많이 기울어진 모양이었다.

드팀전 장돌이를 시작한 지 이십 년이나 되어도 허 생원이 봉평장을 빼논 적은 드물었다. 충주·제천 등의 이웃 군에도 가고, 멀리 영남 지방도 헤매기는 하였으나 강릉쯤에 물건 하러 가는 외에는 처음부터 끝까지 군내를 돌아다녔다. 닷새만큼씩의 장날에는 달보다도 확실하게 면에서 면으로 건너간다. 고향이 청주라고 자랑삼아 말하였으나, 고향에 돌보러 간 일도 있는 것 같지는 않았다. 장에서 장으로 가는 길의 아름다운 강산이 그대로 그에게는 그리운 고향이었다. 반날 동안이나 뚜벅뚜벅 걷고 장터 있는 마을에 거의 가까웠을 때 거친 나귀가 한바탕 우렁차게 울면, 더구나 그것이 저녁녘이어서 등불들이 어둠 속에 깜박거릴 무렵이면, 늘 당하는 것이건만 허 생원은 변치 않고 언제든지 가슴이 뛰놀았다.

젊은 시절에는 알뜰하게 벌어 돈푼이나 모아본 적도 있기는 있었으나, 읍내에 백중이 열린 해 호탕스럽게 놀고 투전을 하고 하여 사흘 동안에 다 털어버렸다. 나귀까지 팔게 된 판이었으나 애끓는 정분에 그것만은 이를 물고 단념하였다. 결국 도로아미타불로 장돌이를 다시 시작할 수밖에 없었다. 짐승을 데리고 읍내를 도망해 나왔을 때에는 너를 팔지 않기 다행이었다고 길가에서 울면서 짐승의 등을 어루만졌던 것이었다. 빚을 지기 시작하니 재산을 모을 염은 당초에 틀리고 간신히 입에 풀칠을 하러 장에서 장으로 돌아다니게 되었다.

호탕스럽게 놀았다고는 하여도 계집 하나 후려보지는 못하였다. 계집이란 쌀쌀하고 매정한 것이었다. 평생 인연이 없는 것이라고 신세가 서글퍼졌다. 일신에 가까운 것이라고는 언제나 변함없는 한 필의 당나귀였다.

그렇다고는 하여도 꼭 한 번의 첫 일을 잊을 수는 없었다. 뒤에도 처음에도 없는 단 한 번의 괴이한 인연! 봉평에 다니기 시작한 젊은 시절의 일이었으나 그것을 생각할 적만은 그도 산 보람을 느꼈다.

"달밤이었으나 어떻게 해서 그렇게 됐는지 지금 생각해두 도무지 알수 없어."

허 생원은 오늘 밤도 또 그 이야기를 끄집어내려는 것이다. 조 선달은 친구가 된 이래 귀에 못이 박히도록 들어 왔다. 그렇다고 싫증을 낼 수도 없었으나, 허 생원은 시치미를 떼고 되풀이할 대로는 되풀이하고야 말았다.

"달밤에는 그런 이야기가 격에 맞거든."

조 선달 편을 바라는 보았으나 물론 미안해서가 아니라 달빛에 감동하여서였다. 이지러는 졌으나 보름을 갓 지난 달은 부드러운 빛을 흐뭇이 흘리고 있다. 대화까지는 팔십 리의 밤길, 고개를 둘이나 넘고 개울을 하나 건너고 벌판과 산길을 걸어야 된다. 길은 지금 긴 산허리에 걸려 있다. 밤중을 지난 무렵인지 죽은 듯이 고요한 속에서 짐승 같은 달의 숨소리가 손에 잡힐 듯이 들리며, 콩포기와 옥수수 잎새가 한층 달에 푸르게 젖었다. 산허리는 온통 메밀밭이어서 피기 시작한 꽃이 소금을 뿌린 듯이 흐뭇한 달빛에 숨이 막힐 지경이다. 붉은 대궁이 향기같이 애잔하고 나귀들의 걸음도 시원하다. 길이 좁은 까닭에 세 사람은 나귀를 타고 외줄로 늘어섰다. 방울 소리가 시원스럽게 딸랑딸랑 메밀밭께로 흘러간다. 앞장선 허 생원의 이야기 소리는 꽁무니에 선 동이에게는 확적히는 안 들렸으나, 그는 그대로 개운한 제멋에 적적하지는 않았다.

"장 선 꼭 이런 날 밤이었네. 객줏집 토방이란 무더워서 잠이 들어야지. 밤중은 돼서 혼자 일어나 개울가에 목욕하러 나갔지. 봉평은 지금이나 그제나 마찬가지지. 보이는 곳마다 메밀밭이어서 개울가가 어디 없이 하얀 꽃이야. 돌밭에 벗어도 좋을 것을, 달이 너무나 밝은 까닭에 옷을 벗으러 물방앗간으로 들어가지 않았나. 이상한 일도 많지. 거기서 난데없는 성 서방네 처녀와 마주쳤단 말이네. 봉평서야 제일가는 일색이었지……."

"팔자에 있었나 부지."

"아무렴."

하고 응답하면서 말머리를 아끼는 듯이 한참이나 담배를 빨 뿐이었다. 구수한 자줏빛 연기가 밤기운 속에 흘러서는 녹았다.

"날 기다린 것은 아니었으나 그렇다고 달리 기다리는 놈팽이가 있는 것두 아니었네. 처녀는 울고 있단 말야. 짐작은 대고 있으나 성 서방네는 한창 어려워서 들고날 판인 때였지. 한집안 일이니 딸에겐들 걱정이 없을 리 있겠나? 좋은 데만 있으면 시집도 보내련만 시집은 죽어도 싫다지……. 그러나 처녀란 울 때같이 정을 끄는 때가 있을까! 처음에는 놀라기도 한 눈치였으나 걱정 있을 때는 누그러지기도 쉬운 듯해서 이럭저럭 이야기가 되었네……. 생각하면 무섭고도 기막힌 밤이었어."

"제천인지로 줄행랑을 놓은 건 그 다음 날이렷지."

"다음 장도막에는 벌써 온 집안이 사라진 뒤였네. 장판은 소문에 발끈 뒤집혀 오죽해야 술집에 팔려가기가 상수라고 처녀의 뒷공론이 자자들 하단 말이야. 제천 장판을 몇 번이나 뒤졌겠나? 허나 처녀의 꼴은 꿩궈 먹은 자리야. 첫날밤이 마지막 밤이었지. 그때부터 봉평이 마음에 든 것이 반평생을 두고 다니게 되었네. 반평생인들 잊을 수 있겠나."

"수 좋았지. 그렇게 신통한 일이란 쉽지 않어. 항용恒用[6] 못난것 얻어 새끼 낳고 걱정 늘고, 생각만 해두 진저리가 나지……. 그러나 늘그막바지까지 장돌뱅이로 지내기도 힘드는 노릇 아닌가? 난 가을까지만 하구 이 생계와두 하직하려네. 대화쯤에 조그만 전방이나 하나 벌이구 식구들을 부르겠어. 사시장천 뚜벅뚜벅 걷기란 여간이래야지."

"옛 처녀나 만나면 같이나 살까……. 난 거꾸러질 때까지 이 길 걷고 저 달 볼 테야."

산길을 벗어나니 큰길로 틔어졌다. 꽁무니의 동이도 앞으로 나서 나귀

---

6) 항용(恒用): 흔히 늘.

들은 가로 늘어섰다.

"총각두 젊겠다, 지금이 한창시절이렷다. 충줏집에서는 그만 실수를 해서 그 꼴이 되었으나 섧게 생각 말게."

"처, 천만에요. 되려 부끄러워요. 계집이란 지금 웬 제격인가요. 자나 깨나 어머니 생각뿐인데요."

허 생원의 이야기로 실심해한[7] 끝이라 동이의 어조는 한풀 수그러진 것이었다.

"아비 어미란 말에 가슴이 터지는 것도 같았으나 제겐 아버지가 없어요. 피붙이라고는 어머니 하나뿐인걸요."

"돌아가셨나?"

"당초부터 없어요."

"그런 법이 세상에……."

생원과 선달이 야단스럽게 껄껄들 웃으니 동이는 정색하고 우길 수밖에는 없었다.

"부끄러워서 말하지 않으려 했으나 정말예요. 제천 촌에서 달도 차지 않은 아이를 낳고 어머니는 집을 쫓겨났죠. 우스운 이야기나, 그러기 때문에 지금까지 아버지 얼굴도 본 적 없고 있는 고장도 모르고 지내 와요."

고개가 앞에 놓인 까닭에 세 사람은 나귀를 내렸다. 둔덕은 험하고 입을 벌리기도 대근하여 이야기는 한동안 끊겼다. 나귀는 건듯하면 미끄러졌다. 허 생원은 숨이 차 몇 번이고 다리를 쉬지 않으면 안 되었다. 고개를 넘을 때마다 나이가 알렸다. 동이 같은 젊은 축이 끝이 없이 부러웠다. 땀이 등을 한바탕 쭉 씻어 내렸다.

---

7) 실심하다: 근심걱정으로 맥이 빠지고 마음이 산란하여지다.

고개 너머는 바로 개울이었다. 장마에 흘겨버린 널다리가 아직도 걸리지 않은 채로 있는 까닭에 벗고 건너야 되었다. 고의를 벗어 띠로 등에 얽어매고 반 벌거숭이의 우스꽝스런 꼴로 물속에 뛰어들었다. 금방 땀을 흘린 뒤였으나 밤 물은 뼈를 찔렀다.

"그래, 대체 기르긴 누가 기르구?"

"어머니는 하는 수 없이 의부를 얻어가서 술장사를 시작했죠. 술이 고주래서 의부라고 전망나니[8]예요. 철 들어서부터 맞기 시작한 것이 하룬들 편한 날 있었을까? 어머니는 말리다가 채이고 맞고 칼부림을 당하고 하니 집 꼴이 무어겠소. 열여덟 살 때 집을 뛰쳐나서부터 이짓이죠."

"총각 낫세론 동이 무던하다고[9] 생각했더니 듣고 보니 딱한 신세로군."

물은 깊어 허리까지 찼다. 속 물살도 어지간히 센 데다가 발에 채이는 돌멩이도 미끄러워 금시에 훌칠 듯 하였다. 나귀와 조 선달은 재빨리 거의 건넜으나 동이는 허 생원을 붙드느라고 두 사람은 훨씬 떨어졌다.

"모친의 친정은 원래부터 제천이었던가?"

"웬걸요. 시원스리 말은 안 해주나 봉평이라는 것만은 들었죠."

"봉평? 그래 그 아비 성은 무엇이구?"

"알 수 있나요. 도무지 듣지를 못했으니까."

"그, 그렇겠지."

하고 중얼거리며 흐려지는 눈을 까물까물하다가 허 생원은 경망하게도 발을 빗디뎠다. 앞으로 꼬꾸라지기가 바쁘게 몸째 풍덩 빠져버렸다. 허위적거릴수록 몸을 걷잡을 수 없어 동이가 소리를 치며 가까이 왔을 때

---

8) 전망나니(錢---): 돈이라면 사족을 못 쓰는 못된 사람.
9) 무던하다: 성질이 너그럽고 수더분하다.

에는 벌써 퍽이나 흘렀었다. 옷째 쫄딱 젖으니 물에 젖은 개보다도 참혹한 꼴이었다. 동이는 물속에서 어른을 해깝게 업을 수 있었다. 젖었다고는 하여도 여윈 몸이라 장정 등에는 오히려 가벼웠다.

"이렇게까지 해서 안됐네. 내 오늘은 정신이 빠진 모양이야."

"염려하실 것 없어요."

"그래, 모친은 아비를 찾지는 않는 눈치지?"

"늘 한번 만나고 싶다고는 하는데요."

"지금 어디 계신가?"

"의부와도 갈라져서 제천에 있죠. 가을에는 봉평에 모셔오려고 생각 중인데요. 이를 물고 벌면 이럭저럭 살아갈 수 있겠죠."

"아무렴, 기특한 생각이야. 가을이랬다?"

동이의 탐탁한 등어리가 뼈에 사무쳐 따뜻하다. 물을 다 건넜을 때에는 도리어 서글픈 생각에 좀 더 업혔으면도 하였다.

"진종일 실수만 하니 웬일이요? 생원."

조 선달은 바라보며 기어코 웃음이 터졌다.

"나귀야, 나귀 생각하다 실족을 했어. 말 안 했던가? 저 꼴에 제법 새끼를 얻었단 말이지. 읍내 강릉집 피마10)에게 말일세. 귀를 쫑긋 세우고 달랑달랑 뛰는 것이 나귀 새끼같이 귀여운 것이 있을까? 그것 보러 나는 일부러 읍내를 도는 때가 있다네."

"사람을 물에 빠치울 젠 딴은 대단한 나귀 새끼군!"

허 생원은 젖은 옷을 웬만큼 짜서 입었다. 이가 덜덜 갈리고 가슴이 떨리며 몹시도 추웠으나 마음은 알 수 없이 둥실둥실 가벼웠다.

"주막까지 부지런히들 가세나. 뜰에 불을 피우고 훗훗이 쉬어. 나귀에

---

10) 피마: 다 자란 암말.

겐 더운 물을 끓여주고, 내일 대화장 보고는 제천이다."

"생원도 제천으로……?"

"오래간만에 가보고 싶어. 동행하려나, 동이?"

나귀가 걷기 시작하였을 때, 동이의 채찍은 왼손에 있었다. 오랫동안 아둑신이같이 눈이 어둡던 허 생원도 요번만은 동이의 왼손잡이가 눈에 띄지 않을 수 없었다.

걸음도 해깝고 방울 소리가 밤 벌판에 한층 청청하게 울렸다.

달이 어지간히 기울어졌다.

『조광』, 1936

# ❤ 들

## 1

꽃다지, 길경이, 나생이, 딸장이, 민들레, 솔구장이, 쇠민장이, 길오장이, 달래, 무릇, 시금초, 쑴바구, 돌나물, 비름, 능쟁이.

들은 온통 초록 전에 덮여 벌써 한 조각의 흙빛도 찾아볼 수 없다. 초록의 바다.

초록은 흙빛보다 찬란하고 눈빛보다 복잡하다. 눈이 보얗게 깔렸을 때에는 흰빛과 능금나무의 자줏빛과 그림자의 옥색빛밖에는 없어 단순하기 옷 벗은 여인의 나체와 같은 것이…… 봄은 옷 입고 치장한 여인이다.

흙빛에서 초록으로.

이 기막힌 신비에 다시 한 번 놀라 볼 필요가 없을까. 땅은 어디서 어느 때 그렇게 많은 물감을 먹었기에 봄이 되면 한꺼번에 그것을 이렇게 지천으로 뱉어 놓을까. 바닷물을 고래같이 들이켰던가. 하늘의 푸른 정기를 모르는 결에 함빡 마셔 두었던가. 그것을 빗물에 풀어 시절이 되면 땅 위로 솟쳐 보내는 것일까.

그러나 한 포기의 풀을 뽑아 볼 때 잎새만이 푸를 뿐이지 뿌리와 흙에는 아무 물들인 자취도 없음은 웬일일까. 시험관 속 붉은 물에 약품을 넣으면 그것이 금시에 새파랗게 변하는 비밀, 그것과도 흡사하다. 이 우주의 비밀의 약품, 그것은 결국 알 바 없을까. 한 톨의 보리알이 열 낱으로 나는 이치는 가르치는 이 있어도 그 보리알에서 푸른 잎이 돋는 조화의 동기는 옳게 말하는 이 없는 듯하다. 사람의 지혜란 결국 신비의 테두리를 뱅뱅 돌 뿐이요, 조화의 속의 속은 언제까지나 열리지 않는 판도라의 상자일 듯싶다. 초록 풀에 덮인 땅 속의 뜻은 초록 옷을 입은 여자의 마음과도 같이 엿볼 수 없는 저 건너 세상이다.

얀들얀들 나부끼는 초목의 양자는 부드럽게 솟는 음악. 줄기는 굵고 잎은 연한 멜로디의 마디마디이다. 부피 있는 대궁은 나팔 소리요, 가는 가지는 거문고의 음률이라고도 할까. 알레그로가 지나고 안단테에 들어갔을 때의 감동, 그것이 봄의 걸음이다. 풀 위에 누워 있으면 은근한 음악의 율동에 끌려 마음이 너볏너볏 나부낀다.

꽃다지, 질경이, 민들레……

가지가지 풋나물을 뜯어 먹으면 몸이 초록으로 물들 것 같다. 물들어야 될 것 같다. 물들어야 옳을 것 같다. 물들지 않음이 거짓말이다. 물들지 않으면 안 될 것 같다.

새가 지저귄다. 꾀꼬리일까.

지평선이 아롱거린다.

들은 내 세상이다.


2


언제까지든지 푸른 하늘을 우러러보고 있으면 나중에는 현기증이 나며 눈이 둘러빠질1) 듯싶다. 두 눈을 뽑아서 푸른 물에 채웠다가 라무네 병 속의 구슬같이 차진 놈을 다시 살 속에 박아 넣은 것과도 같이 눈망울이 차고 어리어리하고 푸른 듯하다. 살과는 동떨어진 유리알이다. 그렇게도 하늘은 맑고 멀다. 눈이 아픈 것은 그 하늘을 발칙하게도 오랫동안 우러러본 벌인 듯싶다. 확실히 마음이 죄송스럽다. 반나절 동안 두려움 없이 하늘을 똑바로 쳐다볼 수 있는 사람이란 세상에서도 가장 착한 사람이거나 그렇지 않으면 가장 용기 있는 악한이어야 할 것이다. 그렇게도 푸른 하늘은 거룩하다.

눈을 돌리면 눈물이 푹 쏟아진다. 벌판이 새파랗게 물들어 눈앞에 아물아물한다. 이런 때에는 웬일인지 구름 한 점도 없다. 곁에는 한 묶음의 꽃이 있다. 오랑캐꽃, 고들뱅이, 노고초, 새고사리, 가처무릇, 대계, 맛탈, 차치광이. 나는 그것을 섞어 틀어 꽃다발을 겯기 시작한다. 각색 꽃판과 꽃술이 무릎 위에 지천으로 떨어진다. 그것은 헤어지는 석류알보다도 많다.

나는 들이 언제부터 이렇게 좋아졌는지를 모른다. 지금에는 한 그릇의 밥, 한 권의 책과 똑같은 지위를 마음속에 차지하게 되었다. 책에서 읽은 이론도 아니요, 얻어들은 이치도 아니요, 몇 해 동안 하는 일 없이 들과 벗하고 지내는 동안에 이유 없이 그것은 살림 속에 푹 젖었던 것이다. 어릴 때에 동무들과 벌판을 헤매며 찔레를 꺾으러 가시덤불 속에 들어가고 소똥버섯을 따다 화로 속에 굽고, 메를 캐러 밭이랑을 들치며 골로 말을 만들어 끌고 다니노라고 집에서보다도 들에서 더 많이 날을 지우던 그때가 다시 부활하여 돌아온 셈이다. 사람은 들과 떼려야 뗄 수 없는 인연에 있는 것 같다.

자연과 벗하게 됨은 생활에서의 퇴각을 의미하는 것일까. 식물적 애정은 반드시 동물적 열정이 진한 곳에 오는 것일까. 학교를 쫓기어 서울을

---

1) 둘러빠지다: 주위가 빙 둘러서 움쑥 꺼지다.

물러오게 된 까닭으로 자연을 사랑하게 된 것일까. 그러나 동무들과 골방에서 만나고 눈을 기여 거리를 돌아치다 붙들리고 뛰다 잡히고 쫓기고 하였을 때의 열정이나 지금에 들을 사랑하는 열정이나 일반이다. 지금의 이 기쁨은 그때의 그 기쁨과도 흡사한 것이다. 신념에 목숨을 바치는 영웅이라고 인간 이상이 아닐 것과 같이 들을 사랑하는 졸부라고 인간 이하는 아닐 것이다. 아직도 굳은 신념을 가지면서 지난날에 보던 책들을 들척거리다가도 문득 정신을 놓고 의미 없이 하늘을 우러러 보는 때가 많다.

"학보, 이제는 고향이 마음에 붙는 모양이지."

마을 사람들은 조롱도 아니요, 치사도 아닌 이런 말을 던지게 되었고, 동구 밖에서 만나는 이웃집 머슴은 인사 대신에 흔히,

"해동지 늪에 붕어 떼 많던가."

고기사냥 갈 궁리를 하거나 그렇지 않으면,

"십리정 보리 고개 숙었던가."

하고 곡식의 소식을 묻게 되었다.

마을 사람들보다도 내가 더 들과 친하고 곡식의 소식을 잘 알게 된 중거이다.

나는 책을 외듯이 벌판의 구석구석을 샅샅이 외고 있다.

마음속에는 들의 지도가 세밀히 박혀 있고 사철의 변화가 표같이 적혀 있다. 나는 들사람이요, 들은 내 것과도 같다.

어느 논두덩의 청대콩이 가장 진미이며 어느 이랑의 감자가 제일 굵다는 것을 알 수 있다. 새발고사리가 많이 피어 있는 진펄과 종달새 뜨는 보리밭을 짐작할 수 있다. 남대천 어느 모퉁이를 돌 때 가장 고기가 흔하다는 것도 알게 되었다. 개리, 쇠리, 불거지가 덕실덕실 끓는 여울과 미여기[2], 뚜구뱅이가 잠겨 있는 웅덩이와 쏘가리 껍지가 누워 있는 바위

밑과 매재와 고들매기³⁾를 잡으려면 철교께서도 몇 마장을 더 올라가야 한다는 것과 쇠치네⁴⁾와 기름종개를 뜨려면 얼마나 벌판을 나가야 될 것을 안다. 물 건너 귀룽나무 수풀과 방치골 으름덩굴 있는 곳을 아는 것은 아마도 나뿐일 듯싶다.

학교를 퇴학 맞고 처음으로 도회를 쫓겨 내려왔을 때에 첫걸음으로 찾은 곳은 일갓집도 아니요, 동무집도 아니요, 실로 이 들이었다. 강가의 사시나무가 제대로 있고 버들숲 둔덕의 잔디가 헐리지 않았으며 과수원의 모습이 그대로 남은 것을 보았을 때의 기쁨이란 형언할 수 없이 큰 것이었다. 고향을 그리워하는 마음이란 곧 산천을 사랑하고 벌판을 반가워하는 심정이 아닐까. 이런 자연의 풍물을 내놓고야 고향의 그림자가 어디에 알뜰히 남아 있는가. 헐리어 가는 초가지붕에 남아있단 말인가. 고향을 꾸미는 것은 사람이면서도 그리운 것은 더 많이 들과 시냇물이다.

## 3

시절은 만물을 허랑하게 만드는 듯하다.

짐승은 드러내놓고 모든 것을 들의 품속에 맡긴다.

새 풀숲에서 새 둥우리를 발견한 것을 나는 알 수 없이 기쁘게 여겼다. 거룩한 것을, 아름다운 것을 찾은 느낌이다. 집과 가족들을 송두리째 안심하고 땅에 맡기는 마음씨가 거룩하다. 풀과 깃을 모아 두툼하게 결은

---

2) 미여기: 메기의 방언.

3) 고들매기: 강원도 일부 하천에 서식하는 육식성 산천어.

4) 쇠치네: 미꾸라지의 방언.

둥우리 안에는 아직 까지 않은 알이 너덧 알 들어 있다. 아롱아롱 줄이 선 풋대추만큼씩 한 새알. 막 뛰어나려는 생명을 침착하게 간직하고 있는 얇은 껍질. 금시에 딸깍 두 조각으로 깨뜨려질 모태. 창조의 보금자리!

그 고요한 보금자리가 행여나 놀라고 어지럽혀질까를 두려워하여 둥우리 기슭에 손가락 하나 대기조차 주저되어 나는 다만 한참 동안이나 물끄러미 바라보고 섰다가 풀포기를 제대로 덮어놓고 감쪽같이 발을 옮겨 놓았다. 금시에 알이 쪼개지며 생명이 돋아날 듯싶다. 등뒤에서 새가 푸드득 날아 뜰 것 같다. 적막을 깨뜨리고 하늘과 들을 놀래며 푸드득 날았다! 생각에 마음이 즐겁다.

그렇게 늦게 까는 것이 무슨 새일까. 청새일까. 덤불지일까. 고요하게 뛰노는 기쁜 마음을 걷잡을 수 없어 목소리를 내서 노래라도 부를까 느끼며 둑 아래로 발을 옮겨 놓으려다 문득 주춤하고 서 버렸다.

맹랑한 것이 눈에 뜨인 까닭이다. 껄껄 웃고 싶은 것을 참고 풀 위에 주저앉았다. 그 웃고 싶은 마음은 노래라도 부르고 싶던 마음의 연장인지도 모른다. 다시 말하면 그 맹랑한 풍경이 나의 마음을 결코 노엽히거나 모욕한 것이 아니요, 도리어 아까와 똑같은 기쁨을 자아내게 한 것이다. 일반으로 창조의 기쁨을 보여 준 것이다.

개울녘 풀밭에서 한 자웅의 개가 장난치고 있는 것이다. 하늘을 겁내지 않고 들을 부끄러워하지 않고 사람의 눈을 꺼리는 법 없이 자웅은 터놓고 마음의 자유를 표현할 뿐이다. 부끄러운 것은 도리어 이쪽이다. 나는 얼굴을 붉히면서 대중없이 오랫동안 그 요절할 광경을 바라보기가 몹시도 겸연쩍었다. 확실히 시절의 탓이다. 가령 추운 겨울 벌판에서 나는 그런 장난을 목격한 일이 없다. 역시 들이 푸를 때 새가 늦은 알을 깔 때 자웅도 농탕치는 것이다. 나는 그 광경을 성내서는 비웃어서는 안 되었다.

보고 있는 동안에 어디서부터인지 자웅에게로 돌멩이가 날아들었다. 킬킬킬킬 웃음소리가 나며 두 번째 것이 날았다. 가제나[5] 몸이 떨어지지 않는 자웅은 그제야 겁을 먹고 흘금흘금 눈을 굴리며 어색한 걸음으로 주체스런 두 몸을 비틀거렸다. 나는 나 이외에 그 광경을 그때까지 은근히 바라보고 있던 또 한 사람이 부근에 숨어 있음을 비로소 알고 더한층 부끄러운 생각이 와락 나며 숨도 크게 못 쉬고 인기척을 죽이고 잠자코만 있을 수밖에는 없었다.

세 번째 돌멩이가 날리더니 이윽고 호담스런 웃음소리가 왈칵 터지며 아래편 숲 속에서 사람의 그림자가 덥석 뛰어나왔다. 빨래 함지를 인 채 한 손으로는 연해 자웅을 쫓으면서 어깨를 떨며 웃음을 금할 수 없다는 자세였다.

그 돌연한 인물에 나는 놀랐다. 한편 엉겼던 마음이 풀리기도 하였다. 옥분이었다. 빨래를 하고 나자 그 광경이매 마음속 은밀히 흠뻑 그것을 즐기고 난 뒤인 모양이었다. 그러나 나의 놀람보다도 옥분이가 문득 나를 보았을 때의 놀람, 그것은 몇 곱절 더 큰 것이었다. 별안간 웃음을 뚝 그치고 주춤 서는 서슬에 머리에 이었던 함지가 왈칵 떨어질 판이었다. 얼굴의 표정이 삽시간에 검붉게 질려 굳어졌다. 눈알이 땅을 향하고 한편 손이 어쩔 줄 몰라 행주치마를 의미 없이 꼬깃거렸다.

별안간 깊은 구렁이에 빠진 것과도 같은 그의 궁착한 처지와 덴 마음을 건져 주기 위하여 나는 마음에도 없는 목소리를 일부러 자아내어 관대한 웃음을 한바탕 웃으면서 그의 곁으로 내려갔다.

"빌어먹을 짐승들!"

_____

5) 가제나: '가뜩이나'란 뜻의 방언.

마음에도 없는 책망이었으나 옥분의 마음을 풀어 주자는 뜻이었다.

"득추 녀석쯤이 너를 싫달 법 있니. 주제넘은 녀석!"

이어 다짜고짜로 그의 일신의 이야기를 집어낸 것은 그의 주의를 다른 곳으로 돌리자는 생각이었다. 군청 고원雇員6) 득추는 일껀 옥분과 성혼이 된 것을 이제 와서 마다고 투정을 내고 다른 감을 구하였다. 옥분의 가세가 빈한하여 들고날7) 판이므로 혼인한 뒤에 닥쳐올 여러 가지 귀치 않은 거래를 염려하여 파혼한 것이 확실하다. 득추의 그런 꾀바른 마음 씨를 나무라는 것은 나뿐이 아니었다. 마을 사람들은 거개 고원의 불신을 책하였다.

"배반을 당하고 분하지도 않으냐?"

"모른다."

옥분은 도리어 짜증을 내며 발을 떼 놓았다.

"그 녀석 한번 해내 줄까?"

웬일인지 그에게로 쏠리는 동정을 금할 수 없다.

"쓸데없는 짓 할 것 있니."

동정의 눈치를 알면서도 시침을 떼는 옥분의 마음씨에는 말할 수 없이 그윽한 것이 있어 그것이 은연중에 마음을 당긴다.

눈앞에 멀어지는 그의 민출한8) 자태가 가슴속에 새겨진다. 검은 치마 폭 밑으로 드러난 불그레한 늠츳한 두 다리, 자작나무보다도 더 아름다운 것, 헐벗기 때문에 한결 빛나는 것, 세상에도 가지고 싶은 탐나는 것이다.

---

6) 고원(雇員): 고용직 공무원.

7) 들고나다: 집안의 물건을 팔려고 가지고 나가다.

8) 민출하다: 모양새가 밋밋하고 훤칠하다.

# 4

일요일인 까닭에 오래간만에 문수와 함께 둑 위에서 하루를 보낼 수 있었다. 날마다 거리의 학교에 가야 하는 그를 자주 붙들어 낼 수는 없다. 일요일이 없는 나에게도 일요일이 있는 것이다.

바다를 바라볼 수 있는 둑에 오르면 마음이 활짝 열리는 듯이 시원하다. 바닷바람이 아직 조금 차기는 하나 신선한 맛이다. 잔디밭에는 간간이 피지 않은 해당화 봉오리가 조촐하게 섞였으며 둑 맞은편에 군데군데 모여 선 백양나무 잎새가 햇빛에 반짝반짝 나부껴 은가루를 뿌린 것 같다.

문수는 빌려 갔던 몇 권의 책을 돌려주고 표해 두었던 몇 구절의 뜻을 질문하였다. 나는 그에게는 하루의 선배인 것이다. 돈독하게 띄워 주는 것이 즐거운 의무도 되었다.

'공부'가 끝난 다음 책을 덮어 두고 잡담에 들어갔을 때에 문수는 탄식하는 어조였다.

"학교가 점점 틀려 가는 모양이다."

구체적 실례를 가지가지 들고 나중에는 그 한 사람의 협착한 처지를 말하였다.

"책 읽는 것까지 들키었네. 자네 책도 뺏길 뻔했어."

짐작되었다.

"나와 사귀는 것이 불리하지 않은가?"

"자네 걸은 길대로 되어 나가는 것이 뻔하지. 차라리 그편이 시원하겠네."

너무 궁박한 현실 이야기만도 멋없어 두 사람은 무릎을 툭 털고 일어서 기분을 가다듬고 노래를 불렀다. 아는 말 아는 곡조를 모조리 불렀다.

노래가 진하면 번갈아 서서 연설을 하였다. 눈앞에 수많은 대중을 가상하고 목소리를 다하여 부르짖어 본다. 바닷물이 수물거리나 어쩌나, 새들이 놀라서 떨어지나 어쩌나를 시험하려는 듯이도 높게 고함쳐 본다. 박수하는 사람은 수만의 대중 대신에 한 사람의 동무일 뿐이나 지껄이는 동안에 정신이 흥분되고 통쾌하여 간다. 훌륭한 공부 이외 단련이다.

협착한 땅 위에 그렇게 자유로운 벌판이 있음이 새삼스러운 놀람이다. 아무리 자유로운 말을 외쳐도 거기에서만은 '중지'를 당하는 법이 없으니까 말이다. 땅 위는 좁으면서도 넓은 셈인가.

둑은 속 풀리는 시원한 곳이며 문수와 보내는 하루는 언제든지 다시없이 즐거운 날이다.


# 5

과수원 철망 너머로 엿보이는 철늦은 딸기, 잎새 사이로 불긋불긋 돋아난 송이 굵은 양딸기, 지날 때마다 건강한 식욕을 참을 수 없다.

더구나 달빛에 젖은 딸기의 양자란 마치 크림을 끼얹은 것과도 같아서 한층 부드럽게 빛난다.

탐나는 열매에 눈독을 보내며 철망을 넘기에 나는 반드시 가책과 반성으로 모질게 마음을 매질하지는 않았으며 그럴 필요도 없었다. 그것이 누구의 과수원이든 간에 철망을 넘는 것은 차라리 들사람의 일종의 성격이 아닐까.

들사람은 또한 한편 그것을 용납하고 묵인하는 아량도 가지고 있는 것이다. 나는 몇 해 동안에 완전히 이 야취의 성격을 얻어버린 것 같다.

흐뭇한 송이를 정신없이 따서 입에 넣으면서도 철망 밖에서 다만 탐내고 보기만 할 때보다 한층 높은 감동을 느끼지 못하게 됨은 도리어 웬일일까. 입의 감동이 눈의 감동보다 떨어지는 탓일까. 생각만 할 때의 감동이 실상 당하였을 때의 감동보다 항용 더 나은 까닭일까. 나의 욕심을 만족시키기에는 불과 몇 송이의 딸기가 필요할 뿐이었다. 차라리 벌판에 지천으로 열려 언제든지 딸 수 있는 들딸기 편이 과수원 안의 양딸기보다 나음을 생각하며 나는 다시 철망을 넘었다.

멍석딸기, 중딸기, 장딸기, 나무딸기, 감대딸기, 곰딸기, 닷딸기, 배암딸기…….

능금나무 그늘에 난데없는 사람의 그림자를 발견하자 황급히 뛰어넘다 철망에 걸려 나는 옷을 찢었다. 그러나 옷보다도 행여나 들키지나 않았나 하는 염려가 앞서 허둥허둥 풀 속을 뛰다가 또 공교롭게도 그가 옥분임을 알고 마음이 일시에 턱 놓였다. 그 역 딸기밭을 노리고 있던 터가 아닐까. 철망 기슭을 기웃거리며 능금나무 아래 몸을 간직하고 있지 않았던가.

언제인가 개천 둑에서 기묘하게 만난 후 두 번째의 공교로운 만남임을 이상하게 여기고 있는 동안에 마음이 퍽이나 헐하게 놓여졌다. 가까이 가서 시룽시룽 말을 건 것도 그리 어색하지 않고 자연스러웠다. 그 역시 스스러워하지 않고 수월하게 말을 받고 대답하고 하였다. 전날의 기묘한 만남이 확실히 두 사람의 마음을 방긋이 열어 놓은 것 같다.

"딸기 따줄까?"

"무서워!"

그의 떨리는 목소리가 왜 그리도 나의 마음을 끌었는지 모른다. 나는 떨리는 그의 팔을 붙들고 풀밭을 지나 버드나무 숲 속으로 들어갔다. 그의 입술은 딸기보다도 더 붉다. 확실히 그는 딸기 이상의 유혹이었다.

"무서워."

"무섭긴." 하고 달래기는 하였으나 기실 딸기를 훔치러 철망을 넘을 때와 똑같이 가슴이 후둑후둑 떨림을 어쩌는 수 없었다. 버드나무 잎새 사이로 달빛이 가늘게 새어 들었다. 옥분은 굳이 거역하려고 하지 않았다.

양딸기 맛이 아니요, 확실히 들딸기 맛이었다. 멍석딸기, 나무딸기의 신선한 감각에 마음은 흐뭇이 찼다.

아무리 야취의 습관에 젖었기로 철망 너머 딸기를 딸 때와 일반으로 아무 가책도 반성도 없었던가. 벌판서 장난치던 한 자웅의 짐승과 일반이 아닌가. 그것이 바른가, 그래서 옳을까 하는 한 줄기의 곧은 생각이 한결같이 뻗쳐 오름을 억제할 수는 없었다. 결국 마지막 판단은 누가 옳게 내릴 수 있을까.


6


며칠이 지나도 여전히 귀치않은 생각이 머릿속에 뱅 돈다. 어수선한 마음을 활짝 씻어 버릴 양으로 아침부터 그물을 들고 집을 나섰다.

그물을 후릴 곳을 찾으면서 남대천 물줄기를 따라 올라간 것이 시적시적 걷는 동안에 어느덧 철교께서도 근 십 리를 올라가게 되었다. 아무 고기나 닥치는 대로 잡으려던 것이 그렇게 되고 보니 불현듯이 고들매기를 후려 볼 욕심이 솟았다. 고기 사냥 중에서도 가장 운치 있고 흥 있는 고들매기 사냥에 나는 몇 번인지 성공한 일이 있어 그 호젓한 멋을 잘 안다. 그중 많이 모여 있을 듯이 보이는 그럴듯한 여울을 점쳐 첫 그물을 던져 보기로 하였다.

산속에 오목하게 둘러싸인 개울, 물도 맑거니와 물소리도 맑다. 돌을 굴리는 여울 소리가 티끌 한 점 있을 리 없는 공기와 초목을 영롱하게 울린다. 물속에 노는 고기는 산신령이나 아닐까.

옷을 활짝 벗어 붙이고 그물을 메고 물속에 뛰어들었다. 넉넉히 목욕을 할 시절임에도 워낙 산골 물이라 뼈에 차다. 마음이 한꺼번에 씻겨졌다느니보다도 도리어 얼어붙을 지경이다. 며칠 내로 내려오던 어수선한 생각이 확실히 덜해지고 날아갔다고 할까. 그러나 그러면서도 마지막 한 가지 생각이 아직도 철사같이 가늘게 꿰뚫고 흐름을 속일 수는 없었다.

'사람의 사이란 그렇게 수월할까.'

옥분과의 그날 밤 인연이 어처구니없게 쉽사리 맺어진 것이 의심쩍은 것이었다. 아무 마음의 거래도 없던 것이 달빛과 딸기에 꼬임을 받아 그때 그 자리에서 금방 응낙이 되다니. 항용 거기에 이르기까지의 두 사람의 마음의 교섭이란 이야기 속에서 읽을 때에는 기막히게 장황하고 지리한 것이었는데 그것이 그렇게 수월할 리 있을까. 들 복판에서는 수월한 법인가.

'책임 문제는 생기지 않는가?'

생각은 다시 솔솔 풀린다. 물이 찰수록 생각도 점점 차게만 들어간다.

물이 다리목을 넘게 되었을 때 그쯤에서 한 홀기 던져 보려고 그물을 펴 들고 물속을 가늠해 보았다. 속물이 꽤 세어 다리를 홀친다. 물때 낀 돌멩이가 몹시 미끄러워 마음대로 발을 디딜 수 없다. 누르칙칙한 물속이 적확히 보이지 않는다. 몇 걸음 아래편은 바위요, 바위 아래는 소가 되어 있다.

그물을 던질 때의 호흡이란 마치 활을 쏠 때의 그것과도 같이 미묘한 것이어서 일종의 통일된 정신과 긴장된 자세를 요구하는 것임을 나는 경험으로 잘 안다. 그러면서도 그때 자칫하여 기어이 실수를 하게 된 것은 필시 던지는 찰나까지도 통일되지 못한 마음이 어수선하고 정신이 까닥거렸음이 확실하다. 몸이 휘뚱하고 휘더니 횡 하게 날아야 할 그물이 물 위에 떨어지자 어지럽게 흩어졌다. 발이 미끄러져 센 물결에 다리가 쓸리니까 그물은 손을 빠져 달아났다. 물속에 넘어져 흐르는 몸을 아무리 버둥거려야 곧추 일으키는 장사 없었다. 생각하면 기가 막히나 별 수 없이 몸은 흐를 대로 흐르고야 말았다.

바위에 부딪쳐 기어코 소에 빠졌다. 거품을 날리는 폭포 속에 송두리째 푹 잠겼다가 휘엿이 솟으면서 푸른 물속을 뺑 돌았다. 요행 헤엄의 습득이 약간 있던 까닭에 많은 고생 없이 허부적거리고 소를 벗어날 수는 있었다.

면상과 어깻죽지에 몇 군데 상처가 있었다. 피가 돋았다. 다리에는 군데군데 시퍼렇게 멍이 들어 있음을 보았다. 잃어버린 그물은 어느 줄기에 묻혀 흐르는지 알 바도 없거니와 찾을 용기도 없었다. 고들매기는 물론 한 마리도 손에 쥐어 보지 못하였다.

귀가 메이고 코에서는 켰던 물이 줄줄 흘렀다. 우연히 욕을 당하게 된 몸둥아리를 훑어보며 나는 알 수 없는 부끄러움을 느꼈다.

별안간 옥분의 몸이, 향기가 눈앞에 흘러왔다.

비밀을 가진 나의 몸이 다시 돌아 보이며 한동안 부끄러운 생각
이 쉽게 꺼지지 않았다.


# 7


문수는 기어코 학교를 쫓겨났다. 기한 없는 정학처분이었으나 영영 몰

려난 것과 같은 결과이다. 덕분에 나도 빌려 주었던 책권을 영영 뺏긴 셈이 되었다.

차라리 시원하다고 문수는 거드름 부렸으나 시원하지 않은 것은 그의 집안 사람들이다. 들볶는 바람에 그는 집을 피하여 더 많이 나와 지내게 되었다. 원망의 물줄기는 나에게까지 튀어 왔다. 나는 애매하게도 그를 타락시켜 놓은 안된 놈으로 몰릴 수밖에는 없다.

별수없이 나날을 들과 벗하게 되었다. 나는 좋은 들의 동무를 얻은 셈이다.

풀밭에 서면 경주를 하고 시냇가에 서면 납작한 돌을 집어 물 위에 수제비를 뜨기가 일쑤다. 돌을 힘껏 던져 그것이 물 위를 뛰어가는 뜀 수를 세는 것이다. 하나, 둘, 셋, 넷, 다섯, 여섯, 일곱, 여덟……이 최고 기록이다. 돌은 굴러 갈수록 걸음이 좁아지고 빨라지다 나중에는 깜박 물속에 꺼진다. 기차가 차차 멀어지고 작아지다 산모퉁이에서 깜박 사라지는 것과도 같다. 재미있는 장난이다. 나는 몇 번이고 싫지 않게 돌을 집어 시험하는 것이었다.

팔이 축 처지게 되면 다시 기운을 내어 모래밭에 겨루고 서서 씨름을 한다. 힘이 비등하여 승패가 상반이다. 떠밀기도 하고 샅바씨름도 하고 잡아나꾸기도 하고 다리걸이, 딴죽치기 기술도 차차 늘어 가는 것 같다.

"세상에서 제일 장하고 제일 크고 제일 아름답고 제일 훌륭하고 제일 바른 것이 무엇이냐?"

되고말고 수수께끼를 걸고,

"힘이다!"

라고 껄껄껄껄 웃으면 오장육부가 물에 헤운 듯이 시원한 것이다. 힘! 무슨 힘이든지 좋다. 씨름을 해 가는 동안에 우리는 힘에 대한 인식을 한층 새롭혀 갔다. 조직의 힘도 장하거니와 그것을 꾸미는 한 사람의 힘이 크다면 더한층 아름다운 것이 아닐까.

## 8

문수와 천렵을 나섰다.

그물을 잃은 나는 하는 수 없이 족대를 들고 쇠치네 사냥을 하러 시냇물을 훑어 내려갔다.

벌판에 냄비를 걸고 뜬 고기를 끓이고 밥을 지었다.

먹을 것이 거의 준비되었을 때, 더운 판에 목욕을 들어갔다.

땀을 씻고 때를 밀고는 깊은 곳에 들어가 물장구와 갸댝질[9]이다. 어린 아이 그대로의 순진한 마음이 방울방울 날리는 물방울과 함께 하늘을 휘덮었다가는 쏟아지는 것이다.

물가에 나와 얼굴을 씻고 물을 들일 때에 문수는 다따가[10],

"어깨의 상처가 웬일인가?" 하고 나의 어깨의 군데군데를 가리켰다.

나는 뜨끔하면서 그때까지 완전히 잊고 있던 고들매기 사냥과 거기에 관련된 옥분과의 일건이 생각났다.

어떻게 할까 망설이다가 그에게까지 기일 바 못 되어 기어코 고기잡이 이야기와 따라서 옥분과의 곡절을 은연중 귀띔하여 주게 되었다.

이상한 것은 그의 태도였다.

"명예의 부상일세그려."

---

9) 갸댝질: '가댝질'의 잘못. 아이들이 서로 잡으려 이리저리 쫓아다니며 뛰노는 장난.
10) 다따가: 난데없이 갑자기.

놀리고는 걱실걱실 웃는 것이다. 웃다가 문득 그치더니,

"이왕 말이 났으니 나도 내 비밀을 게울 수밖에는 없게 되었네그려."

정색하고 말을 풀어 냈다.

"옥분이…… 나도 그와는 남이 아니야."

어안이 벙벙한 나의 어깨를 치며,

"생각하면 득추와 파혼된 후로부터는 달뜬 마음이 허랑해진 모양이데. 일종의 자포자기야. 죽일놈은 득추지. 옥분의 형편이 가엾기는 해."

나에게는 이상한 감정이 솟아올랐다. 문수에게 대하여 노염과 질투를 느끼는 대신에 도리어 일종의 안심과 감사를 느끼는 것이었다. 괴롭던 책임이 모면된 것 같고 무거운 짐을 벗어 놓은 듯이도 감정이 가벼워지고 엉겼던 마음이 풀리는 것이다. 이것은 교활하고 악한 심보일까. 그러나 나를 단 한 사람으로 생각하지 않는 옥분의 허랑한 태도에 해결의 열쇠는 있다. 그의 태도가 마지막 책임을 져야 될 터이니까.

"왜 말이 없나? 거짓말로 알아듣나? 자네가 버드나무숲에서 만났다면 나는 풀밭에서 만났네."

여전히 잠자코만 있으면서 나는 속으로 한결같이 들의 성격과 마술과도 같은 자연의 매력이라는 것을 생각하였다.

얼마나 이야기가 장황하였던지 밥 타는 냄새가 코를 찔렀다.


9


무더운 날이 계속된다.

이런 때 마을은 더한층 지내기 어렵고 역시 들이 한결 낫다.

낮은 낮으로 해 두고 밤을, 하룻밤을 온전히 들에서 보낸 적이 없다.

우리는 의논하고 하룻밤을 들에서 야영하기로 하였다.

들의 밤은 두려운 것일까? 이런 의문도 있었기 때문이다.

이왕 의가 통한 후이니 이후로는 옥분이도 데려다가 세 사람이 일단의 '들의 아들'이 되었으면 하는 문수의 의견이었으나 나는 그것을 일종의 악취미라고 배척하였다. 과거의 피차의 정의는 정의로 하여 두고 단체 생활에는 역시 두 사람이 적당하며 수효가 셋이면 어떤 경우에든지 반드시 기울고 불안정하다는 의견을 가지고 있기 때문이다. 그러나 그것도 결국 나의 야성이 철저치 못한 까닭이 아닐까.

어떻든 두 사람은 들 복판에서 해를 넘기고 어둡기를 기다리고 밤을 맞이하였다.

불을 피우고 이야기하였다.

이야기가 장황하기 때문에 불이 마저 스러질 때에는 마을의 등불도 벌써 다 꺼지고 개 짖는 소리도 수습된 뒤였다. 별만이 깜박거리고 바닷소리가 은은할 뿐이다.

어둠은 깊고 넓고 무한하다.

창조 이전의 혼돈의 세계는 이러하였을까.

무한의 적막, 지구의 자전, 공전의 소리도 들리지는 않는 것이다.

공포. 두려움이란 어디서 오는 감정일까.

어둠에서도 적막에서도 오지는 않는다.

우리는 일부러 두려운 이야기, 무서운 이야기로 마음을 떠보았으나 이렇듯한 새삼스러운 공포의 감정이라는 것은 솟지 않았다.

위에는 하늘이요, 아래는 풀이요, 주위에 어둠이 있을 뿐이지 모두가 결국 낮 동안의 계속이요, 연장이다. 몸에 소름이 돋는 법도 마음이 떨리는 법도 없다.

서로 눈만 말똥거리다가 피곤하여 어느 곁엔지 잠이 들어 버렸다.

단잠을 깨었을 때는 아침 해가 높은 후였다.

야영의 밤은 시원하였을 뿐이요, 공포의 새는 결국 잡지 못하였다.


# 10

그러나 공포는 왔다.

그것은 들에서 온 것이 아니요, 마을에서, 사람에게서 왔다. 공포를 만드는 것은 자연이 아니요, 사람의 사회인 듯싶다.

문수가 돌연히 끌려간 것이다. 학교 사건의 뒤맺이인 듯하다.

이어 나도 들어가게 되었다. 나 혼자에 대하여 혹은 문수와 관련되어 여러 가지 질문을 받았다.

사흘 밤을 지우고 쉽게 나왔으나 문수는 소식이 없다. 오랠 것 같다.

여러 가지 재미있는 여름의 계획도 세웠으나 혼자서는 하릴없다.

가졌던 동무를 잃었을 때의 고독이란 큰 것이다.

들에서 무료히 지내는 날이 많다. 심심파적으로 옥분을 데려올까도 생각되나 여러 가지로 거리끼고 주체스런[11] 일이다. 깨끗한 것이 좋을 것 같다.

별수없이 녀석이 하루라도 속히 나오기를 충심으로 바랄 뿐이다.

나오거든 풋콩을 실컷 구워 먹이고 기름종개를 많이 떠먹이고 씨름해서 몸을 불려 줄 작정이다.

---

11) 주체스럽다: 짐스럽고 귀찮은 데가 있다.

들에는 도라지꽃이 피고 개나리꽃이 장하다.
진펄의 새발고사리도 어느덧 활짝 피었다.
해오라기가 가끔 조촐한 자태로 물가에 내린다.
시절이 무르녹았다.

『신동아』, 1936

# 돈豚

옛성 모퉁이 버드나무 까치 둥우리 위에 푸르둥한 하늘이 얕게 드리웠다.

토끼우리에서 하이얀 양토끼가 고슴도치 모양으로 까칠하게 웅크리고 있다. 능금나무 가지를 간들간들 흔들면서 벌판을 불어오는 바닷바람이 채 녹지 않은 눈 속에 덮인 종묘장種苗場 보리밭에 휩쓸려 돼지우리에 모질게 부딪친다.

우리 밖 네 귀의 말뚝 안에 얽어매인 암퇘지는 바람을 맞으면서 유난히 소리를 친다. 말뚝을 싸고도는 종묘장 씨돝[1]은 시뻘건 입에 거품을 뿜으면서 말뚝의 뒤를 돌아 그 위에 덥석 앞다리를 걸었다. 시꺼먼 바위 밑에 눌린 자라 모양인 암퇘지는 날카로운 비명을 울리며 전신을 요동한다. 미끄러진 씨돝은 게걸덕 거리며 다시 말뚝을 싸고 돈다. 앞뒤 우리에서 응하는 돼지들의 고함에 오후의 종묘장 안은 떠들썩했다.

반 시간이 넘어도 여의치 않았다. 둘러싸고 보던 사람들도 흥이 식어서 주춤주춤 움직인다. 여러 번째 말뚝 위에 덮쳤을 때에 육중한 힘에 말뚝이 와싹 무지러지면서 그 바람에 밑에 깔렸던 돼지는 말뚝의 테두리로 벗어져서 뛰어났다.

"어려서 안 되겠군."

종묘장 기수가 껄껄 웃는다.

---

1) 씨돝: 종자 돼지의 고어.

"황소 앞에 암탉 같으니 쟁그러워서 볼 수 있나."

"겁을 먹고 달아나는데."

농부는 날쌔게 우리 옆을 돌아 뛰어가는 돼지의 앞을 막았다.

"달포 전에 한 번 왔다 갔으나 씨가 붙지 않아서 또 끌고 왔는데요."

식이는 겸연쩍어서 얼굴을 붉혔다.

"아무리 짐승이기로 저렇게 어리구야 씨가 붙을 수 있나."

농부의 말에 식이는 다시 얼굴을 붉혔다.

"빌어먹을 놈의 짐승."

무안도 무안이려니와 귀찮게 구는 짐승에 식이는 화를 버럭 내면서 농부의 부축을 하여 달아나는 돼지의 뒤를 쫓는다. 고무신이 진창에 빠지고 바지춤이 흘러내린다.

돼지의 허리를 매인 바를 붙잡았을 때에 그는 홧김에 바를 뒤로 잡아나꾸며 기운껏 매질한다. 어린 짐승은 바들바들 뛰면서 비명을 울린다. 농가 일 년의 생명선…… 좀 있으면 나올 제일 기 세금과 첫여름 감자가 나올 때까지의 가족의 양식의 예산의 부담을 맡은 이 어린 짐승에 대한 측은한 뉘우침이 나중에는 필연코 나련마는 종묘장 사람들 숲에서의 무안을 못 이겨 식이의 흔드는 매는 자연 가련한 짐승 위에 잦게 내렸다.

"그만 갖대 매시오."

말뚝을 고쳐 든든히 박고 난 농부는 식이에게 손짓한다. 겁과 불안에 떨며 허둥거리는 짐승을 이번에는 이걸 더 든든히 말뚝 안에 우겨 넣고 나뭇대를 가로질러 배까지 떠받쳐 올려 꼼짝 요동하지 못하게 탐탁하게 얽어매였다.

털 몸을 근실근실 부딪히며 그의 곁을 궁싯궁싯 굼도는 씨돋은 미처 식이의 손이 떨어지기도 전에 '화차'와도 같이 말뚝 위를 엄습한다. 시뻘건 입이 욕심에 목메어서 풀무같이 요란히 울린다. 깔리운 암돋은 목이 찢어져라 날카롭게 고함친다.

둘러 선 좌중은 일제히 웃음소리를 멈추고 일시 농담조차 잊은 듯하였다.

문득 분이의 자태가 눈앞에 떠오른다. 식이는 말뚝에서 시선을 돌려 딴전을 보았다.

"분이 고것 지금엔 어디 가 있는구."

제이 기분은 새려 일 기분 세금조차 밀려오는 농가의 형편에 돼지보다 나은 부업이 없었다. 한 마리를 1년 동안 충실히 기르면 세금도 세금이려니와 잔돈푼의 가용돈은 훌륭히 우러나왔다. 이 돼지의 공용을 잘 아는 식이다. 푼푼이 모든 돈으로 마을 사람들의 본을 받아 종묘장에서 가주[2] 난 양돼지 한 자웅을 사놓은 것이 자는 여름이었다. 기름이 자르르 흐르는 새까만 자웅을 식이는 사람보다도 더 귀히 여겨 가주 사 왔던 무렵에는 우리에 넣기가 아까와 그의 방 한 구석에 짚을 펴고 그 위에 재우기까지 하던 것이 젖이 그리워서인지 한 달도 못 돼서 수놈이 죽었다. 나머지의 암놈을 식이는 애지중지하여 단 한 벌의 그의 밥그릇에 물을 받아 먹이기까지 하였다. 물도 먹지 않고 꿀꿀 앓을 때에는 그는 나무하러 가는 것도 그만두고 종일 짐승의 시중을 들었다. 여섯 달을 키우니 겨우 암돼지 티가 났다. 달포 전에 식이는 첫 시험으로 십 리가 넘는 종묘장으로 끌고 왔었다. 피돈 오십 전이나 내서 씨를 받은 것이 종시 붙지 않았다. 식이는 화가 났다. 때마침 정을 두고 지내던 이웃집 분이가 어디론지 도망을 갔다. 식이는 속이 상해서 며칠 동안 일이 손에 잡히지 않았다. 늘 뾰로통해서 쌀쌀하게 대꾸하더니 그 고운 살을 한 번도 허락하지 않고 늙은 아비를 혼자 둔 채 기어이 도망을 가 버렸구나 생각하니 분이가 괘씸하였다. 그러나 속 깊은 박 초시의 일이니 자기 딸 조처에 무슨

---

2) 가주: '금방'을 뜻하는 경상도 북부 방언.

꿍꿍이 수작을 대었는지 도무지 모를 노릇이었다. 청진으로 갔느니 서울로 갔느니 며칠 전에 박 초시에게 돈 십 원이 왔느니 소문은 갈피갈피였으나 하나도 종잡을 수 없었다. 이래저래 상할 대로 속이 상했다. 능금꽃 같은 두 볼을 잘강잘강 씹어 먹고 싶던 분이인 만큼 식이는 오늘까지 솟아오르는 심화를 억제할 수 없었다.

"다 됐군."

딴전만 보고 섰던 식이는 농부의 목소리에 그쪽을 보았다. 씨돝은 만족한 듯이 여전히 꿀꿀 짖으면서 그곳을 떠나지 않고 빙빙 돈다.

파장 후의 광경이언만 분이의 그림자가 눈앞에 어른거리는 식이는 몹시도 겸연쩍었다. 잠자코 섰는 까칠한 암퇘지와 분이의 자태가 서로 얽혀서 그의 머릿속에 추근하게 떠올랐다. 음란한 잡담과 허리 꺾는 웃음소리에 얼굴이 더한층 붉어졌다. 환영을 떨쳐버리려고 애쓰면서 식이는 얽어매었던 돼지를 풀기 시작하였다. 농부는 여전히 게걸덕거리며 어른어른 싸도는 욕심 많은 씨돝을 몰아 우리 속에 가두었다.

'이번에는 틀림없겠지.'

장부에 이름을 올리고 오십 전을 치러 주고 종묘장을 나오니 오후의 해가 느지막하였다. 능금밭 건너편 양옥 관사의 지붕이 흐린 석양에 푸르뎅뎅하게 빛난다. 옛 성 어귀에는 드나드는 장꾼의 그림자가 어른어른한다. 성안에서 한 채의 버스가 나오더니 폭넓은 이등도로를 요란히 달아온다. 돼지를 몰고 길 왼편 가으로 피한 식이는 푸뜩 지나가는 버스 안을 흘끗 살펴본다. 분이를 잃은 후로부터는 그는 달아나는 버스 안까지 조심스럽게 살피게 되었다. 일전에 나남에서 버스 차장 시험이 있었다더니 그런 데로나 뽑혀 들어가지 않았을까. 분이의 간 길을 이렇게도 상상하여 보았기 때문이다.

'장인 한 바퀴 돌아올까.'

북문 어귀 성 밑 돌 틈에 돼지를 매 놓고 식이는 성을 들어가 남문 거리로 향하였다.

분이가 없는 이제, 장꾼의 눈을 피하여 으슥한 가게 앞에 가서 겸연쩍은 태도로 매화분을 살 필요도 없어진 식이는, 석유 한 병과 마른 명태 몇 마리를 사들고 장판을 오르락내리락하였다. 한 동네 사람의 그림자도 눈에 띄지 않기에 그는 곧게 성 밖을 나와 마을로 향하였다.

어기죽거리며 돼지의 걸음이 올 때만큼 재지 못하였다. 그러나 매질할 용기는 없었다.

철로를 끼고 올라가 정거장 앞을 지나 오촌포 한길에 나서니 장보고 돌아가는 사람의 그림자가 드문드문 보인다. 산모퉁이가 바닷바람을 막아 아늑한 저녁 빛이 한길 위를 덮었다. 먼 산 위에는 전기의 고가선이 솟고 산 밑을 물줄기가 돌아내렸다. 온천가는 넓은 도로가 철로와 나란히 누워서 남쪽으로 줄기차게 뻗쳤다. 저물어가는 강산 속에 아득하게 뻗친 이 두 줄의 길이 새삼스럽게 식이의 마음을 끌었다. 걸어가는 그의 등 뒤에서는 산모퉁이를 돌아오는 기차 소리가 아련히 들린다. 별안간 식이에게는 이상한 생각이 들었다.

'이 길로 아무 데로나 달아날까.'

장에 가서 돼지를 팔면 노자가 되겠지. 차 타고 노자 자라는 곳까지 달아나면 그곳에 분이가 있지 않을까, 어디서 들었는지 공장에 들어가기가 분이의 소원이더니 그곳에서 여직공 노릇 하는 분이와 만나 나도 '노동자'가 되어 같이 살면 오죽 재미있을까. 공장에서 버는 돈을 달마다 고향에 부치면 아버지도 더 고생하실 것 없겠지. 돼지를 방에서 기르지 않아도 좋고 세금 못 냈다고 면소 서기들한테 밥솥을 빼앗길 염려도 없을 터이지. 농사같이 초라한 업이 세상에 또 있을지. 아무리 부지런히 일해도 못 살기는 일반이니…… 분이 있는 곳이 어디인가…… 돼지를 팔면 얼마를 받을까. 암돼지, 양돼지…….

"앗!"

날카로운 소리에 번쩍 정신이 깨었다.

찬바람이 휙 앞을 스치고 불시에 일신이 딴 세상에 뜬 것 같았다. 눈 보이지 않고, 귀 들리지 않고, 잠시간 전신이 죽고, 감각이 없어졌다. 캄 캄하던 눈앞이 차차 밝아지며 거물거물 움직이는 것이 보이고 귀가 뚫 리며 요란한 음향이 전신을 쓸어 없앨 듯이 우렁차게 들렸다. 우렛소리 가…… 바다 소리가…… 바퀴 소리가…… 별안간 눈앞이 환해지더니 열 차의 마지막 바퀴가 쏜살같이 눈앞을 달아났다.

"앗, 기차!"

다 지나간 이제 식이는 정신이 아찔하며 몸이 부르르 떨린다.

진땀이 나는 대신 소름이 쪽 돋는다. 전신이 불시에 비인 듯이 거뿐하 다. 글자대로 전신이 비었다. 한쪽 팔에 들었던 석유병도 명태 마리도 간 곳이 없고 바른손으로 이끌던 돼지도 종적이 없다.

"아, 돼지!"

"돼지구 무어구 미친놈이지. 어디라고 건널목을 막 건너."

따귀를 철썩 맞고 바라보니 철로 망보는 사람이 성난 얼굴로 그를 노 리구 섰다.

"돼지는 어찌 됐단 말이오."

"어젯밤 꿈 잘 꾸었지. 네 몸 안 친 것이 다행이다."

"아니, 그럼 돼지가 치었단 말요?"

"다음부터 차에 주의해."

독하게 쏘아붙이면서 철로 망꾼은 식이의 팔을 잡아 나꿔 건널목 밖으 로 끌어냈다.

"아, 돼지가 치었다니…… 두 번 종묘장에 가서 씨를 받은 내 돼지 암돼지 양돼지······."

엉겁결에 외치면서 훑어보았으나 피 한 방울 찾아볼 수 없다. 흔적조차 없다니····· 기차가 달롱 들고 간 것 같아서 아득한 철로 위를 바라보았으나 기차는 벌써 그림자조차 없다.

"한 방에서 잠재우고, 한 그릇에 물 먹여서 기른 돼지, 불쌍한 돼지 ······."

정신이 아찔하고 일신이 허전하여서 식이는 급시에 그 자리에 푹 쓰러질 것 같았다.

『조선문학』, 1933

# ☙ 분녀

## 1

우리도 없는 농장에 아닌 때 웬일인가들 의아하게 여기고 있는 동안에 집채 같은 도야지는 헛간 앞을 지나 묘포 밭으로 달아온다. 산도야지 같기도 하고 마바리[1] 같기도 하여 보통 도야지는 아닌 데다가 뒤미처 난데없는 호개[2] 한 마리가 거위영장같이 껑충대고 쫓아오니 도야지는 불심지가 올라 갈팡질팡 밭 위로 우겨든다. 풀 뽑던 동무들은 간담이 써늘하여 꽁무니가 빠져라 산지사방으로 달아난다. 허구 많은 지향 다 두고 도야지는 굳이 이쪽을 겨누고 욱박아 오는 것이다. 분녀는 기겁을 하고 도망을 하나 아무리 애써도 발이 재게 떨어지지 않는다. 신이 빠지고 허리가 휘는데 엎친 데 덮치기로 공칙히 앞에는 넓은 토벽이 막혀 꼼짝 부득이다. 옆으로 빗빼려고 하는 서슬에 도야지는 앞으로 왈칵 덮친다. 손가락 하나 놀릴 여유도 없다. 육중한 바위 밑에서 금시에 육신이 터지고 사지가 떨어지는 것 같다. 팔을 꼼짝달싹할 수 없고 고함을 치려야 입이 움직이지 않는다.

분녀粉女는 질색하여 눈을 떴다.

---

1) 마바리: 짐을 실은 말.

2) 호개: 사냥개.

허리가 뻐근하며 몸이 통세난다[3].

문득 짜장 놀라서 엉겁결에 소리를 치나 소리는 나오지 않는다. 무엇인지 틀어막히우고 수건으로 자갈을 물려 있지 않은가. 손을 쓰려 하나 눌리었고 다리도 허리도 머리도 전신이 무거운 도야지 밑에 있는 것이다. 몸에 칼이 돋치기 전에는 이 몸도 적을 물리칠 수 없지 않은가.

어둠 속에서도 경풍할 변괴에 부끄러운 생각이 났다. 어머니 앞에서도 보인 법 없는 몸뚱이를 하고 옷으로 덮으려 하나 생각뿐이다. 어머니는, 하고 가까스로 고개를 돌리니 윗목에 누웠고 그 너머로 동생의 코고는 소리가 들린다. 같은 방에 세 사람씩이나 산 넋이 있으면서도 날도적을 들게 하다니 멀건 등신들이라고 원망할 수도 없는 것은 된 낮일에 노그라져서 함빡 단잠에 취하여 있는 것이다. 발로 차서 어머니를 깨우고도 싶으나 발이 닿기에는 동이 떴다. 삼경이 넘었을까, 밤은 막막하다. 열린 문으로는 바람 한숨 없고 방 안이나 문밖이 일반으로 까마득하다. 먼 하늘에는 별똥 하나 안 흐른다.

"원망할 것 없다. 둘만 알고 있으면 그만야. 내가 누구든…… 아무에게나 다 마찬가진걸."

더운 날숨이 이마를 덮는다. 부스럭부스럭하더니 저고리 고름을 올가미 지어 매어 주는 눈치다.

간단하고 감쪽같다. 도적은 흔적 없이 '훔칠 것'을 훔치고 능실하고 나가 버렸다.

몸이 풀리자 분녀는 뛰어 일어나 겨우 입봉창을 빼기는 하였으나 파장 후에 소리를 치기도 객적다[4].

---

3) 통세나다: '진통이 있다'는 뜻의 북한말.

4) 객적다: '객쩍다'의 잘못. 행동이나 말, 생각이 쓸데없고 싱겁다.

대체 웬 녀석인가. 뛰어나가 살폈으나 간곳없다. 목소리로 생각해보아도 알 바 없고 맺혀진 옷고름을 만져 보는 건 뜻 없다. 하늘이 새까맣다. 그 새까만 하늘이 부끄럽고 디딘 땅이 부끄럽고 어두운 밤을 대하기조차 겸연스럽다.

몸이 무시근하다5). 우물에서 물을 두어 드레 퍼 올려 얼굴을 씻고 방에 들어가 등잔에 불을 켰다. 어둠 속에서 비밀을 가진 방 안은 밝을 때엔 천연스럽다. 땅 그 어느 한구석이 무지러 떨어졌을 것 같다. 하늘의 별 한 개가 없어졌을 것 같다. 몸뚱이가 한구석 뭉척 이지러진 것 같다. 반쪽 거울을 찾아 들고 얼굴을 비추어 보았다. 코며 입이며 볼이며가 상하지 않고 제대로 있는 것이 도리어 신기하게 여겨졌다. 어차피 와야 할 것이겠지만 그것이 너무도 벼락으로 급작스레 어처구니없게 온 것이 분녀에게는 알 수 없이 겸연스러웠다.

얼굴과 몸을 어루만지며 어머니의 잠든 양을 물끄러미 바라보려니 별안간 소름이 치며 가슴이 떨린다. 무서운 생각이 선뜻 들며 어머니를 깨우고 싶다. 그러나 곤한 눈을 멀뚱하게 뜨고 상기된 눈방울로 이쪽을 바라보는 것을 보면 분녀는 딴소리밖엔 못 하였다.

"새까맣게 흐린 품이 천둥하고 비 올 것 같으우."

묘포 감독 박추의 짓일까. 데설데설하며 엄부렁한6) 품이 아무 짓인들 못할 것 같지 않다. 계집아이들 틈에 끼여 인부로 오는 명준의 짓일까. 눈질이 영매스러운 것이 보통 아이는 아니나 워낙 집안이 억판7)인 까닭에 일껏 들어간 중등학교도 중도에서 퇴학하고 묘포 인부로 오는 것이

---

5) 무시근하다: 성미나 반응 따위가 느리고 흐리터분하다.
6) 엄부렁하다: 마음이나 분위기 따위가 안정되지 아니하고 뒤숭숭하다.
7) 억판: 매우 가난한 처지.

가엾긴 하다. 그러나 그라고 터놓고 을러맸다고 하면 응낙할 수 있었을까. 군청 급사 섭춘이나 아닐까. 행길에서도 소락소락 말을 거는 쥐알봉수8). 그 초라니9)라면 치가 떨려 어떻게 하나.

잠을 설쳐 버린 분녀는 고시랑고시랑 생각에 밤을 샜다. 이튿날은 공교로이 궂은 까닭에 비를 칭탈하고10) 일을 쉬고 다음 날 비로소 묘포로 나갔다. 같은 생각이 머릿속에 뱅 돌아 사람을 만나기가 여간 겸연쩍지 않다. 사람마다 기연미연 혐의를 걸어 보기란 면난스런 일이었다.

하늘이 제대로 개고 땅이 이지러지지 않은 것이 차라리 시쁘스럽다11). 천지는 사람의 일신 괴변쯤은 익지 않은 과실이 벌레에게 긁히운 것만큼도 대수롭게 여기지 않는 모양이다. 하긴 다행이지 몸의 변고가 일일이 하늘에 비치어진다면 기분이, 순야, 옥녀, 모든 동무들에게 그것이 알려질 것이요, 그들의 내정도 역시 속뽑히울 것이다. 이런 생각이 들자 별안간 그들은 대체 성할까 하는 의심이 불현듯이 솟아오르며 천연스러운 얼굴들이 능청스럽게 엿보였다.

박추와 명준에게만은 속내를 들킨 것 같아서 고개가 바로 쳐들리지 않았다. 다시 살펴도 가잠나룻이 듬성한 검센 박추, 거드름부리는 들대밑12). 이 녀석한테 당하였다면 이 몸을 어쩌노. 잠자코 풀 뽑는 무죽한 명준이, 새침한 몸집 어느 구석에 그런 부락부락한 힘이 들어 있을꼬. 사람은 외양으론 알 수 없다. 마치 그것이 명준이요, 적어도 명준이었으면

---

8) 쥐알봉수: 잔졸하면서 약은 사람을 놀림조로 이르는 말.

9) 초라니: 하회 별신굿 탈놀이에 등장하는 인물의 하나. 양반의 하인으로 행동 거지가 가볍고 방정맞다.

10) 칭탈하다: 무엇 때문이라고 핑계를 대다.

11) 시쁘다: 껄렁하여 대수롭지 않다.

12) 들대밑: '들때밑'의 잘못. 세력 있는 집의 오만하고 고약한 하인.

하는 듯이 이렇게 생각은 하나 면상과 눈치로는 그가 근지 누가 근지 도무지 거니챌[13] 수 없다. 이러다가는 평생 그 사람을 모르고 지내지나 않을까.

맡은 이랑의 풀을 뽑고 난 명준은 감독의 분부로 이깔 포기에 뿌릴 약재를 풀어 무자위[14]로 치기 시작하였다. 한 손으로 물을 뿜으며 다른 손으로 물줄기를 흔들다가 고무줄이 빗나가는 서슬에 푸른 약물이 옥녀의 낯짝을 쏘았다. 옥녀는 기겁을 하여 농인 줄만 알고 저 녀석 얼뜨기같이 해 가지고 요새 무슨 곡절이 있어 하고 쏘아붙인다. 명준은 픽 웃으며 마침 손이 빈 분녀에게 고무줄을 쥐어 주고 뿌려 주기를 청하였다. 두 사람이 자연스럽게 한 무자위로 협력하게 되자 옥녀는 더 말이 없었다.

통의 것을 다 쳤을 때 다시 물을 길을 양으로 분녀는 명준의 뒤를 따라 도랑으로 내려갔다. 도랑은 풀이 가리어 밭에서 보이지는 않는다. 명준은 손가락으로 물탕을 치며 낯이 부드럽다.

"일하기 싫지 않니?"

대번에 농조로,

"너 어떤 놈에게로 시집가련. 박추한테라도."

"미친 것 다따가."

"시집갔니, 안 갔니?"

관자놀이가 금시에 빨개진 것을 민망히 여겨 곧 뒤를 이었다.

"평생 시집 안 갈 테냐?"

"망할녀석."

"난 이 고장에서 없어지겠다. 살 재미 없어. 계집애들 틈에 끼여 일하

---

13) 거니채다: 어떤 일의 상황이나 분위기를 짐작하여 눈치를 채다.
14) 무자위: 물을 높은 곳으로 퍼 올리는 기계.

기도 낮었다. 일한대야 부모를 살릴 수 없고 잡단 세금도 못 물어 드잡이를 당하는 판이 아니냐. 이까짓 고향 고맙잖어. 만주로 가겠다. 돌아다니며 금광이나 얻어 보련다. 엄청난 소리지. 그러나 사람의 운수를 알 수 있니."

"정말 가겠니?"

"안 가고 무슨 수 있니. 이까짓 쭉쟁이 땅 파야 소용 있나. 거기도 하늘 밑이니 사람이 살지 설마 짐승만 살겠니."

물을 나르고 다시 도랑으로 내려왔을 때, 명준은 다따가 분녀의 팔을 잡았다.

"금덩이를 지고 올 때까지 나를 기다려 주련."

눈앞에 찰락거리는 명준의 옷고름이 새삼스럽게 눈에 뜨이자 분녀는 번개같이 정신이 번쩍 들었다. 끝을 훌쳐맨 고름이 같은 꼴의 제 옷고름과 함께 나란히 드리운 것이다.

"네 짓이었구나."

분녀는 짧게 외치고 고개를 떨어뜨렸다.

"언제까지든지 나를 기다리고 있으련?"

박추의 소리가 나자 두 사람은 날쌔게 떨어져 밭으로 갔다. 분녀는 눈앞이 아찔하며 별안간 현기증이 났다.

그뿐 명준은 다시 묘포 밭에 나타나지 않았다. 다음 날도 다음 날도, 며칠 후에 짜장 만주로 내뺐다는 소문이 들렸다. 분녀는 마음이 아득하고 산란하여 일을 쉬는 날이 많았다.

# 2

분녀는 그렇게 눈떴다.

인생의 고패를 겪은 지 이태에 몸은 활짝 피어 지난 비밀의 자취도 어스레하다. 껍질에 새긴 글자가 나무가 자람을 따라 어느 결엔지 형적이 사라진 격이다.

이제 아닌 때 별안간 불풍나게 두 번째 경험을 당하려고 하는 자리에 문득 옛 생각이 떠오르지 않을 수 없었다. 흐르는 향기같이 불시에 전신을 휩싼다. 피가 끓으며 세상이 무섭고 가슴이 두근거리며 손가락이 떨린다. 물동이를 깨뜨린 때와도 같이 겁이 목줄을 조인다.

대체 어떻게 하여서 또 이 지경에 이르렀나 생각하면 눈앞이 막막하다.

거리에 자주 삐쭉거린 것이 잘못일까. 만갑이에게는 어찌 되어 이렇게 허름하게 보였을까. 돈도 없으면서 가게에 들어가서 이것저것 탐내는 것부터 틀렸다. 집안이 들구날 판에 든벌15)의 옷도 과남한데 단오빔은 다 무엇인가. 돈 있는 사람들의 단오놀이지 가난한 멀떠구니의 아랑곳인가. 이곳 질숙 저곳 기웃 하며 만져 보고 물어 보고 눈을 까고 한숨 쉬고 하는 동안에 엉큼한 딴군에게 온전히 깐보이고 감잡히었다. 만갑이는 가게에 사람이 빈 때를 가늠 보아 미처 겨를 사이도 없게 몸째 덜렁 떠받들어 뒷방에 넣고 안으로 문을 잠근 것이다.

부락스러운 꼴이 사내란 모두 꿈에서 본 도야지요, 엉큼한 날도적이다. 훔친 뒤에는 심드렁하다.

"가지고 싶은 것 말해 봐…… 무엇이든지 소용되는 대로 줄게."

"욕을 주어도 분수가 있지. 사람을 어떻게 알고 이 수작이야."

---

15) 든벌: 집 안에서만 입는 옷이나 신는 신발 따위를 통틀어 이르는 말.

분녀는 새삼스럽게 짜증을 내며 보기 좋게 볼을 올려붙였다. 엄청난 짓을 당하면서 심상한 낯을 지닐 수도 없고 그렇게라도 할 수밖엔 없었다.

"미워 그랬나."

"몰라, 녀석."

쏘아붙이고는 팔로 눈을 받치고 다따가 울기 시작하였다. 사실 눈물도 나왔다. 첫 번에는 겁결에 울기란 생각도 안 나던 것이 지금엔 눈물이 솟는 것이다. 그 무엇을 잃은 것 같다. 다시 찾을 수 없을 것 같다. 안타까운 생각에 몸이 떨린다.

"울긴 왜, 사람은 다 그런 것이야. 단오에 들 것 한 벌 갖추어 줄게."

머리를 만지다 어깨를 지긋거리면서,

"삽삽하게만 굴면야 이 가게라도 반 노나 줄걸."

가게에 인기척이 나는 까닭에 분녀는 문득 울음을 그쳤다. 부르다 주인의 대답이 없으니 사람은 나가 버렸다. 만갑이는 급작스럽게 말을 이었다.

"여편네가 중풍으로 마저마저 거꾸러져 가는 판이니 그렇게만 된다면야 나는 분녀를 새로 맞어다 가게를 맡길 작정인데 뜻이 어떤가?"

울면서도 분녀는 은연중 귀를 솔깃하고 있었다.

"잘 생각해볼 일이야."

듬짓이 눌러 놓고 만갑이는 한 걸음 먼저 방을 나갔다. 손님을 보내기가 바쁘게 방문을 빼꼼이 열고 불러냈다.

"이것 넣어 둬."

소매 속에다 무엇인지를 틀어넣어 주는 것이다. 분녀는 어안이 벙벙하였다.

집에 돌아와 소매 갈피를 헤치니 지전 한 장이 떨어졌다. 항용 보던 것보다는 훨씬 넓고 푸르다. 과람한 것을 앞에 놓고 분녀는 적이 마음이 누근하였다. 군청 관사에 아침저녁으로 식모로 가서 버는 한 달 월급보다 많다. 월급이라야 단돈 사 원으로는 한 달 료料[16]의 보탬도 못 된다. 화세 火稅로 얻어 부치는 몇 뙈기의 밭을 그래도 어머니와 동생이 드세게 극성으로 가꾸는 덕에 제철 제철의 곡식이 요를 도우니 말이지, 그것도 없다면야 분녀의 월급으로는 코에 바를 나위도 없을 것이다. 왼 곳에 가 있는 오빠가 좀 더 온전하다면 집안이 그처럼도 군색지는 않으련만 엉망인 집안에 사람조차 망나니여서 이웃 고을 목탄조합에 가 있어 또박또박 월급 생애를 하면서도 한 푼 이렇다는 법 없었다. 제 처신이나 똑바로 하였으면 걱정이나 없으련만 과당하게 건들거리다 기어코 거덜나고야 말았다. 늦게 배운 오입에 수입을 탕갈蕩竭하다[17] 나중에 공금에까지 손찌검을 한 것이다. 탄로되었을 때에는 오백 소수나 감춰 낸 뒤였다. 즉시 그 고을 경찰에 구금되었다가 검사국으로 넘어간 것은 물론이거니와 신분 보증을 선 종가에 배상액을 빗발같이 청구하므로 종가에서는 펏질 뛰어들어 야기를 부리는 것이다. 집안은 망조를 만난 듯이 스산하고 을씨년스럽다.

불의의 수입을 앞에 놓고 분녀는 엄청나고 대건하였다. 어떻게 했으면 옳을까. 집안일에 보태자니 빛 없고 혼잣일에 쓰자니 끔찍하고 불안스럽다. 대체 집안사람들에게는 출처를 어떻게 말하면 좋을까. 관사에서 얻어내 왔다고 해서 곧이들을까. 가난에 과만은 도리어 무서운 일이다.

왈칵 겁도 났다. 술집 계집이나 하는 짓이 아닌가. 집안 사람도 집안 사람이려니와 명준에게 상구에게 들 낯이 있는가. 설사 만주에는 가 있다 하더라도 첫 몸을 준 명준이가 아닌가. 그야말로 불시에 금덩이나 짚

---

16) 료(料): 한 몫이 되는 분량의 밥.

17) 탕갈하다(蕩竭--): 재물이 남김없이 다 없어지다. 또는 재물을 다 없애다.

어지고 오면 어떻게 되노.

그러나 명준이보다도 당장 날마다 만나게 되는 상구에 대하여서는 어떻게 한단 말인가. 확실히 그를 깔보고 오기는 했다. 그렇기 때문에 벌써 피차에 정을 두고 지낸 지 반년이 넘는데도 몸 하나 까딱 다치지 못하게 하여 왔다.

그 역 몸은 다칠 염도 하지 않았다. 그러나 그는 깔중보일 인금[18]인가. 명준이같이 역시 눈질이 보통 재물은 아니다. 학교도 같은 학교나 명준이같이 중도에서 폐학할 처지도 아니요, 그것을 마치고는 서울 가서 웃학교를 치를 생각이라니 그렇게만 된다면야 취직도 한층 높아 고을 학교만을 졸업하고 3종 훈도로 나가거나 조합 견습생으로 뽑히는 것과는 격이 다르다. 다만 세월이 너무 장구한 것이 지리하다. 지금 학교를 마치재도 이태 웃학교까지 필함은 어느 천 년일까. 그때까지는 집안은 창이 날 것이다. 몸까지 허락하면 일이 됩데 틀어질 것 같아서 언약만 하여 놓고 손가락 하나 까딱 못하게 한 것이다. 상구 역시 그것을 원하지 않았고 공부에 유난스럽게 힘을 들이는 모양이다. 그러는 동안에 이 꼴이 되고 말았다.

허랑한 몸으로 상구를 어찌 대하노. 그렇다고 그를 당장에 단념할 신세도 못 되고, 진 죄를 쏟아 놓고 울고 뛸 수는 더욱 없는 것이다.

생각과 겁과 부끄럼에 분녀는 정신이 섞갈린다.


3

---

18) 인금: 사람의 가치나 인격적인 됨됨이.

학교가 바쁜 지 여러 날이나 상구를 만날 수 없다. 눈앞에 면대하지 않으니 겁도 차차 으스러지고 도리어 마음은 허랑하게만 든다.

실상은 다음 날로라도 곧 가려 하였으나 겸연쩍은 마음에 그럴 수도 없어 며칠은 번졌다. 그날 부랴부랴 그곳을 나오느라고 만갑이 가게에 물건을 잊어 둔 것이다. 물건도 물건, 공칙히 손에 걸치는 옷가지인 까닭에 안 찾을 수도 없고 밤이 이슥하기를 기다려 분녀는 조심스러이 거리로 나갔다.

행길에는 사람들이 듬성듬성하다. 전과는 달라 한결 조물거리는 마음에 사방을 엿보며 가게로 들어가자 기다리고 있던 듯이 만갑이는 성큼 뛰어나온다.

"올 사람도 없을 듯하군."

밀창을 드르렁드르렁 밀고 휘장을 치고 가게를 닫는 것이다.

"곧 갈 텐데……."

"눈어림만 했더니 맞을까."

골방문을 냉큼 열더니 만갑이는 상자를 집어낸다. 덮개를 여니 뾰족한 구두. 새까만 광채에 분녀는 눈이 어립다.

팔을 나꾸어 쪽마루로 이끈다.

반갑기보다도 무섭다.

'그까짓 구두쯤.'

불 하나를 끄니 가게 안은 어둑스레하다.

만갑이는 마루에 걸터앉자 강잉히[19] 팔을 잡아 끈다. 뿌리치고 빼다가 전봇대 모서리에서 붙들렸다.

"손가락 겨냥 좀 해 볼까."

---

19) 강잉히: 마지못해 그대로.

우격으로 끌리운다.

마루에 이르기 전에 만갑이는 날쌔게 남은 등불을 마저 죽여 버렸다.

어두운 속에서 분녀는 씨름꾼같이 왈칵 쓰러졌다. 더운 날숨이 목덜미를 엄습한다. 굵은 바로 얽어매인 것같이 몸이 가쁘다.

'미친것.'

즐겨서 들어온 것은 아니나 굳이 거역할 것이 없는 것은 몸이 떨리기는 하나 거듭하는 동안에 마음이 한결 유하여진 것이다. 무엇보다도 어둠에는 눈이 없는 까닭에 부끄러운 생각이 덜하다.

별안간 밀창을 흔드는 인기척에 달팽이같이 몸이 움츠러들었다. 시침을 떼려던 만갑이는 요란한 소리에 잠자코 있을 수 없어 소리를 친다.

"천수냐?"

하는 수 없이 문을 여니 천수가,

"야단났어요."

어느결엔지 들어와서,

"병환이 더해서 댁에서 곧 들어오시라구요."

"더하다니?"

"풍이 나서 사람을 몰라봐요."

"곧 갈게, 어서 들어가."

천수가 약빠르게 불을 켜는 바람에 분녀는 별수 없이 어지러운 꼴을 등불 아래 드러냈다. 움츠러들며 외면하였으나 천수의 눈이 등에 와 붙은 것 같다.

"녀석, 방정맞게."

만갑이의 호통에보다도 천수는 분녀의 꼴에 더 놀랐다.

이튿날 상구가 왔다.

임시 시험이라고는 칭탈하나 5월도 잡아들지 않았는데 모를 소리였다.

어떻든 그를 만나기는 퍽도 오래간만이다. 거의 하루 건너로 찾아오던 것이 문득 끊어지더니 마침 두 장도막[20]을 넘긴 것이다. 하기는 전 모양 그 모양 지닌 책보도 전의 것대로였다. 다만 얼굴이 좀 그을었고 눈망울이 그 무슨 먼 생각에 멀뚱하다. 필연코 곡절이 있으련만 그것을 꼬싯꼬싯 묻기에 분녀는 심고를 하며 상구의 말과 눈치가 될 수 있는 대로 자기의 일신의 변화 위에 떨어지지 않도록 발뺌을 하느라고 애를 썼다. 속으로는 상구한테서 정이 벌써 이렇게도 떴나 하고 궁리 다른 제 심정을 아프고 민망하게도 여겼다. 거짓 없는 상구의 입을 쳐다보기도 죄만 스럽다.

"시골학교 재미 적다. 서울로나 갈까 생각하는 중이다."

새삼스런 소리에 분녀는 의아한 생각이 나서,

"아무 델 가면 시험 없나? 뚱딴지같이 다따가 서울은 왜."

"조사가 심해서 책도 맘대로 읽을 수 없어. 책권이나 뺏겼다. 서울 가면 책도 소원대로 읽을 거, 동무도 흔할 거."

"책 책 하니 학교 책이나 보면 됐지 밤낮 무슨 책이야."

책보를 끌러 활짝 헤치니 교과서 아닌 몇 권의 책이 굴러 나왔다. 영어책도 아니요, 수학책도 아니요, 그렇다고 소설책도 아닌 불그칙칙한 껍질의 두터운 책들이다. 분녀는 전부터도 약간은 상구가 그러스름한 책을 읽고 있는 것과 그것이 무슨 속인가를 짐작하여 행여나 하는 의심을 품고 오기는 왔다.

"집에 두면 귀찮겠기에 몇 권 추려 가져왔다. 소용될 때까지 간직했다 주렴."

"주제넘게 엉큼한 수작하다 망할 장본인야. 까딱하다 건수, 윤패 꼴 되려구."

_____

20) 장도막: 한 장날로부터 다음 장날 사이의 동안을 세는 단위.

"함부로 지껄이지 말아. 쥐뿔도 모르거든."

상구는 눈을 부르댔다.

"너 요새 수상하더라. 태도가 틀렸지."

소리를 치며 책을 닁큼 들어 분녀의 볼을 갈긴다.

"어떻게 알고 그런 주제넘은 대꾸야."

돌리는 얼굴을 또 한 번 갈기다가 문득 고름 끝에 옭아매인 반지를 보았다.

"웬 것야?"

잡아채이니 고름이 떨어진다. 상구는 금시에 눈이 찢어져 올라가며 불이라도 토할 듯 무섭게 외친다.

"어느 놈팽이를 웃어 붙였니. 개차반. 천보."

머리채가 휘어잡혔다. 볼이 얼얼하고 이빨이 솟는 듯하나 분녀는 아무 대답 없다. 모처럼의 기회에 차라리 죽지가 꺾이게 실컷 맞고 싶다. 미안한 심사가 약간이라도 풀려질 것 같다.

"숫제 그 손으로 죽여 주었으면."

실토였다. 눈물이 솟는다.

"큰 것 죽이지 네까짓 것 죽이러 생겨났겐."

결착을 내려는 듯이 몸째 차 박지르고 상구는 훌쩍 나가 버렸다.

어쩐지 마지막 일만 같아 분녀는 불현듯이 설워지며 공연히 그를 설궂친 것을 뉘우쳤다.

저녁때 밭에서 돌아오기가 바쁘게 어머니는 황당하게 설렌다.

"들었니? 상구 말이다."

분녀의 얼굴에는 아직도 눈물 자국이 부숙부숙한 채로다.

"요새 더러 만나 봤니? 이상한 눈치 보이지 않든? 들어갔단다."

"네, 언제요."

분녀는 눈이 번쩍 뜨인다.

"망간 거리에서 소문 듣고 오는 길이다. 윤패, 건수 들과 한 줄에 달릴 모양이다. 사람 일 모르겠다."

"낮쯤 와서 책까지 두고 갔는데요."

"낌새 채고 하직차로 왔었나 보다. 멀건 소소리패[21]들과 휩쓸려 지내더니 아마도 그간 음특한 짓을 꾸민 게야."

"눈치가 이상은 하였으나 그렇게까지 되다니요."

사실 분녀는 거기까지는 어림하지 못하였다. 아까 상구와 끝내 말다툼까지 하다 그의 심사를 설긋치게 된 것도 실상은 그의 말이 전과는 달라 수상하게 나온 까닭이었다.

"녀석들의 언결 입었거나 그렇지 않으면 철모르고 덤볐거나 한 게야. 사람은 겉볼안[22]이 아니구먼. 이 일을 어쩌노."

어머니로서는 공연한 걱정이었다.

"웃학교는 아시당초 틀렸지. 초라니 같은 것. 사람 잘못 가렸어."

슬그머니 딸을 바라본다. 분녀의 얼굴은 안온한 것도 같고 아득한 것도 같다.

"사람과 생각이 다른 거야 하는 수 없지요."

"넌 어떻게 생각하느냐 말이다. 분하지 않으냐?"

"분하긴요."

먼숙한 얼굴을 은연중 바라보며 어머니는 은근한 목소리로,

"너희들 그간 아무 일 없었니?"

분녀는 부끄러운 뜻에 화끈 얼굴이 달며 착살스런[23] 어머니의 눈초리

---

21) 소소리패: 나이가 어리고 경망한 무리.

22) 겉볼안: 겉을 보면 속은 안 보아도 짐작할 수 있다는 말.

에서 외면하여버렸다.

"있었다면 탈이다."

수삽스러운 생각에 어머니가 자리를 뜬 것이 얼마나 시원한지 알 수 없다. 어머니에게 대하여서보다도 애매한 상구에 대하여 더 부끄럽다. 일신이 별안간 더럽고 께끔하다[24].

어쩐지 어심아하여 밤이 늦었을 때 분녀는 골목을 나갔다. 남문 거리에 가서 한 모퉁이에 서기만 하면 웬만한 그날 소식은 거의 귀에 들려 온다. 행길 복판 게시판 옆에 두런두런 모여서들 지껄지껄하는 속에서 분녀는 영락없이 상구의 소문을 가닥가닥 훔쳐 낼 수 있었다.

건수가 괴수였다. 모여서 글 읽는 패를 모으려다가 들킨 것이다. 학교에서는 상구 외에도 두 사람, 거리에서는 건수와 윤패네 세 사람. 상구는 건수에게서 책을 빌렸을 뿐이나 집을 속속들이도 수색당하고 학교에서는 나오는 대로 퇴학을 맞을 것이다.

상구도 이제는 앞길이 글렀구나 생각하면서 분녀는 발을 돌렸다. 이렇게 될 것을 예료豫料[25]하고 그를 숨기고 허랑하게 처신을 하여 온 것 같아 면목 없고 언짢다.

집에 돌아오니 상구의 두고 간 책이 유난스럽게 눈에 띈다. 그립기보다도 도리어 책망하는 원혼같이 보여서 쓸어 들고 아궁 앞으로 내려갔다.

'차라리 태워버리는 것이 글거리가 남잖아 피차에 낫지.'

불을 그어 대니 속장부터 부싯부싯 타기 시작한다. 먹과 종이 냄새가 나며 두터운 책이 삽시간에 불덩이가 된다. 어두운 부엌 안이 불길에 환

---

23) 착살스럽다: 하는 짓이나 말 따위가 잘고 다라운 데가 있다.

24) 께끔하다: '께끄름하다(께적지근하고 꺼림하여 마음이 내키지 않다)'의 준말.

25) 예료(豫料): 미리 헤아려 짐작함.

하다. 상구와는 영영 작별 같다. 악착한 것 같아 분녀는 눈앞이 어질어
질하다.


4


　날이 지남에 따라 무겁던 마음도 차차 홀가분하여지고, 상구에게 대하
여 확실히 심드렁하게 된 것을 분녀는 매정한 탓일까 하고도 생각하였
다. 굴레를 벗은 것같이 일신이 개운하다. 매일 곳 없으며 책할 사람 없
다고 느끼는 동안에 마음이 활짝 열려 엉뚱한 딴사람으로 변한 것 같다.
　어느 날 저녁 느직하게 도야지물을 주고 우리에 의지하여 하염없이 들
여다보고 있을 때 문득 은근한 목소리에 주물트리고 돌아서니 삽짝문
어귀에 사람의 꼴이 어뜩한다. 홀태²⁶⁾ 양복을 입고 철 잃은 맥고를 쓴
것이 갈데없는 만갑이다. 혹시 집안 사람에게라도 들키면 하고 밖으로
손짓하며 뛰어갔다.
　"동문 밖까지 와줄 텐가. 성 밑에 기다리고 있을게."
　만갑은 외면하여 돌아서며 다짜고짜로 부탁이다.
　"의논할 일이 있어. 안 오면 낭패야."
　대답할 여지도 없게 다짐하고는 얼굴도 똑똑히 보이지 않고 사람의 눈
을 피하는 듯이 휙 가버린다. 어둠 속에 달아나는 꼴이 어렴칙하다²⁷⁾.
약빠른 꼴이 믿음직은 하나 너무도 급작스러워서 분녀는 미심하게 뒷모

26) **홀태**: 좁은 물건.
27) **어렴칙하다**: '어렴칙하다'의 잘못. 기억이나 형상 따위가 긴가민가하여 뚜렷
　　하지 아니하다.

양을 바라본다. 여편네 병이 위중한가.

방에 돌아와 망설이다가 행티가 이상한 까닭에 담보를 내서 가보기로 하였다. 물론 그에게는 그만큼 마음이 익은 까닭도 있었다.

동문을 나서니 들판이 까마아득하고 늪이 우중충하다. 오 리 밖 바다가 보이는지 마는지 달 없는 그믐밤이 금시에 사람을 호릴 듯하다.

길 없는 둔덕으로 들어서 성곽 밑으로 다가서기가 섬뜩하고 께끔하다. 여우에게 홀리는 것은 이런 밤일까. 여우보다는 사람에게 홀리는 것이 그래도 낫겠지 하는 생각에 문득 성벽에 납작 붙은 만갑을 발견하였을 때에는 차라리 반가웠다.

사내는 성큼 뛰어와 날쌔게 몸을 끌었다. 무서운 판에 분녀는 뿌듯한 힘이 믿음직하여 애써 겨루려고도 하지 않고 두 팔에 몸을 맡겨 버렸다.

"분녀."

이름을 부를 뿐 다른 말도 없이 급작스레 허리를 죄더니 부락스럽게 밀친다.

"다짜고짜로 개처럼 무어야, 원."

분녀는 세부득 쓰러지면서 게정거리나[28] 어기찬 얼굴이 입을 덮는다. 팔이 떨리며 몸짓이 어색하다.

"말이 소용 있나."

목소리에 분녀는 웅긋하였다.

"녀석 누구야?"

소리를 지르나 입이 막히운다.

"만갑인 줄만 알았니? 어수룩하다."

"못된 것. 각다귀[29]."

---

28) 게정거리다: 불평을 품은 말과 행동을 자꾸 하다.

손으로 뺨을 하나 올려 쳤을 뿐 즉시 눌리어 꼼짝할 수도 없다.

"듣지 않을 듯해서 감쪽같이 만갑이로 변해 보았다. 계집을 속이기란 여반장如反掌30)이야. 맥고 쓰고 홀태 양복만 입으면 그만이니."

천수도 사내라 당할 수 없이 빡세다.

"딴은 만갑이와 좋긴 좋구나. 여기까지 나오는 것 보니. 녀석도 여편네는 마저마저 거꾸러지는데 말 아니야. 물건을 낚시 삼아 거리의 계집애들 다 망쳐 놓으니."

천수의 심청31)은 생각할수록 괘씸하였으나 지난 후에야 자취조차 없으니 하릴없는 노릇이다. 마음속에 담고 있을 뿐 호소할 곳도 없으며 물론 말할 곳도 없다. 그러나 이상하게도 날이 지날수록 괘씸한 마음은 차차 스러져 갔다.

어차피 기구하게 시작된 팔자였다. 명준이 때나 천수 때나 누구인 줄도 모르고 강박으로 몸을 맡겼다. 당초에 몸을 뜯고 울고 하였으나 지금와 보면 명준이나 천수나 만갑이까지도…… 다 같다. 기운도 욕심도 감동도 사내란 사내는 다 일반이다. 마치 코가 하나요, 팔이 둘인 것같이 뛰어나지 못한 사내도 나은 사내도 없고 몸을 가지고만 아는 한정에서는 그 누구가 굳이 싫은 것도 무서운 것도 없다. 명준에게 준 몸을 만갑에게 못 줄 것 없고 만갑에게 허락한 것을 천수에게 거절할 것이 없다.

다만 부끄러울 뿐이다. 벗은 몸을 본능적으로 가리게 되는 것과 같은 심정으로 그것은 여자의 한 투다.

문만 들어서면 세상의 사내는 다 정답다. 천수를 굳이 괘씸히 여길 것

---

29) 각다귀: 남의 것을 뜯어먹고 사는 사람을 비유적으로 이르는 말.

30) 여반장(如反掌): 손바닥을 뒤집는 것 같다는 뜻으로, 일이 매우 쉬움을 이르는 말.

31) 심청: '마음보(마음을 쓰는 속 바탕)'의 잘못.

없다.

분녀는 이렇게까지 생각하게 되었다. 마음이 허랑하여졌다고 할까. 확실히 새 세상을 알기 시작한 후로 심정이 활짝 열리기는 열렸다. 아무리 마음속을 노려보아도 이렇게밖엔 생각할 수 없다. 천수를 안된 놈이라고만 칭원稱寃32)할 수 없다.

정신이 산란하여 몸이 노곤하다. 살림은 나아지는 법 없고 일반인데다가 어느 날 또 발등에 불이 떨어졌다. 이웃 고을 재판소에서 검사국으로 넘어갔던 오빠의 재판이 열리는 것이다. 조합 당사자들에게 호출이 왔을 것은 물론이나 경찰에서 참량參量33)하여 집에도 통지가 왔다. 들어간 후로는 꼴을 본지도 하도 오랜 까닭에 어머니만이라도 참례하여 징역으로 넘어가기 전에 단 눈보기만이라도 하였으면 하나 재판을 내일같이 앞두고 기차로 불과 몇 시간이 안 걸리는 곳인데도 골육을 보러 갈 노자가 없는 것이다. 어머니는 딸을, 딸은 어머니를 쳐다만 보며 종일 동안 궁싯거릴 뿐이었다.

생각다 못해 분녀는 밤늦게 거리로 나갔다. 만갑이밖엔 생각나는 것이 없다. 통사정하면 물론 되기는 될 것이다. 말하기가 심히 거북하여서 주저될 뿐이다.

"만갑이 보러 왔니? 온천으로 놀러 갔다."

위인이 없다면 말도 할 수 없기에 얼빠진 것같이 우두커니 섰노라니 천수는 민망한 듯이 덜미를 친다.

"요전 일 노엽니?"

뒤를 이어,

---

32) **칭원하다(稱寃--):** 원통함을 들어서 말하다.
33) **참량하다(參量--):** 이리저리 비추어 보아서 알맞게 고려하다.

"무슨 일인지 내게 말하렴. 났으니 말이지 만갑이에게 말해도 소용없을 줄이나 알아라. 네게서 벌써 맘 뜬 지 오래야. 요새는 남돗집 월선이와 좋아 지내는 모양이더라. 여편네 병은 내일 내일 하는데……."

분녀는 불시에 뒤통수를 얻어맞은 것 같다. 눈앞이 아득하다.

"가게라도 반 떼어 주겠다고 꼬이지 않든? 여편네가 죽으면 후실로 들여 가게를 맡기겠다고 하지 않든? 누구에게든지 하는 소리, 그게 수란다."

기둥을 잃은 것 같다. 몸이 떨린다. 그를 장래까지 믿었던 것은 아니나 너무도 간특<sub>奸慝</sub>[34]스럽게 속한 셈이다.

"만갑이처럼 능청스럽지는 못하나 네게 무엇을 속이겠니. 무슨 일이든 말하렴. 내 힘엔 부친단 말이냐?"

"아무것도 아니다."

"어떻게 생각할지 모르나 돈이라면 여기 잔돈푼이나 있다. 어떻게 여기지 말고 소용되는 대로 쓰려무나."

천수는 지갑을 내서 통째로 손에 쥐여 준다. 분녀는 알 수 없이 눈물이 솟는다. 예측도 못 한 정미<sub>情味</sub>에 가슴이 듬뿍해서 도리어 슬프다.


# 5

어머니는 재판소에 갔다 온 날부터 심화가 나서 누웠다 일어났다 하였다. 홀렁바지를 입고 용수[35]를 쓴 오빠의 꼴이 눈앞에 어른거려 잠을 못

---

34) 간특스럽다(奸慝---): 보기에 간사하고 악독한 데가 있다.

이루는 눈치다. 눈물이 마를 새 없고 눈시울이 부어서 벌겠었다. 몇 해 징역이나 될까. 판결이 궁금하다기보다 무섭다. 엄정한 재판장의 모양이 눈에 삼삼하다. 종가에서는 발조차 일절 끊었다.

스산한 속에도 단오가 가까워 온다.

거리 앞 장대에서는 매년같이 시민운동회가 성대하게 열린다는 바람에 거리 사람들은 설렌다. 일 년에 한 번 오는 이 반가운 명절 때문에 사람들은 사는 보람이 있는 듯하다. 씨름이 있고 그네가 있고 활이 있고 자전거 경주가 있다. 사람들은 철시하고 새 옷 입고 장대로 밀릴 것이다.

분녀는 정황은 못 되었으나 그대로 명절이 은근히 기다려진다. 제사 지낼 떡은 못 빚을지라도 만갑에게서 갖추어 얻은 것으로 이럭저럭 몸치장은 될 것이다. 무엇보다도 올에는 그네를 뛰어 상에 들 가망이 있는 것이다.

"자전거 경주에 또 나가 보겠다."

천수가 뽐내는 것을 들으면 분녀도 마음이 뛰놀았다.

"을손이를 지울 만하냐?"

"올에야 설마 짓구땡이지 어디 갈라구. 우승기 타 들고 거리를 돌게 되면 나와 살겠니?"

"밤낮 살 공론이야."

이렇게 말한 것이 실상에 당일에는 어찌 된 일인지 도무지 신명이 나지 않았다.

못을 박은 듯이 빽빽히 선 사람 틈으로 자전거 경주를 들여다보고 있노라니 앞장서서 달아나던 천수는 꽁무니를 쫓는 을손과 마주 스치더니 급작스런 모서리를 돌 때 기어코 왈칵 쓰러져 일어나는 동안에는 벌써

---

35) 용수: 죄수의 얼굴을 보지 못하도록 머리에 씌우는 둥근 통 같은 기구.

맨 뒤에 떨어져버렸다. 을손의 간악한 계교에 얼입히웠다고[36] 북새를 놓았으나 을손이 벌써 일등을 한 뒤라 공론이 천수에게 이롭지 못하였다. 조마조마 들여다보던 분녀는 낙심이 되어 차례가 와 그네에 올랐을 때에도 마음이 허전허전하였다.

나마저 실패하면 어쩌노 생각하며 애써 힘을 주어 솟구기 시작하였다.

희뚝거리던 설개도 차차 편편하여지고 두 손아귀의 바도 힘차고 탐탁하게 활같이 휘었다 펴졌다 한다. 그네와 몸이 알맞게 어울려 빨리 닫는 수레를 탄 것같이 유쾌하다. 나갈 때에는 눈앞이 휘연하고[37] 치맛자락이 너벳이 나부낀다. 다리 밑에 울며줄며 선 사람들의 수천의 눈방울이 몸을 따라 왔다 갔다 한다. 하늘에 오를 것 같고 땅을 차지한 것도 같다. 땅 위의 걱정은 어디로 날아간 듯싶다.

바에 달린 줄이 휘엿이 뻗쳐 방울이 딸랑 울릴 때도 얼마 남지 않은 것 같다. 아래에서는 연방 추스르는 말과 힘을 메기는 고함이 들린다. 몸은 펴질 대로 펴지고 일등도 머지않다.

그때였다. 들어왔다 마지막 힘을 불끈 내어 강물같이 후렷이 솟아나갈 때 벌판으로 달리는 눈동자 속에 문득 맞은편 수풀 속의 요절할 한 점의 광경이 들어왔다. 순간 눈이 새까매지고 허리가 휘친 꺾이며 힘이 푹 스러지는 것이었다.

'왕가일까.'

추측하며 재차 솟구며 나가 내려다보니 움직이지도 않고 그대로 서 있는 꼴이 개울 옆 수풀 그늘 아래 완연하다. 그 불측한 녀석은 참다못해 그 자리에 선 것이 아니요, 확실히 일부러 그 꼴을 하고 서서 이쪽을 정

---

36) 얼입다: 남의 허물로 인하여 해를 받다.
37) 휘연하다: 훤한 듯하다.

신없이 쳐다보는 것이다. 아마도 오랫동안 그 목적으로 그 짓을 하고 섰던 것이 요행 주의를 끌어 눈에 뜨인 것이리라. 거리에서 드팀전을 하고 있는 중국인 왕가인 것이다.

'음칙한 것.'

속으로는 혀를 차면서도 이상하게도 한눈이 팔려 분녀는 노리는 동안에 팽팽하게 당기던 기운이 왈싹 줄어들며 그네가 줄기 시작하였다. 허리가 꺾이고 다리가 허전하여지더니 다시 힘을 주려야 줄 수 없다. 팔이 떨려 바가 휘친거리고 발에 맥이 풀려 설개가 위태스럽다. 벌써 자세가 빗나가고 몸과 그네가 틀리기 시작하였다. 거의 방울이 마저마저 울리려 하던 푯줄이 옴츠려들게만 되니 그네는 마지막이요 일등은 날아갔다. 분녀는 아홉 숨음의 공을 한 숨음의 실책으로 단망할 수밖엔 없었다. 줄 아래 사람들은 공중의 비밀은 알 바 없어 혹은 탄식하고 혹은 소리치며 다만 분녀의 못 미치는 재주를 아까워하는 것이다.

이렇게 된 바에야 하고 분녀는 줄어드는 그네 위에서 담대스럽게 녀석을 노려서 물리치려고 하였다. 그러나 이상한 것은 노리는 동안에 그를 물리치기는커녕 이쪽의 자세가 어지러워질 뿐이다. 오금에 맥이 빠지고 나부끼는 치마폭이 부끄럽다.

일종의 유혹이었다. 천여 명 사람 속에서 왕가의 그 꼴을 보고 있는 것은 분녀뿐이다. 말하자면 두 사람은 많은 총중의 눈을 교묘하게 피하여 비밀히 만나고 있는 셈도 된다. 왕가의 간특스런 손짓과 마주치는 분녀의 시선은 말없는 대화인 셈이다. 분녀는 부끄러운 생각에 얼굴이 붉어졌다.

줄에서 내렸을 때까지도 좀체 홍분이 사라지지 않았다.

좀 상에는 들었으나 상보다도 기괴한 생각에 몸이 무덥다.

이 괴변을 누구에게 말하면 좋은가. 혼자만 알고 있는 것이 옳을까 생각하며 천수를 찾았으나 많은 눈 속에서 소락소락 말을 붙일 수도 없어서 집으로 돌아와서야 겨우 기회를 잡았으나 천수는 홧김에 술이 거나하게 취하여 있다.

"개울가로 나올련. 요절할 이야기 들려 줄게."

"분해 못 견디겠다. 을손이 녀석."

분녀는 혼자 먼저 나갔으나 시납시납 거닐어도 천수의 나오는 꼴이 보이지 않았다. 분김에 을손과 맞붙어 싸우지나 않는가.

양버들 숲을 서성거리는 동안에 어두워졌다. 개울까지 나갔다 다시 수풀께로 돌아오면서 하릴없이 왕가의 생각에 잠겨 본다. 초라한 꼴로 거리에 온 지 5~6년이나 될까. 처음에는 마병38)장사를 하던 것이 차차 늘어 지금에는 드팀전으로도 제일 크다. 실속으로는 거리에서 첫째 부자라는 소리도 있으나 아직도 엄지락총각39)의 신세를 면하지 못하여 가끔 술집에 가서는 지전을 물 쓰듯 뿌린다고 한다. 중국 사람은 왜 장가가 늦을까. 여편네가 귀한 탓일까.

수풀 그늘 속으로 들어가려던 분녀는 기겁을 하고 머물렀다. 제소리의 범이 있는 것이다. 왕가는 마치 그를 기다리고 있던 것같이 벙글벙글 웃으며 앞에 막아선다. 하기는 낮에 섰던 바로 그 자리이긴 하다. 도깨비에게 홀린 것도 같다.

쭈뼛 솟았던 머리끝이 가라앉기도 전에 몸이 왕가의 팔 안에 있다. 입을 벌리기에는 너무도 어처구니없고 삽시간이라 겨를 틈도 없다.

'평생이 이다지도 기구할까.'

분녀는 혼자 앉았을 때 스스로 일신이 돌려 보였다.

---

38) 마병: 오래된 헌 물건.
39) 엄지락총각: '떠꺼머리총각'의 잘못. 노총각을 비유적으로 이르는 말.

수풀 속에서 왕가에게 결박을 당하였을 때 악을 다하여 겯었다면 견지 못하였을까. 가령 팔을 물어뜯는다든지 돌을 집어 얼굴을 찧는다든지 하였으면 당장을 모면할 수는 있지 않았던가. 그럼에도 그는 그것을 할 수 없었고 이상한 감동에 몸이 주저들자 기운도 의사도 사라져버려 그뿐이었다.

마치 당시에는 함빡 술에라도 취하였던 것 싶다.

천수를 대할 꼴도 없다. 하기는 만갑과의 사이를 아는 그가 왕가와의 사이인들 굳이 나무랄 이치도 없기는 하다. 천수는 만갑에게서 그를 빼앗았고 차례로 왕가에게 빼앗긴 셈이다. 몸이란 나루에서 나루로 멋대로 흘러가는 한 척의 배 같다. 하기는 만약 그날 저녁 약속한 천수가 어김없이 개울가로 나와 주었더면 그렇게 신세가 빗나가지는 않았을 것이다. 천수를 한할까, 왕가를 원망할까.

분녀는 길게 한숨지으며 생각에 눈이 흐리멍덩하다. 천수를 한할 바도 못 되거니와 왕가를 미워할 수도 없는 것이다.

생각하기도 부끄러운 일이나 사실 왕가는 특별한 인간이었다. 사내 이상의 것이라고 할까. 그로 말미암아 분녀는 완전히 눈을 뜨게 된 것이다.

왕가를 보는 눈이 전과는 갑자기 달라져서 은근히 그가 그리운 날이 있었다. 피가 수물거려 몸이 덥고 골이 땅할 때조차 있다. 그런 때에는 뜰 앞을 저적거리거나 성 밖에 나가 바람을 쏘일 수밖에는 없었다. 그러나 그것만으로는 도무지 몸이 식지 않는 때가 있다.

하룻밤은 성밖까지 나갔다. 돌아오는 길에 거리를 거쳤다. 눈치를 보아 왕가와 만날 수가 있지나 않을까 하는 속심도 없는 바 아니었다.

두근거리는 마음에 남문을 지날 때 돌연히 천수를 만났다. 조바심하는 탓으로 태도가 드러나 보였는지 천수는 어둠 속으로 소매를 이끌더니 첫마디에 싫은 소리였다.

"요새 꼴이 틀렸군."

영문을 몰라 맞장구를 쳤다.

"꼴이 틀렸다니 눈이 뒤집혔단 말이냐?"

"눈도 뒤집혔는지 모르지."

"무슨 소리냐?"

"요새 환장할 지경이지?"

"또 술취했구나. 을손이한테 지더니 밤낮 술이야."

"어물쩡하게 딴소리 그만둬."

쏘더니 목소리를 갈아,

"사람이 그렇게 헤프면 못쓴다. 아무리 너기로서니 천덕구니가 되면 마지막이야."

"무엇 말이냐?"

"그래도 시침을 떼니? 왕가와의 짓 말야."

분녀는 뜨끔하여 입이 막혀 버렸다.

"수풀 속에서 본 사람이 있어. 하늘은 속여도 사람의 눈은 못 속인다."

따귀를 붙인다. 분녀는 주춤하며 자세가 휘었다.

"다시 그러면 왕가를 찔러 라도 눕힐 테야. 치가 떨려 못 살겠다."

한참이나 잠자코 섰던 분녀는 겨우 입을 열었다.

"너 옷섶이 얼마나 넓으냐? 내가 네게 매였단 말이냐. 왕가와 너와 못하고 나은 것이 무엇 있니?"

6

그 후로 천수와의 사이가 뜬 것은 물론이거니와 분녀에게는 여러 가지 궁리가 많아서 얼마간 거리와 일절 발을 끊었다. 아침저녁으로 관사에 다니는 것도 일부러 궁벽한 딴 길을 골랐다. 관사에서 일하는 이외의 여가는 전부 집에서 보냈다.

빈집을 지키며 울 밑 콩포기도 가꾸고 우물물을 길어 몸도 핏질 씻고 하는 동안에 열이 식어지고 마음도 차차 잡혔다. 몸이 깨끗하고 정신이 맑은 데다 뜰 앞의 조촐한 화초포기를 바라보고 있으면 지난 일이 꿈결 같이 밖에는 생각나지 않는다.

그 무슨 무더운 대병이나 치르고 난 것같이 몸이 거뿐하다. 모든 것이 지나간 꿈이었다면 차라리 다행이겠다고 생각해보면 머리채를 땋아 내린 몸으로 엄청난 짓을 한 것이 새삼스럽게 뉘우쳐진다. 명준, 만갑, 천수, 왕가. 머릿속에 차례로 떠오르는 환영을 힘써 지워버리려고 애쓰면서 날을 보냈다.

그러나 사람의 마음처럼 조화 많은 것은 없는 듯하다. 언제까지든지 찬 우물물을 끼얹어 식히고 얼리울 수는 없었다. 견물생심으로 다시 분녀의 마음을 움직이게 한 변괴가 생겼다. 망측스런 꼴이 눈에 불을 붙여 놓았다.

여름의 관사는 까딱하면 개망신처가 되기 쉽다. 문이란 문, 창이란 창은 죄다 열어젖히고 대신에 얇은 발이 치이면 방 안의 변이 새기 맞춤이다. 문이란 벽 속의 비밀을 귀띔하는 입이다. 그 안에 사는 임자가 밤과 낮조차 구별할 주책이 없을 때에 벽은 즐겨 망신 주기를 좋아하는 것 같다.

그날 저녁 무렵은 유난히도 무더웠다. 더우면 사람들은 해변에서나 집 안에서나 옷 벗기를 즐겨 한다. 분녀는 이역 유난스럽게도 일찍이 부엌 일을 마치고는 목욕물을 가늠 보러 목욕간으로 들어갔다. 물줄을 틀어

더운물을 맞추면서 한결같이 누구보다도 먼저 시원한 물속에 잠겼으면 하는 불측한 생각뿐이었다. 그러나 대체 주인 양주는 이때껏 무엇을 하고 있나 하고 빈지[40] 틈에 눈을 대었다. 이 괴망스러운 짓이 실수였는지도 모른다. 빈지 틈으로는 맞은편 건넌방이 또렷이 보인다. 분녀는 하는 수 없이 방 안의 행사를 일일이 보지 않을 수 없었다.

거의 숨을 죽였다. 피가 솟아 얼굴이 화끈 단다. 목구멍이 이따금 울린다. 전신의 신경을 살려 두 손을 펴고 도마뱀같이 빈지 위에 납작 붙었다.

수돗물이 쏟아질 대로 쏟아져 목욕통이 넘쳐나는 것도 잊어버리고 분녀는 어느 때까지나 정신없이 빈지에 붙어 앉았다. 더운 김에 서리어서인지 눈에 불이 붙어서인지 몸이 불덩이같이 덥다.

날이 지나도 흥분이 쉽사리 사라지지 않는다.

'그런 세상도 있구나.'

거기에 비하면 지금까지 겪은 세상은 너무도 단순하고 아무것도 아닌…… 방 안의 세상이 아니요, 문밖 세상 같은 생각이 든다. 가지가지의 경험을 죄진 것같이 여기던 무거운 생각도 어느 결엔지 개어지고 도리어 자연스럽고 그 위에 그 무엇이 부족하였다는 느낌조차 들었다.

관사의 광경은 확실히 커다란 꼬임이었다. 일시 잠자던 것이 다시 깨어나 이번에는 더 큰 힘으로 움직이기 시작하였다. 아무리 우물물을 퍼서 몸에 퍼부어도 쓸데없다. 한시도 침착하게 앉아 있을 수 없이 육신이 마치 신장대 모양으로 설레는 것이다.

만약 그날로 돌연히 상구가 눈앞에 나타나지 않았더면 분녀는 어떻게 일신을 정리하였을까.

요술과도 같이 뜻밖에 상구가 찾아왔다. 들어간 지 거의 달포 만이다.

---

40) 빈지: 한 짝씩 끼웠다 떼었다 할 수 있게 만든 문.

얼굴은 부숭부숭 부었으나 어느 틈엔지 머리까지 깎은 후라 일신은 단정하다. 짜장 반가운 판에 분녀는 조금 수다스럽게 소리를 걸었다.

"고생했구나."

"맞았다! 동무들이 가엾다."

상구는 전과는 사람이 변한 것같이 속도 열리고 말도 걱실걱실 잘 받는 것이 분녀에게는 알 수 없이 반갑다.

"몸이 부은 것 같구나. 거북하지 않으냐."

"넌 내 생각 안 했니?"

다짜고짜로 몸을 끌어당긴다. 분녀는 굳이 몸을 빼지 않았다.

"이번같이 그리운 때 없다."

"별안간 싼들한 것 같구나."

핑계 겸 일어서서 분녀는 방문을 닫았다.

상구에 대한 지금까지의 불만도 뉘우침도 다 잊어버리고 상구가 하는 대로 몸을 맡겼다. 누구보다도 지금에는 상구가 가장 그리운 것이다. 지난날도 앞날도 없고 불붙는 몸에는 지금이 있을 뿐이다. 상구의 입술이 꽃같이 곱다.

다음 날 관사에 나갔을 때에 분녀는 천연스런 양주의 얼굴을 속으로 우습게 여기는 한편 천연스런 자신의 꼴을 한층 더 사특<sup>41)</sup>하게 여겼다.

그날 밤도 상구가 오기는 왔으나 간밤같이 기쁜 낯으로가 아니었다. 밤늦게 오면서도 그는 전과 같이 노여운 태도였다. 퉁명스런 목소리였다.

"너를 잘못 알았다."

발을 구르며,

---

41) 사특하다(邪慝--): 요사스럽고 간특하다.

"네까짓 것한테 첫 몸을 준 것이 아까워."

이어,

"짐승 같은 것, 너를 또 찾은 내가 잘못이었지. 그렇게까지 된 줄이야 알았니."

기어코 볼을 갈긴다.

"소문 다 들었다."

"……."

"굳이 일일이 이름 들 것도 없겠지. 어떻든 난 쉬 떠나겠다."


## 7

상구는 말대로 가 버렸다. 차라리 실컷 얻어나 맞았더면 시원할 것을 더 말도 못 들어 보고 이튿날로 사라졌으니 하릴없다. 서울일까. 사람이란 눈앞에만 안 보이게 되면 왜 이리도 그리운가.

그러나 상구의 실종보다도 더 큰 변이 생기고야 말았다. 마을 갔던 어머니는 화급한 성질에 펄펄 뛰어들더니 손에 몽둥이를 집어 들었다.

"분녀야, 정말이냐?"

분녀에게는 곡절이 번개같이 짐작되었다. 금시에 몸이 솟는 것 같더니 넋 없는 몸뚱이가 허공을 나는 것 같다.

"허구한 곳 다 두고 하필 종가에 가서 이 끔찍한 소문을 듣다니 무슨 망신이냐."

올 때가 왔구나 느끼며 숨을 죽였다.

"일일이 대봐라, 행실머릴. 이 자리에서."

첫 매가 내렸다.

"만갑이, 천수, 또 누구냐, 대라. 치가 떨려 견딜 수 있나. 몸치장이 수상하더니 기어코 이 꼴이야."

물매가 내리기 시작하였다. 분녀는 소같이 잠자코만 있다가 견딜 수 없어서 매를 쥔 팔을 붙들었다. 어머니는 더욱 노여워할 뿐이다.

"이 고장에 살 수 없다. 차라리 죽어라."

모진 매에 등줄기가 주저내리는 것 같다. 종아리에서는 피가 튄다. 분녀는 하는 수 없이 매를 벗어나서 집을 뛰어나왔다. 목소리는 나지 않고 눈물만이 바짓바짓 솟는다.

바다에라도 빠질까. 목이라도 맬까. 성문을 나서 환장할 듯한 심사에 정신없이 벌판을 달렸다. 큰길을 닫기도 부끄러워 옆길로 들었다. 허전거리다가 밭두덕에 쓰러졌다. 굳이 다시 일어날 맥도 없이 그 자리에 코를 박고 밤 되기를 기다렸다. 바다에까지 나가기도 귀찮아 풀포기에 쓰러진 채 밤을 새웠다.

다음 날도 집에 들어가지 않고 그렇다고 갈 곳도 없어 사람 눈에 안 띄게 종일이나 벌판을 헤매다가 밭 속 초막 안에서 잤다. 그런 지 나흘 만에 벌판으로 찾아 헤매는 식구의 눈에 띄어 하는 수 없이 집으로 끌려갔다. 어머니는 때리는 대신에 눈물을 흘렸다.

큰일이나 치르고 난 것 같다. 몸도 가다듬고 마음도 죄어졌다. 딴 사람으로라도 태어난 것 같다. 관사에서 떨어진 후로는 들에 나가 밭일을 거들었다. 거리를 모르게 되고 밭과 친하였다.

여름이 짙어지자 벌써 가을 기색이었다. 들에는 곡식 냄새에 섞여 들깨 향기가 넘쳤다. 들깨 향기는 그윽한 먼 생각을 가져온다.

분녀는 날마다 들깨 향기에 젖어서 집에 돌아왔다. 그런 하룻날 돌연히 낯선 청년이 찾아왔다.

"날 모르겠어?"

아무리 뜯어보아도 알 듯 알 듯하면서 생각이 미처 들지 않는다.

"명준이야."

듣고 보니 틀림없다. 반갑다. 삼 년만인가.

"만주 갔다 오는 길야. 나도 변했지만 분녀도 무던히는 달라졌군."

"금광은 찾았누?"

"금광 대신에 사람 놈이나 때려죽였지."

명준은 빙그레 웃는다. 고생을 하였으련만 그다지 축나지도 않았다. 도리어 몸이 얼마간 인 것 같다.

"고향은 그저 그 모양이군."

분녀는 변화 많은 그의 일신 위에 말이 뻗칠까 봐 날쌔게 말꼬리를 돌렸다.

"어떻게 할 작정인구?"

"밭뙈기나 얻어 갈아 볼까. 수틀리면 또 내빼구."

말투가 허황하면서도 듬직하다. 생각하면 명준은 첫 사람이었다. 귀찮은 금덩이를 가져오지 않은 것이 차라리 개운하다. 허락만 한다면 그와 나 마음잡고 평생을 같이하여 볼까 하고 분녀는 생각하여 보았다.

『중앙』, 1936

# ✆ 깨뜨려지는 홍등

## 1

"여보세요."

"이야기가 있으니 이리 좀 오세요."

"잠깐 들어와 놀다 가세요."

"너무 히야까시[42] 마시고 이리 좀 와요."

"앗다, 들어오세요."

"여보세요."

"여보세요."

"여보세요."

…………

저문 거리 붉은 등에 저녁 불이 무르녹기 시작할 때면 피를 말리우고 목을 짜내며 경칩에 개구리 떼같이 울고 외치던 이 소리가 이 청루에서는 벌써 들리지 않았고 나비를 부르는 꽃들이 누樓 앞에 난만히 피지도 않았다.

'상품'의 매매와 흥정으로 그 어느 밤을 물론하고 이른 아침의 저자같이 외치고 들끓는 화려한 이 저자에서 이 누 앞만은 심히도 적막하였다.

---

42) 히야까시: 희롱, 놀림의 일본말.

문은 쓸쓸히 닫히었고 그 위에 걸린 홍등이 문 앞을 희미하게 비추고 있을 따름이다.

사시장청四時長靑 어느 때를 두고든지 시들어 본 적 없는 이곳이 이렇게 쓸쓸히 시들었을 적에는 반드시 심상치 않은 일이 일어났음이 틀림없었다.


## 2

몇 백 원이나 몇 천 원 계약에 팔려서 처음으로 이 지옥에 들어오면 너무도 기막힌 일에 무섭고 겁이 나서 몇 주일 동안은 눈물과 울음으로 세상이 어두웠다. 밤이 되어 손님을 맡아 가지고 제 방으로 들어갈 때에는 도살장으로 끌리는 양이었다. 너무도 겁이 나서 울고 몸부림을 하면 어떤 사람은 가여워서 그대로 가버리고 어떤 사람은 소리를 치고 주인을 부르고 포악을 부렸다. 그러면 주인이 쫓아와서 사정없이 매질하였다. 눈물과 공포와 매질에 차차 길든다 하더라도 일 년 열두 달 하루도 안 내놓고 밤새도록 부대끼고 나면 몸은 점점 피곤하여 가서 나중에는 도저히 체력을 지탱하여 갈 수 없었다. 그러나 병이 들어 누웠을 때면 미음 한술은커녕 약 한 첩 안 대려주었다. 몸팔고 매맞고 학대받고…… 개나 도야지에도 떨어지는 생활을 그들은 하여 왔던 것이다.

사람으로서의 대접을 못 받아오는 그들이 불평을 품고 벼려 온 지는 이미 오래였다. 학대받으면 받을수록 원은 맺혀가고 분은 자라갔다. 비록 그들의 원과 분이 어떤 같은 목표를 향하여 통일은 되지 못하였을망정 여덟 사람이면 여덟 사람 억울한 심사와 한 많은 감정만은 똑같이 가졌던 것이었다.


유심히도 피곤한 날이었다.

오정 때쯤은 되어서 아침들을 마치고 나른한 몸으로 층 아래 넓은 방에 모였을 때에 누구의 입에선지 이런 탄식이 새어 나왔다.

"우리가 왜 이렇게 고생을 하는가."

말할 기맥조차 없는 듯이 모두 잠자코 있는 가운데서 봉선이라는 좀 나어린 창기가 뛰어 나서며 말하였다.

"너나 내나 팔자가 기박해서 그렇지 않으냐? 그야 남처럼 버젓한 남편을 섬겨서 아들딸 낳고 잘살고 싶은 생각이야 누가 없겠니만 타고난 팔자가 기박한 것을 어떻게 하니."

무엇을 생각하는지 한참이나 잠자코 있던 부영이라는 나 찬 창기가 이 말에 찬동하지 못하겠다는 듯이 항의를 하였다.

"팔자가 다 무어냐? 다 같이 이목구비를 갖추고 무엇이 남만 못해서 부모를 버리고 동기를 잃고, 고향을 떠나 이 짓까지 하게 되었단 말이냐. 이렇게 많은 사람이 왜 모두 그런 기박한 팔자만 타고났겠니?"

"그것이 다 팔자 탓이 아니냐?"

"그래도 너는 팔자구나…… 아무리 생각해도 나는 팔자밖에 우리를 요렇게 맨들어 놓은 무엇이 있는 것 같더라."

경상도 어느 시골서 팔려와 밤마다의 울음과 매에 지친 채봉이가 뛰어 나서면서 쉬인 목소리로 외쳤다.

"내 세상에 보다보다 X팔아 먹는 놈의 장사 처음 보았다. 문둥이 같은 놈의 세상!"

눈물 많은 그는 제 입으로 나온 이 말에 벌써 감동이 되어 눈에 눈물이

글썽글썽하였다.

부영이가 그 뒤를 이었다.

"그래, 채봉이 마따나 문둥이 같은 놈의 세상? 우리를 요렇게 맨들어 논 것이 기박한 팔자가 아니라 이 문둥이 같은 놈의 세상이란다."

"세상이 우리를 기구하게 맨들었단 말이냐?"

봉선이는 미심한 듯하였다.

"그렇지 않으냐. 생각해보려무나. 애초에 우리가 이리로 넘어올 때에 계약인지 무엇인지 해가지구 우리를 팔아먹은 놈이 누구며 지금 우리가 버는 돈을 푼푼이 뺏어내는 놈은 누구냐. 밤마다 피를 말리우고 살을 팔면서도 우리야 돈 한 푼 얻어 보았니?"

"그야 그렇지."

"한 사람이 하룻밤에 적어도 육 원씩만 번다고 하여도 우리 여덟 사람이 벌써 근 오십 원 돈을 버는구나. 그 오십 원 돈이 다 뉘 주머니 속에 들어가고 마니 하루에 단 오 원어치도 못 얻어먹으면서 우리 여덟이 애쓰고 벌어서 생판 모르는 남 좋은 일만 시켜 주지 않니."

한참이나 있다가 봉선이가 탄식하였다.

"그러고 보니 우리가 멍텅구리가 아니냐?"

"암, 그렇구말구. 우리는 사람이 아니구 물건이란다. 놈들의 농간으로 이리저리 펄려 다니며 피를 짜 놈들을 살찌게 하는 물건이란다."

"나 정말 그런고?"

"생각해봐라. 곰곰이 생각해보려무나. 안 그런가."

"그럼 우리가 멀건 천치 아이가."

"천치란다. 멀건 천치란다. 팔자가 기박하고 이목구비가 남 못한 것이 아니라 이런 천치 짓을 하는 우리가 못났단다."

"……."

"우리가 사람 같은 대접을 받어 왔나 생각해봐라. 개나 도야지보다도 더 천하게 여기어 오지 않았니."

부영이의 목소리는 어쩐지 여기서 떨렸다.

"먹고 싶은 것 먹어 봤니, 놀고 싶을 때 놀아 봤니, 앓을 때에 미음 한 술 약 한 모금 얻어먹었니. 처음 들어오면 매질과 눈물에 세상이 어둡고 기한이 되어도 내놓지 않는구나."

어느덧 그의 눈에는 눈물이 돌았다. 그러나 떨리는 목소리로 여전히 계속하였다.

"저 명자만 해두 올 때에 계약한 돈을 다 벌어 주지 않었니. 그리고 기한이 넘은 지도 벌써 두 달이 아니냐. 그런데두 주인은 어데 내놓나 보아라. 한 방울이라도 더 우려내고 한 푼이라도 더 뜯어낼려고 꼭 잡고 내놓지 않는구나."

이 소리를 듣는 명자의 눈에는 눈물이 괴었다. 기어코 참을 수 없이 그만 울음이 터져 나오고야 말았다.

채봉이도 따라 울었다.

나어린 봉선이는 설움을 못 이겨서 몸부림을 치면서 흑흑 느끼기까지 하였다.

이렇게 하여 이윽고 각각 설운 처지를 회상하는 그들은 일제히 울어버리고야 말았던 것이다.

부영이만은 입술을 징긋이 깨물고 울음을 억제하면서 말 뒤를 이었다.

"우리는 사람이 아니다. 이 개나 도야지만도 못한 천대를 너희들은 더 참을 수 있니, 꾸역꾸역 더 참을 수 있겠니?"

"……."

"이 천대를 더들 참을 수 있겠니?"

"참을 수 없으면 어이 하노."

채봉이는 눈물 섞인 목소리로 한탄하였다.

부영이는 한참 동안이나 대답이 없었다.

그러다가 마침내 그는 좌중을 돌아보면서,

"울지를 말아라. 울면 무엇하니." 하고 고요히 심장에서 울려내는 듯이 한 마디 또렷또렷이 뱉어냈다.

"울지 말고 우리 한번 해보자!"

"무얼 해보노?"

"우리 여덟이 짜고 주인과 한번 해보자!"

"해보다니 어떻게 한단 말이냐."

눈물어린 얼굴들이 일제히 부영이를 향하였다.

"우린 원이 많지 않으냐. 그 원을 들어 달라고 주인한테 떼써보자꾸나."

"우리 원을 주인이 들어준다니?"

채봉이 생각에는 얼토당토않은 듯하였다.

"그러니가 떼써서 안 들어주면 우리는 우리 할대로 하잔 말이다."

"우리 할 대로?"

눈물에 젖은 눈들이 의아하여서 다시 부영이를 바라보았다.

"모두 짜고 말을 안 들어주면 그만이 아니냐. 돈을 안 벌어주면 그만이 아니냐."

"그렇게 하게 하겠니?"

"일제히 결심하고 죽어도 말 안 듣는데 제인들 어떻게 한단 말이냐."

"옳지!"

"그렇지!"

그들은 차차 알아들 갔다.

마침내 부영이의 설명과 방침을 잘 새겨들은 그들은 두 손을 들고 기뿜에 넘쳐서 뛰고 외쳤다.

"좋다!"

"좋다!"

"부영아 이년아. 니 어디서 그런 생각 배웠냐."

"그전에 공장에 다니던 우리 오빠에게서 들었단다. 그때 공장에서도 그렇게 해서 월급 오르고 일 시간 적어지고 망나니 감독까지 내쫓았다 드라."

"니 이년아 맹랑하다."

"우리도 하자!"

"하자!"

"하자!"

수많은 가냘픈 주먹이 꿋꿋이 쥐이고 눈물에 흐렸던 방 안은 이제 계획과 광명에 활짝 개어 올랐다.

이렇게 하여 결국 그들은 어여쁜 결심을 한 끈에 맺어 일을 단행하게 되었다. 이때까지 이 세상에서 받아온 학대에 대한 크나큰 원한과 분이 이제 이 집주인과의 대항이라는 한 구체적 형식으로 표현되었던 것이다.

처음인 그들은 일의 교섭을 부영이에게 일임하였다. 부영이는 전에 오빠에게서 들은 것이 있어서 구두로 주인과 담판하기를 피하고 오빠들의 예를 본받아서 요구서 비슷한 것을 작성하기로 하였다.

여덟 사람 입에서 나오는 수많은 조목 중에서 대강 다음과 같은 요구의 조목을 추려서 능치는 못하나 대강 읽을 줄을 알고 쓸 줄을 아는 부영이는 한 장의 종이를 도톨도톨한 다다미 위에 놓은 채 그 위에 연필로 공을 들여서 내리 적었다.

1. 기한 넘은 명자를 하루라도 속히 내놓을 일.

1. 영업시간은 오후 여섯 시부터 새로 두 시까지 할 일(즉 두 시 이후에는 손님을 더 들이지 말 일).
1. 낮 동안에는 외출을 마음대로 시킬 일.
1. 한 달에 하루씩 놀릴 일.
1. 처음 들어온 사람을 매질하지 말 일.
1. 앓을 때에는 낫도록 치료를 하여 줄 일.

이렇게 여섯 가지 조목을 적고 그다음에 만약 이 조목의 요구를 하나라도 안 들어주면 동맹하여 손님을 안 받겠다는 뜻을 간단히 쓰고 끝에 여덟 사람의 이름을 연서하고 각각 제 이름 밑에 지장을 찍었다.

다 쓴 뒤에 부영이가 한 번 읽어주었다. 제 입으로 한마디 한마디 떠듬떠듬 뜯어들 읽기도 하였다.

다 읽은 뒤에 그들은 벌써 일이 다 되고 주인이 굽실굽실 꿀려 오는 듯하여서 손을 치고 소리 지르고 한없이 기뻐들 하였다. 전에는 생각지도 못하였던 합력의 공이 끔찍이도 큰 것을 처음으로 안 것도 기쁜 일이었다.

뛰고 붙고 마음껏 기뻐들 한 끝에 그들은 제비를 뽑아서 공을 집은 사람이 요구서를 주인한데 가지고 가서 내기로 하였다.




## 3

"아 요런 년들."
"아니꼬운 년들 다 보겠다."
"되지 못한 년들."

"주제넘은 년들."

주인 양주는 팔짝 뛰면서 번차례로 외치면서 방으로 쫓아왔다.

"같지 않은 년들 이것이 다 무어냐?"

요구서가 약오른 그의 손끝에서 바르르 떨렸다.

"너이 할 일이나 하구 애초에 작정한 돈이나 벌어주면 그만이지 요 꼴들에 요건 다 무어냐?"

한 사람 한 사람씩 노리면서 그는 떨리는 손으로 요구서를 쪽쪽 찢어버렸다.

"되지 못한 년들 일일이 너이들 시중만 들란 말이냐? 돈은 눈곱만큼 벌어주고 큰소리가 무슨 큰소리냐?"

분은 터져 오르나 주인의 암팡스런 권막에 모두들 잠자코 있는 사이에 참고 있던 부영이가 마침내 입을 열었다.

"당신이 그럼 우리를 사람으로 대접해 왔단 말요?"

"이년아, 그럼 너이들을 부자집 아가씨처럼 대접하란 말이냐?"

"부자집 아가씨구 빌어먹을 것이구, 당신이 우리를 개나 도야지 만큼이나 여겨왔오."

"그렇게 호강하고 싶은 년들이 애초에 팔려오기는 왜 팔려왔단 말이냐?"

"우리가 팔려오고 싶어 팔려왔소?"

"그러게 말이다. 한껏 이런 데 팔려오는 너이년들이 무슨 건방진 소리냐 말이다."

"이런 데 팔려오는 사람은 다 죽을 거란 말요. 너무 괄세 말구려."

"요 꼴들에 괄세는 다 무어냐 같지 않게."

"같지 않다는 건 다 무어냐?"

"아 요런 년 버릇없이."

팔짝 뛰면서 그는 부영이의 따귀를 잘싹 갈겼다.

순간 약오른 그들의 얼굴에는 핏대가 쭉 뻗쳐올랐다.

"이놈아 왜 치니?"

"무슨 재세로 사람을 함부로 치느냐?"

"너한테 매어만 지낼 줄 알았느냐?"

"발길 놈아."

"죽일 놈아."

그들은 약속한 바 없었으나 약속하였던 것같이 일제히 일어서서 소리 높이 발악을 하였다.

"하, 같지 않은 것들."

주인은 '같지 않아서' 보다도 예기치 아니한 소리 높은 발악에 기를 뺏겨서 목소리를 낮추고 주춤 물러선다.

"이때까지 너이들 먹여 살린 것이 누구냐. 은혜도 모르고 너이들이 그래야 옳단 말이냐?"

"은혜? 같지 않다. 누가 누구의 은혜를 입었단 말이냐."

"배가 부르니까 괜 듯만 싶으냐. 밥알이 창자 속에 곤두서니까 너이들 세상만 싶으냐?"

"두말 말고 우리 말을 들어줄랴면 주고 안 들어줄랴면 그만이고 생각대로 하구려."

"홍, 누가 몸이 다나 두고 보자. 굶어 죽거나 말거나 이년들 밥 한술 주나 봐라."

이렇게 위협하면서 주인은 방을 나가 버렸다.

"원 나중엔 별것들 다 보겠네."

한쪽 구석에 말없이 서 있던 주인 여편네도 중얼거리며 따라 나갔다.

# 4

이렇게 하여 주인과 대전한 지 사흘이었다.

식료는 온전히 끊기었다.

사흘 동안 속에 곡식 한 톨 넣지 못한 그들은 기맥이 쇠진하였다.

오늘도 명자는 이 층 한구석 제 방에서 엎드려 울기만 하였다.

며칠 동안 손님을 안 받으니 몸이 거뿐하기는 하였으나 그 대신 배가 고파서 견딜 수가 없었다.

"공연히 이 짓을 했지, 이 탓으로 나갈 기한이 더 늦어지면 어떻게 하나."

고픈 배를 부둥켜안고 엎드렸다 일어났다 하면서 그는 걱정하였다.

이 생각 저 생각에 설워지면 품에 지닌 사진을 몇 번이고 꺼내 보았다. 사진을 들여다보면 그는 재 없이 한바탕 울고야 말았다. 그러나 눈물이 마를 만하면 그는 또다시 사진을 꺼내 보았다.

이 지옥에 들어온 지 삼 년 동안 그 사진만이 그의 유일한 동무였고 위안이었다. 그것은 정든 님의 사진이 아니라 그의 어렸을 때의 집안 식구와 같이 박은 것이었다(그의 집안의 그때에는 남부럽지 않게 살았던 것이다). 아버지 어머니가 뒤에 서고 그는 어린 동생들과 손을 잡고 앞줄에 서서 박은 것이다. 추석날 읍에서 사진장이가 들어왔을 때에 머리 빗고 새 옷 입고 박은 것이었다. 벌써 칠 년 전이다. 그 후에 어찌함인지 가운이 기울기 시작하여 집에 화재가 난다 땅이 떠내려간다. 하여 불과 사 년 동안에 가계가 폭삭 주저앉았던 것이다. 그리하여 삼 년 전에 서리서리 뒤틀린 괴상한 연줄로 명자가 이리로 넘어오게까지 되었다. 고향을 끌려 나올 때에 단 한 가지 몸에 지니고 나온 것이 곧 이 한 장의 사진이었다.

어머니 아버지가 보고 싶을 때마다 동생들이 생각날 때마다 그는 사진을 내보고 실컷 울었다. 집도 절도 없는 고향에 지금 아버지 어머니가 있을 리 만무할 것이다. 그릇 이고 쪽박 차고 알지 못하는 마을을 헤매이고 있을는지도 모른다. 그러나 그것도 저것도 고향에 가야 알 것이다. 얼른 고향에 가야 그들의 간 곳도 찾아낼 수 있을 것이다.

이렇게 생각하는 그는 하루도 몇 번 사진과 눈씨름하면서 얼른 삼 년이 지나 계약한 기한이 오기만 고대하였다. 그러나 삼 년이 지나 기한이 넘어도 주인은 그를 내놓으려고 하지 않았다.

이 생각 저 생각에 분하고 원통하여서 오늘도 종일 사진을 보며 울기만 하였다.

사진 보고 생각하고 울고 하는 동안에 오늘 하루도 다 가고 어느새 밤이 되었다.

명자는 눈물을 씻고 일어나서 커튼을 열었다.

창밖에는 넓은 장안이 끝없이 깔렸고 암흑의 거리거리가 층층의 생활을 집어삼키고 바다같이 깊다.

그 속에 수많은 등불이 초저녁의 별같이 쏟아져서 깜박깜박 사람을 부르는 듯하였다.

명자는 창을 열고 찬 야기를 쏘이면서 시름없이 거리를 내려다보았다.

그 속은 어쩐지 자유로울 것 같았다. 속히 이곳을 벗어나 저 속에 마음껏 헤엄쳐볼까 하고도 그는 생각하였다.

매력 있는 거리를 한참이나 바라보다가 그는 다시 창을 닫고 커튼을 쳤다.

새삼스럽게 기갈이 복받쳐왔다.

그는 그길로 바로 곧은 층층대를 타고 내려가 층 아랫방으로 갔다.

넓은 방에는 사흘 동안의 단식에 눈이 푹 꺼진 동무들이 맥없이 눕기도 하고 혹은 말없이 앉았기도 하였다.

"배고파 못 살겠다."

명자는 더 참을 수 없어 항복하여버렸다 그들도 따라서 외쳤다.

"속 쓰리다."

"배고프다."

"이게 무슨 못할 짓인고."

"X을 팔면 팔지 내사 배곯구는 몬 살겠다."

누웠던 부영이가 일어나서 그들을 진정시키려고 쇠진한 의기를 채질하였다.

"사흘 동안 굶어서 설마 죽겠니. 옛날의 영악한 사람은 한 달이나 굶어도 늠실하였다드라."

"옛날은 옛날이고 지금은 지금이 아니냐!"

"지금 사람이 더 영악해야 되잖겠니. 저의가 아수운가 우리가 꿀리나 어데 더 참아 보자꾸나."

부영이가 이렇게 말하면,

"죽든지 살든지 해보자!"

"더 참어 보자!"

하는 한패와 그래도,

"못 살겠다."

"못 견디겠다."

"배고파 죽겠다."

하는 패가 있었다.

"그다지도 고프냐?"

부영이는 이제 더 달래 갈 수는 없었다.

"눈이 뒤집히는 것 같고 몸이 뒤틀리는 것 같아서 못 살겠다."

"그럼 있는 대로 모아서 요기라도 하자꾸나."

부영이는 치마춤을 뒤지더니 백통전을 두어 닢 방바닥에 던졌다.

"자, 너이들도 있는 대로 내놓아라. 보자."

치마 춤에서들 백통전이 한 닢 두 닢씩 방바닥에 떨어졌다.

그것은 손님을 받을 때에만 가외로 한 닢 두 닢 얻어둔 것이었다.

볼 동안에 여남은 닢 모인 백통전을 긁어모아서 부영이는 채봉이에게 주었다.

"자, 너 좀 가서 무엇이든지 먹을 것을 사오려므나."

채봉이는 돈을 가지고 건너편 가게에 나가서 두 팔에 수북이 빵을 사 들고 들어왔다.


# 5


"년들 맹랑하거든."

하루도 채 못 가 항복하리라고 생각한 것이 사흘이나 끌어왔으니 주인은 놀라지 않을 수 없었다. '년들의 소행이 괘씸' 하기도 하였으나 애초에 잘 달래놓을 것을 그런 줄 모르고 뻗대온 것이 큰 실책인 것도 생각되었다. 하룻밤이 아까운 이 시절에 사흘 밤이나, 문을 닫치는 것은 그에게 곧 막대한 손해를 의미한다. 더구나 다른 누보다도 유달리 번창하는 이 누이니만치 손해는 더욱 큰 것이다. 숫자적 타산이 언제든지 머릿속을 떠날 새 없는 주인은 한 시간이 아까워 견딜 수 없었다. 더구나 밤이 시작됨을 따라 밖에서 더욱 요란하여지는 사내들 노래를 들으려니 한시도 더 참을 수 없어서 그는 또 방으로 쫓아왔다.

"애들 배 안 고프냐?"

목소리를 힘써 부드럽게 하였다.

"우리 배고프든 안 고프든 무슨 상관이요?"

용기를 얻은 봉선이는 대담스럽게 톡 쏘아붙였다.

"공연히 그렇게 악만 쓰면 너이만 곯지 않느냐? 이를 때에 고분고분히 잘 들으려무나. 나중에 후회 말구."

"우리야 후회를 하든지 말든지 남의 걱정 퍽 하우."

이제 빵으로 배를 다진 그들은 쉽게 넘어가지는 않았다.

"제발 그만들 마음을 돌려라."

"그럼 우리의 원을 들어주겠단 말요."

"아예 그런 딴소리는 말고 밥들이나 먹고 할 일들이나 해라."

"딴소리가 다 무어요. 우리의 원을 들어주겠느냐 안 들어주겠느냐 말요."

"자 일어들 나거라. 벌써 사흘 밤이 아니냐?"

"사흘 아니라 석 달 이래도 우리는 원을 이루고야 말 테예요."

"글세 너이들 일이 됐니. 밥 먹여 살리는 주인한테 이렇게 대드는 법이 세상에 어데 있단 말이냐."

"잔소리는 그만두어요. 우리의 원을 들어주겠으면 주고 싫으면 그만이지 딴소리가 웬 딴소리요."

부영이가 한 마디 한 마디 또박또박 캐서 들이밀었다.

"너이년들 말 안 들을 테냐?"

누그러졌던 주인이 별안간에 발끈하였다. 노기에 세모진 눈이 노랗게 빛난다.

"얼리니까 괜듯만 싶어서 년들이."

"아따 얼리지 않으면 어떻게 할 테요. 어떻게 할 테야?"

"그래도 그년이."

"그년이란 다 무여야."

"아, 요런 년."

주인은 팔짝 뛰면서 부영이의 볼을 갈겼다. 푹 고꾸라지는 그의 머리
통을 뒤미쳐 갈기고 풀어진 머리채를 한 손에 감아쥐면서 그는 큰소리
로 그들을 위협하였다.

"이년들 다들 덤벼 봐라."

그러나 악 오른 것은 그만이 아니었다. 동무가 이렇게 얻어맞고 창피
한 욕을 당하는 것을 보고 그들은 일시에 똑같이 분이 터져 올랐다. 전신
에 새빨간 핏대가 쭉 뻗쳤다. 그러나 너무도 악이 복받쳐 한참 동안은 벌
벌 떨기만 하고 입이 붙어 말이 안 나왔다.

"이년들 다들 덤벼라."

놈은 머리채를 지긋이 감아쥐면서 범같이 짖었다.

"이놈이 사람을 또 친단 말이냐."

"너 듣기 싫으면 피차 그만이지 사람을 치느냐."

"몹쓸 놈아!"

"개 같은 놈아!"

맥은 없으나마, 힘은 모자라나마 그들은 악과 분을 한데 모아 일제히
놈에게 달려들었다. 놈의 옷자락을 붙들고 놈의 따귀도 치고 놈의 머리
도 뜯고 놈의 다리에도 매어 달리고 놈의 살도 물어뜯고 그들은 악 나는
대로 힘자라는 대로 벌떼같이 놈의 몸에 움켜 붙었다.

나 찬 몸에 힘이 좀 부치기는 하였으나 원체 뼈대가 단단하고 매서운
사나이라 놈은 몸에 들어붙은 그들을 한 손으로 뿌리쳐 뜯기도 하고 발
길로 차서 떨어뜨리기도 하면서 여전히 부영이의 머리채를 휘어잡을 채
이 구석 저 구석 넓은 방 안을 질질 몰고 다녔다.

밑에서 밟히고 끌리는 부엉이의 입에서는 피가 흘렀다. 이리저리 끌리는 대로 넓은 방바닥에 핏줄이 구불구불 고패를 쳤다.

이윽고 한쪽에서는 분을 못 이기는 울음소리가 터져 나왔다.

"몹쓸 놈아, 쳐라."

"너도 사람의 종자냐?"

"벼락을 맞을 놈아!"

"혀를 빼물고 꺼꾸러져도 남지 않을 놈아!"

"사람을 죽이네!"

"순사를 불러라!"

그들은 소리를 다하고 악을 다하였다. 나중에 주인 여편네가 기겁을 하고 쫓아왔다.

옷이 찢기고 멍이 들고 피가 흘렀다.

그것도 저것도 다 헤아리지 않고 그들은 온갖 힘을 다하여 이를 악물고 놈과 세상과 접전하였다.


6


"문 열어라."

"자고 가자."

밤이 익어 감을 따라 문밖에서는 취객들의 외치는 소리가 쉴 새 없이 높이 났다.

"다들 죽었니."

"명자야."

"부영아."

"채봉아."

문 두드리는 소리가 새를 두고 들렸다. 그래도 안에서 대답이 없으면 부서져라 하고 난폭하게 한참씩 문을 흔들다가는 무엇이라고 욕지거리를 하면서 다른 곳으로 가버렸다.

이렇게 한 떼 가버리고 나면 다음에 또 한 떼가 나타났다.

"문 열어라."

"웬일이냐, 사흘이나!"

"봉선아."

"채봉아."

"봉선아."

방에서는 모두들 맥을 잃고 누웠었다.

극렬한 싸움 뒤에 피곤하였다느니 보다도 실신한 듯이 잔약한 여병졸들은 피와 비린내와 난잡 속에 코를 막고 죽은 듯이 이리저리 눕고 있었다. 분이 나서 쌔근쌔근하지도 못하였던 것이다. 그러기에는 너무나 기맥이 쇠진하였었다. 말없이 죽은 듯이 그들은 다만 눕고 있었다. 그러나 그들은 한 사람도 아직 그들이 졌다고는 생각하지 않았다. 잠시 피곤할 따름이다. 맥이 나면 놈과 또다시 싸워야 할 것이다 하고 그들은 생각하고 있었다.

"봉선아."

"내다, 봉선아."

"너 이년 나를 괄세하니?"

"봉선아."

"봉선아."

밖에서 부르는 소리가 하도 시끄럽기에 봉선이는 일어나서 방을 나가

문을 열었다.

"봉선아, 너 이년 나를 몰라보니?" 하면서 달려드는 사내는 자기를 맡아 놓고 사주는 나지미[43]였다. 그러나 봉선이는 오늘만은 그를 반가운 낯으로 대하지 않았다.

"아녜요. 오늘은 안 돼요." 하면서 그를 붙드는 사내를 밀치고 문을 닫으려 하였다.

"안 되긴 왜 안 된단 말이냐? 사흘이나."

사내는 그를 붙들고 놓지 않았다.

"주인 녀석과 싸우고 벌이 않기로 했어요."

"주인과 싸웠어?"

사내들은 새삼스럽게 그의 찢긴 옷, 흐트러진 머리, 피 흔적을 자세히 들여다보았다.

"자, 다음날 오구 오늘들은 가세요."

"아니 왜 싸웠단 말이냐?"

"주인 놈이 몹쓸 녀석이라우…… 우리 말을 들어주기 전에는 우리가 일을 하나 봐라."

"주인이 몹쓸 놈이어서 싸웠단 말이냐?"

봉선이는 주춤하고 뜰을 내려서서 목소리를 높였다.

"사람을 굶기고 구 위에 죽도록 치고‥‥‥주인 놈이 천하에 고약한 놈이지 지금 저 방에는 죽도록 얻어맞고 피를 토한 동무들이 죽은 듯이 누워 있다우." 하면서 방을 가리키는 그의 눈에는 눈물이 핑 돌았다.

봉선이의 높은 목소리에 이웃집 문전에서 떠들고 흥정하고 노래하던 사내와 계집들이 한 사람 두 사람씩 옹기종기 이리로 모여들었다.

---

43) 나지미: 단골이 된 손님의 일본말.

봉선이는 설워서 견딜 수 없었다. 맡길 곳 없는 설움을 이제 이 많은 사람 앞에서 마음껏 하소연하여 보고 싶었다.

그는 뜰에 올라서서 두 손을 들고 고함을 쳤다.

"들어 보시오! 당신들도 피가 있거든 들어 보시오! 우리는 사람이 아니요? 우리가 사람 같은 대접을 받아온 줄 아오? 개나 도야지보다도 더 천대를 받아왔소. 당신네들이 우리의 몸을 살 때에 한 번이나 우리를 불쌍히 여겨본 적이 있었소? 우리는 개만도 못하고 도야지만도 못하고 먹고 싶은 것 먹어봤나, 놀고 싶을 때 놀아 봤나, 앓을 때에 미음 한 술 약 한 모금 얻어먹었나, 처음 들어오면 매질과 눈물에 세상이 어둡고 계약한 기한이 지나도 주인 놈이 내놓기를 하나. 한 방울이라도 더 우려내고 한 푼이라도 더 뜯어내려고 꼭 잡고 내놓지 않는다. 우리는 사람이 아니다. 사람이 아니구 물건이다. 애초에 우리가 이리로 넘어올 때에 계약인지 무엇인지 해가지고 우리를 팔아먹은 놈 누구며, 지금 우리의 버는 돈을 한 푼 한 푼 다 빨아내는 놈은 누군가? 우리는 그놈들을 위해서 피를 짜내고 살을 말리우는 물건이다. 부모를 버리고 동기를 잃고 고향을 떠나 개나 도야지만도 못한 천대를 받게 한 것은 누구인가?"

그는 흥분이 되어서 그도 모르게 정신없이 이렇게 외쳤다. 며칠 전 부영이에게 들어 두었던 말이 이제 그의 입에서 순서는 뒤바뀌었을망정 마치 제 속에서 우러나오는 말 같이 한 마디 한 마디 뒤를 이어서 쏟아져 나왔던 것이다.

장황은 하나 그는 이것을 다 말하지 않고는 배길 수 없었다. 그는 여전히 흥분된 어조로 계속 하였다.

"다 같은 이목구비를 갖추고 무엇이 남보다 못나서 이 짓을 하게 되었나. 이 더러운 짓을 하게 되었는가. 남처럼 버젓하게 살지 못하고 왜 이렇게 되었는가? 우리의 팔자가 기박해서 그런가. 팔자가 무슨 빌어먹을 놈의 팔잔가?”

사흘 전에 부영이에게 반대하여 팔자를 주장하던 그가 이제 와서 확실히 팔자를 부정하였다. 그는 벌써 사흘 전의 그는 아니었다.

사흘 후인 이제 그는 똑바로 세상을 볼 줄 알았던 것이다.

“이 문둥이 같은 놈의 세상이, 놈들의 농간이, 우리를 이렇게 기구하게 만들지 않았는가?”

봉선이가 주먹을 쥐고 이렇게 높이 외치자 사람 숲에서 여러 가지 소리가 들려오고 가운데에는 감동하여 손뼉 치는 사람도 있었다.

“옳다!”

“고년 맹랑하다.”

“똑똑하다.”

같은 처지에 있느니만큼 그중에 모여 섰던 이웃집 창기들에게는 봉선이의 말이 뼛속까지 젖어 들어가서 그들은 감격한 끝에 길게 한숨을 쉬고 남몰래 눈물도 씻으면서 얕은 목소리로 각각 탄식하였다.

“정말 우리는 사람이 아니다.”

“개만도 못한 천대를 받아오지 않았니?”

“부모 형제 다 버리고 이것이 무슨 짓이냐.”

“몹쓸 놈의 세상 같으니.”

맡길 곳 없는 설움을 이제 이렇게 뭇 사람 앞에서 마음껏 하소연한 봉선이의 속은 자못 시원하였다. 동시에 여러 사람 앞에서 한 번도 지껄여 본 적 없고 남이 하는 연설 한마디들 들어 본 적이 없는 무식하고 철모르던 그가 어느 틈에 이렇게 철이 들고 구변이 늘었는가를 생각하매 자기 스스로 은근히 탄복하지 않을 수 없었다.

그는 이를 악물고 높은 구변으로 계속 하였다.

“우리는 이 천대를 더 참을 수 없다. 천치같이 더 속아 넘어갈 수 없다.

우리는 일제히 짜고 주인 놈과 싸웠다. 놈은 우리의 말을 한마디도 안 들어 주고 우리를 사흘 동안이나 굶기면서 됩데 우리를 때리고 차고 죽일 놈 같으니. 지금 저 방에는 죽도록 얻어맞은 동무들이 피를 토하고 누워 있다. 저 방에, 저 방에……." 하면서 가리키는 그의 손을 따라 사람들은 그쪽을 향하였다.

정신없이 지껄인 바람에 잠깐 사라졌던 분이 이제 또다시 그의 가슴에 새삼스럽게 타올랐다. 그는 악을 다하여 소리소리쳤다.

"주인 놈이 죽일 놈이다. 우리가 다시 일을 하나 봐라. 다시 이 짓을 하나 봐라. 우리는 벌써 너에게 매인 몸이 아니다. 깍정이 같은 놈 다시 돈 벌어 주나 봐라."

주인이 바로 앞에 있는 것처럼 그는 눈을 노리고 욕을 퍼부었다.

분통이 터져서 전신이 바르르 떨렸다.

"다시 일을 하나 봐라. 이놈의 집에, 이 더러운 놈의 집에 다시 있는가 봐라."

그는 이제 집 그것을 저주하는 듯이 터지는 분과 떨리는 몸을 문에다 갖다 탁 부딪쳤다.

문살이 부서지며 유리가 깨뜨려졌다.

미친 사람같이 그는 허둥지둥 다시 일어나 땅에서 돌을 한 개 찾아들더니 봉학루라고 쓰인 문 위에 달린 붉은 기둥을 겨누었다.

다음 순간 뎅그렁 하고 깨뜨려지는 홍등이 땅에 떨어지기가 무섭게 으싹하고 조밥이 되어버렸다.

해끗한 유리 조각이 주위에 파삭 날고 집 앞은 순식간에 암흑으로 변하였다.

잠시 숨을 죽이고 그의 거동을 살피던 사람들은 어둠 속에서 수물거리기 시작하였다.

"봉선아 너 미쳤구나!"

"주인 놈을 잡아내라!"

"잘 깼다. 질내 이놈의 짓을 하겠니?"

"동맹파업이다."

"잘했다!"

"요 아래 추월루에서도 했다드라!"

　깨뜨려진 홍등. 어두운 이 문전을 중심으로 이 밤의 이 거리, 이 저자는 심히도 수물거리고 동요하였다.

『대중공론』, 1930

# ❀ 장미 병들다

싸움이라는 것을 허다하게 보았으나 그렇게도 짧고 어처구니없고 그러면서도 싸움의 진리를 여실하게 드러낸 것은 드물었다. 받고 차고 찢고 고함치고 욕하고 발악하다가 나중에는 피차에 지쳐서 쓰러져버리는 그런 싸움이 아니라 맞고 넘어지고 항복하고 그뿐이었다. 처음도 뒤도 없이 깨끗하고 선명하여 마치 긴 이야기의 앞뒤를 잘라버린 필름의 몇 토막과도 같이 신선한 인상을 주는 것이었다. 그 신선한 인상이 마침 영화관을 나와 그 길을 지나던 현보와 남죽 두 사람의 발을 문득 머무르게 하였는지도 모른다. 그러나 두 사람이 사람들 속에 한몫 끼여 섰을 때에는 싸움은 벌써 끝물이었다.

영화관, 음식점, 카페, 매약점 등이 어수선하게 즐비하여 있는 뒷거리 저녁때, 바로 주렴[1]을 드리운 식당 문 앞이었다. 그 식당의 쿡으로 보이는 흰옷에 흰 주발 모자를 얹은 두 사람의 싸움이었으나 한 사람은 육중한 장골이요, 한 사람은 까무잡잡한 약질이어서, 하기는 그 체질에 벌써 승패가 갈렸는지도 모른다.

대체 무엇이 싸움의 원인이며 원한의 근거였는지는 모르나 하루아침에 문득 생긴 분김이 아니요, 오래 두고 엉겼던 불만의 화풀이임은 두 사람의 태도로써 족히 추측할 수 있었다. 말로 겨루다 못해 마지막 수단으

---

1) 주렴: 구슬 따위를 꿰어 만든 발.

로 주먹다짐에 맡기게 된 것임은 부락스런 두 사람의 주먹살에 나타났었으니, 약질의 살기를 띤 암팡진 공격에 한 번 주춤하였던 장골은 갑절의 힘을 주먹에 다져 쥐고 그의 면상을 오돌지게 욱박았다.

소리를 치며 뒤로 쓰러지는 바람에 문 앞에 세웠던 나무 분이 넘어지며 깨뜨러지고 노가주나무가 솟아났다.

면상을 손으로 가리어 쥐고 비슬비슬 일어서서 달려들려 할 때, 장골의 두 번째 주먹에 다시 무르게도 넘어지고 말았다. 땅 위에 문질러져서 얼굴은 두어 군데 검붉게 피가 배고 두 줄기의 코피가 실오리 같은 가느다란 줄을 그으면서 흘렀다. 단번에 혼몽하게 지쳐서 쭉 늘어졌음에도 불구하고 약질은 간신히 몸을 세우고 다시 한 번 개신개신 일어서서 장골에게 몸을 던지다가 장골이 날쌔게 몸을 피하는 바람에 걸어보지도 못한 채 또 나가쓰러지고 말았다.

한참이나 죽은 듯이 고요한 속에서 코만 흑흑 울리더니 마른땅에는 금시에 피가 흘러 넓게 퍼지기 시작하였다.

"졌다!"

짧게 한마디…… 그러나 분한 듯이 외쳤으니 그것으로 싸움은 끝난 셈이었다.

"항복이냐?"

장골은 늠설도 하지 않고 마치 그 벅찬 힘과 마음에 티끌만큼의 영향도 받지 않은 듯이 유들유들하게 적수를 내려다보았다.

"힘이 부쳐 그렇지, 그리 쉽게 항복이야 하겠나?"

"뼈다귀에 힘 좀 맺히거든 다시 덤비렴."

"아무렴! 그때까지 네 목숨 하나 살려둔다."

의젓하고 유유하게 대꾸하면서 약질의 피투성이의 얼굴을 넌지시 쳐들었을 때 현보는 그 끔찍한 꼴에 소름이 끼쳐서 모르는 결에 남죽의 소매를 끌었다. 남죽도 현장에서 얼굴을 피하며 재촉을 기다릴 겨를 없이 급히 발을 돌렸다. 한참 동안 말이 없었다. 우연히 목도하게 된 그 돌연한 장면에서 받은 감격이 너무도 컸다.

강하고 약하고, 이기고 지고……. 이 두 길뿐. 지극히 간단하다. 강약이 부동으로 억센 장골 앞에서는 약질은 욕을 보고 그 자리에 폭싹 쓰러져버리는 그 일장의 싸움 속에서 우연히 시대를 들여다본 듯하여서 너무도 짙은 암시에 현보는 마음이 얼떨떨하였다. 흡사 그 약질같이 자기도 호되게 얻어맞고 피를 흘리며 쓰러져 있는 듯도 한 실감이 전신을 저리게 흘렀다.

"영화의 한 토막과도 같이 아름답지 않아요? 슬프지 않아요?"

역시 그 장면에서 받은 감동을 말하는 남죽의 눈에는 눈물이 어리어 보였다. 아름답다는 것은 패한 편을 동정함일까? 아름다운 까닭에 슬프고, 슬프리만큼 아름다운 것…… 눈물까지 흘리게 하는 것은 별수 없이 그가 누구나가 처하여 있는 현대의 의식에서 온 것임을 생각하면서 현보는 남죽을 뒤세우고 거릿목 찻집 문을 밀었다.

차를 청해 마실 때까지도 현보와 남죽은 그 싸움의 감동이 좀체 사라지지 않아서 피차에 별로 말도 없었다. 불쾌하다느니 보다는 슬픈 인상이었다.

슬픔으로 인하여 아름다운 것이었음을 남죽과 같이 현보도 느끼게 되었다. 그렇게까지 신경을 민첩하게 일으켜 세우게 된 것은 금방 보고 나온 영화 때문이었는지도 모른다.

영화관에는 마침 '목격자'가 걸려 있어서 우연히 보게 된 그 아름다운 한 편이 장면 장면 남죽을 울렸다.

전체로 슬픈 이야기였으나 가련한 주인공의 운명과 애잔한 여주인공의 자태가 한층 마음을 찔렀다. 억울한 혐의로 아버지를 여읜 어린 자식을 데리고 늙은 어머니가 어둡고 처량한 저녁에 무덤 쪽을 바라보는 장면과, 흐린 저녁때의 빈민가 다리 아래 장면은 금시에 눈물을 솟게 하였다.

다리 아래 장면에서는 거지의 자동 풍금 소리에 집집에서 뛰어나온 가난한 빈민들이 그 어설픈 음악에 맞추어 춤을 추기 시작하였다. 요란한 소리를 듣고 순경이 달려와서 춤을 금하고 사람들을 헤칠 때, 억울한 혐의로 아버지를 재판한 늙은 검사는 양심에 가책을 조금이라도 덜려고 가난한 사람들을 위해 항의를 하나 용납되지 못하고 사람들은 하는 수 없이 비슬비슬 그 자리를 헤어진다. 그 웅성거리는 측은한 꼴들이 실감을 가지고 가슴을 죄었다. 어두운 속에서 남죽은 흐르는 눈물을 손수건으로 몇 번이고 훔쳐냈다. 눈물로 부덕부덕한 얼굴을 가지고 거리에 나오자 당면하게 된 것이 싸움의 장면이었다. 여러 가지의 감동이 한데 합쳐서 새 눈물을 자아내게 한 것이다.

하기는 남죽의 현재의 형편 그것이 벌써 눈물 이상의 것이기는 하다. 두 주일 이상을 겪고 가주 나온 것이 불과 며칠 전이었다. 남죽은 현재 초라한 꼴, 빈 주머니에 고향에 돌아갈 능력도 없고, 그렇다고 다른 도리도 없이 진퇴유곡의 처지에 있는 셈이었다. '목격자' 속의 주인공들보다 조금도 나을 것이 없었다. 현보와 막연히 하루를 지우려 영화 구경을 나선 것도 또렷한 지향 없는 닥치는 대로의 길, 그 자리의 뜻이었다. 온전히 그날그날의 떠도는 부평초요, 키 잃은 배요, 목표 없는 생활이었다.

극단 '문화좌'가 설립되자마자 와해된 것이 두 주일 전이었다. 지방 창립, 지방 공연이라는 점에 중점을 두려고 일부러 서울을 떠나 지방의 도회로 내려와 기폭을 든 것이었으나 그것이 도리어 화되어 엄격한 수준에 걸린 것이었다.

인원을 짜고 각본을 선택하고 모든 준비를 마친 후 첫째 공연을 내려왔던 것이 그닷한 이유 없이 의외에도 거슬리는 바 되어 한꺼번에 몰아가 버렸다. 거듭 돌아보아야 그럴 만한 원인은 없었고 다만 첩첩한 시대의 구름의 탓임이 짐작될 뿐이었다.

각본을 맡은 현보는 고향이 바로 그곳인 탓으로 인지 의외에도 속히 놓이게 되고 뒤를 이어 남죽 또한 수월하게 풀리게 되었으나 나머지 인원들은 자본을 댄 민삼, 연출을 맡은 인수, 배우인 학준, 그 외 몇몇은 아직도 날이 먼 듯하였다. 먼저 나오기는 하였으나 현보와 남죽은 남은 동무들을 생각하고, 또 한 가지 자신들의 신세를 돌아보고 우울하기 짝이 없었다.

하는 노릇 없이 허구한 날 거리를 헤매는 수밖에 없던 현보와 역시 별 목표 없이 유행 가수를 지원해 보았다, 배우로 돌아서 보았다 하던 남죽에게 극단의 설립은 한 희망이요 자극이어서 별안간 보람 있는 길을 찾은 듯도 하여 마음이 뛰고 흥이 나던 것이, 의외의 타격에 기를 꺾기우고 나니 도로 제자리에 주저앉은 셈이었다.

파랗게 우러러보이던 하늘이 조각조각 부서져버리고 다시 어두운 구렁텅이로 밀려 빠진 격이었다.

현보의 창작 각본 '헐어진 무대'와 오닐의 번역극 '고래'의 한 막이 상연 예정이어서 남죽은 그 두 각본의 여주인공의 구실을 자기의 비위에 맞는 것으로 그지없이 자랑하였다. 예술적 흥분 외에 또 한 가지의 기쁨은 그런 줄 모르고 내려왔던 길에 구면인 현보를 칠 년 만에 뜻밖에 다시 만나게 된 것이었다. 이 기우는 현보에게도 물론 큰 놀람이자 기쁨이었다.

극단의 주목을 보게 된 민삼이 서울서 적어 내려 보낸 인원의 열 명 속에 여배우 혜련의 이름을 발견하고, 현보는 자기 작품의 주연을 맡은 그 여배우가 대체 어떤 인물일꼬 하고 호기심이 일어났을 뿐 무심히 덮어 두었던 것이 막상 일행이 내려와 처음으로 상면하게 되었을 때 그가 바로 남죽임을 알고 어지간히 놀랐던 것이다. 혜련은 여배우로서의 예명이었다. 칠 년 전에 알고는 그 후 까딱 소식을 몰랐던 남죽을 그런 경우 그런 꼴로 우연히 만나게 될 줄이야 피차에 짐작도 못하였던 것이다.

지난날을 돌아보면서 그날 밤 둘은 끝없는 이야기와 추억에 잠겼다. 서울서 학교에 다닐 때 우연히 세죽과 남죽 자매를 알게 된 것은 그들이 경영하여 가는 책점 '대중원'에 출입하게 된 때부터였다. 대중원은 세죽이 단독 경영해가는 것이었고 남죽은 당시 여학교에서 공부하는 몸으로 형의 가게에 기식하고 있는 셈이었다. 세죽의 남편이 사건으로 들어가기 전에 뒷일을 예료豫料하고 가족들의 호구지책으로 미리 벌인 것이 소규모의 책점 대중원이었다. 남편의 놓일 날을 몇 해고 간에 기다려 가면서 세죽은 적막한 홑몸으로 가게를 알뜰히 보면서 어린것과 동생 남죽의 시중을 지성껏 들어 왔다.

남죽은 어린 나이에도 철이 들어서 가게에 벌여놓은 진보적 서적을 모조리 읽은 나머지 마지막 학년 때에는 오돌지게도 학교에 일어난 사건을 지도하다가 실패한 끝에 쫓겨나고 말았다. 학업을 이루지 못한 채 고향에 내려갈 수도 없이 그 후로는 별수 없이 가게 일을 도울 뿐, 건둥건둥 날을 지우는 수밖에는 없었다.

소설을 닥치는 대로 읽어대고, 아름다운 목청을 놓아 노래를 불러대곤 하였다. 목소리를 닦아서 나중에 음악가가 되어볼까도 생각하고, 얼굴의 윤곽이 어글어글한 것을 자랑삼아 영화배우로 나갈까도 꿈꾸었다. 그 시기의 그를 꾸준히 관찰할 수 있는 기회를 가졌던 현보는 그 남다른 환경에서 자라가는 늠출한 처녀의 자태 속에 물론 시대적 정열과 생장도 보았으나 더 많이 아름다운 감상과 애끓는 꿈을 엿보았던 것이다. 다발한 머리를 부수수 헤뜨리고 밋밋하고 건강한 육체로 고운 멜로디를 읊조릴 때에는 그의 몸 그대로가 구석구석에 아름다운 꿈을 함빡 머금은 흐뭇한 꽃이었다. 건강한, 그러나 상하기 쉬운 한 송이의 꽃이었다.

참으로 아담한 꽃을 보는 심사로 남죽을 보아 왔다.

그러나 현보가 학교를 마치고 서울을 떠날 때가 그들과의 접촉의 마지막이었으니 동경에 건너가 몇 해를 군 뒤 고향에 나와 일 없이 지내게 된 전후 며칠 동안 다만 책점 대중원이 없어졌다는 소문을 풍편에 들었을 뿐이지, 그 뒤 그들이 고향인 관북으로 내려갔는지 어쨌는지, 남죽과 세죽의 소식은 생각해보지도 못했고, 미처 생각에 떠오르지도 않았다. 그만한 여유조차 없는 것은 다른 사람의 생각은커녕 자신의 생활이 눈앞에 가로막히게 되었고, 무엇보다도 현대인으로서의 자기 개인에 대한 생각이 줄을 찾기 어렵게 갈피갈피로 찢어졌다 갈라졌다 하여 뒤섞이는 까닭이었다. 칠 년 후에 우연히 만나고 보니 시대의 파도에 농락되어 꿈은 조각조각 사라지고 피차에 그 꼴이었다. 하기는 그나마 무대 배우로 나타난 남죽의 자태에 옛꿈의 한 조각이 아직도 간당간당 달려 있는 셈인지도 모르나 아담하던 꽃은 벌써 좀먹기 시작한, 그 어딘지 휘줄그러진 한 송이임을 현보는 또렷이 느꼈다.

시간을 보고 찻집을 나와 현보는 남죽을 데리고 큰 거리 백화점으로 향하였다. 준구와 만나자는 약속이었다. 가난한 교사를 졸라댐은 마치 벼룩의 피를 긁어내려는 격이었으나 그러나 현보로서는 가장 가까운 동무이므로 준구에게 터놓고 남죽의 여비의 주선을 비추어둔 것이었다.

남죽에게는 지금 살까 죽을까가 문제가 아니라 '목격자' 속의 빈민들에게 거리의 음악이 필요하듯이 고향으로 내려갈 여비가 필요하였다. 꿈의 마지막 조각까지 부서져버린 이제 별수 없이 고향으로 내려가 몸도 쉬고 마음도 가다듬는 수밖에는 없었다. 고향은 넓은 수성평야의 한가운데여서 거기에는 형 세죽이 밭을 가꾸고 염소를 기르고 있다는 것이었다. 남편이 한 번 놓였다 재차 들어가게 된 후 세죽은 이번에는 고향에다 편편하게 자리를 잡고 서점 대신에 평야의 한복판에서 염소를 기르게 되었다는 것이다. 도회에 지친 남죽에게는 지금 무엇보다도 염소의 젖이 그리웠다. 염소의 젖을 벌떡벌떡 마시고 기운차게 소생됨이 한 가지의 원이었다.

몇 십 원의 노자쯤을 동무에게까지 빌기가 현보로서는 보람 없는 노릇이었으나 늘 메말라서 누런 '현대의 악마'와는 인연이 먼 그로서는 하는 수 없는 것이었다. 찻집이라도 경영해볼까 하다가 아버지에게 호통을 들은 후부터는 돈을 타 쓰기도 불쾌하여서 주머니에는 차 한 잔 값조차 떨어질 때가 있었다. 누구나 다 말하기를 꺼려하고 적어도 초연한 듯이 보이려고 하는 돈의 명제가 요새 와서는 말하기 부끄러우리만큼 자나깨나 현보의 머리를 차지하게 되었다. 그 악마에 대한 절실한 인식은 일종의 용기를 낳아서 부끄러울 것 없이 준구에게 여비 일건을 부탁하고 남죽에게는 고향 언니에게도 간청의 편지를 내도록 천연스럽게 일렀던 것이다.

그러나 막상 휘줄그레한 포라[2] 양복에 땀에 젖은 모자를 쓴 가련한 그를 대하였을 때 현보는 준구에게 그것을 부탁하였던 것을 일순 뉘우쳤다. 휘답답한 그의 꼴이 자기의 꼴과 매일반임을 보았던 까닭이다.

그래도 의젓한 걸음으로 층계를 걸어올라 식당에 들어가 두 사람에게 자리를 권하고 음식을 분부하고 난 후, 준구는 손수건을 내서 꺼릴 것 없이 얼굴과 가슴의 땀을 한바탕 훔쳐냈다.

"양해하게. 집에는 아이들이 들끓구, 아내는 만삭이 되어서 배가 태산

---

2) 포라: 포럴(poral)의 잘못. 가는 심지실과 굵은 장식실을 강한 꼬임을 주어 하나로 엮어 만든 실을 사용하여 평직으로 짠 천.

같은데두 아직 산파두 못 댔네. 다달이 빚쟁이들은 한 두름씩 문간에 와서 왕머구리같이 와글와글 짖어대구…… 어쩌다가 이렇게 됐는지 이제는 벌써 자살의 길밖에는 눈앞에 보이는 것이 없네…… 별수 있던가. 또 교장에게 구구히 사정을 하구 한 장을 간신히 돌려왔네. 약소해서 미안하나 보태 쓰도록이나 하게."

봉투에 넣고 말고 풀 없이 꾸겨진 지전 한 장을 주머니에서 불쑥 집어내어서 현보의 손에 쥐여 주는 것이다. 현보는 불현듯 가슴이 찌르르하고 눈시울이 뜨거웠다. 손안에 남은 부풀어진 지전과 땀 밴 동무의 손의 체온에 찐득한 우정이 친친 얽혀서 불시에 가슴을 죈 것이다.

남죽은 새삼스럽게 고맙다는 뜻을 표하기도 겸연쩍어서 똑바로 그를 바라보지도 못하고 시선을 식탁 위에 떨어뜨린 채 손가락으로 머리카락을 오리오리 매만질 뿐이었다. 낯이 익지도 못한 여자의 앞에서까지 가릴 것 없이 집안 사정 이야기를 터놓고 하지 않으면 안 되는 가난한 시민의 자태가 딱하고 측은하고 용감하여서 그 순간 그 자리에서 살며시 꺼지고도 싶은 무거운 좌중의 기분이었다.

거리에 나와 준구와 작별한 뒤까지도 현보들은 심사가 몹시 울가망하였다. 현보는 집에 돌아가기가 울적하고 남죽 또한 답답한 숙소에 일찍 들어가기가 싫어서 대중없이 밤거리를 거닐기 시작하였다. 동무가 일껏 구해준 땀내 나는 돈을 도로 돌릴 수도 없어 그대로 지니기는 하였으나 갖출 것도 있고 하여 여비로는 적어도 그 다섯 갑절이 소용이었다. 현보는 다른 방법을 생각하기로 하고 그 한 장 돈의 운명을 온전히 그날 밤의 발길의 지향에 맡기기로 하였다.

레코드나 걸고 폭스트롯3)이나 마음껏 추어 보았으면 하는 것이 남죽의 청이었으나 거리에는 춤을 출 만한 곳이 없고 현보 자신 춤을 모르는 까닭에 뒷골목을 거닐다가 결국 조촐한 바에 들어갔다. 솔내 나는 진을 남죽은 사양하지 않고 몇 잔이고 거듭 마셨다. 어느결에 주량조차 그렇게 늘었나 하고 현보는 놀라고 탄복하였다. 제법 술자리를 잡고 얼굴을 붉게 물들이고 뭇 사내의 시선 속에서 어울려나가는 솜씨는 상당한 것으로 보였다.

술이 어지간히 돌았는지 체면 불구하고 레코드에 맞추어 몸을 으쓱거리더니 나중에는 자리를 일어서서 춤의 자세를 하고 발끝으로 달가락달가락 춤을 추는 것이었다.

현보 역시 취흥을 못 이겨 굳이 그를 말리지 않고 현혹한 눈으로 도리어 그의 신기한 재주를 바라볼 뿐이었다. 술은 요술쟁이인지, 혹은 춤추는 세상의 도덕은 원래 허랑한 것인지 이해하기 어려운 것은, 맞은편 자리에 앉았던, 아까 남죽의 귀에다 귓속말로 거리의 부랑자 백만장자의 아들이라고 가르쳐주었던 그 사나이가 성큼 일어서서 남죽에게 춤을 청하는 것이었고, 더 이상한 것은 남죽이 즉시 응하여 팔을 겨르고 스텝을 밟기 시작한 것이다. 그것이 춤의 도덕인가보다고만 하고 현보는 웃는 낯으로 한참이나 바라보고 있었으나, 손님들의 비난의 소리 속에서 별안간 여급이 달려와서 춤은 금물이라 질색하고 두 사람을 가르는 바람에 현보는 문득 정신이 들면서 이 난잡한 꼴에 새삼스럽게 눈썹이 찌푸려졌다. 남죽의 취중의 행동도 지나쳐 허랑한 것이었으나 별안간 나타난 부랑자의 유들유들한 심보가 불현듯이 괘씸하게 느껴져서 주위에 대한 체면과 불쾌한 생각에, 책임상 비틀거리는 남죽의 팔을 끌고 즉시 그 자리를 나와버렸다. 쓸데없이 허튼 곳에 그를 끌어온 것이 뉘우쳐도 져서 분이 좀체 가라앉지 않았다.

---

3) **폭스트롯**: 1910년대 초기에 미국에서 시작한 사교 춤곡. 또는 그 춤.

"아무리 부랑자기로 생명부지에 소락소락…… 안된 녀석."

"노여하실 것 없는 것이 춤추는 사람끼리는 춤을 청하는 것이 모욕이 아니라 도리어 존경의 뜻인걸요. 제법 춤의 격식이 익숙하던데요."

남죽의 항의에는 한마디도 대꾸할 바를 몰랐으나 그러면 그 패씸한 심사는 질투에서 나온 것이었던가? 그렇다면 남죽을 얼마나 사랑하고 있는 셈인가 하고 현보는 자신의 마음을 가지가지로 의심하여 보았다.

"……참기 싫어요, 견딜 수 없어요. 죄수같이 이 벽 속에만 갇혀 있기가. 어서 데려다주세요. 데이빗! 이곳을 나갈 수 없으면, 이 무서운 배에서 나갈 수 없으면 금방 미칠 것두 같아요. 집에 데려다 주세요, 데이빗! 벌써 아무것두 생각할 수 없어요. 추위와 침묵이 머리를 가위같이 누르는걸요. 무서워! 얼른 집에 데려다주세요."

남죽은 남죽으로서 딴소리를……. 듣고 보니 오늘의 '고래'의 구절구절을 아직도 취흥에 겨운 목소리로 대로 상에서 마치 무대에서와 같은 감정으로 외치는 것이었다. 북극 해상에서 애니가 남편인 선장에게 애원하고 호소하는 그 소리는 그대로가 바로 남죽 자신의 절실한 하소연이기도 하였다.

"……이런 생활은 나를 죽여요, 이 추위, 무서움, 공기가 나를 협박해요, 이 적막…… 가는 날 오는 날 허구한 날 똑같은 회색 하늘. 참을 수 없어요. 미치겠어요. 미치는 것이 손에 잡힐 듯이 알려요. 나를 사랑하거든 제발 집에 데려다주세요. 원이에요, 데려다주세요!"

이튿날은 또 하루 목표 없는 지난날의 연속이었다. 간밤의 무더운 기억도 있고 남죽에게 대한 말끔하게 청산하지 못한 뒤를 끄는 감정도 남아 있고 하여 현보는 오후도 훨씬 늦어 남죽을 찾았다 아직도 눈알이 붉고 정신이 개운하지 못한 남죽의 청을 들어 소풍 겸 강으로 나갔다.

서선西鮮[4] 지방의 그 도회는 산도 아름다우려니와 물의 고을이어서 여름 한철이면 강 위에는 배가 흔하게 떴다. 나룻배, 고깃배, 석탄배 외에 지붕을 덩그렇게 단 놀잇배와 보트, 모터보트가 강 위를 촘촘하게 덮었다. 놀잇배에서는 노래가 흐르고 춤이 보여서 무르녹은 나무 그림자를 띄운 고요한 강 위는 즐거운 유원지로 변한다. 산 너머 저편은 바로 도회에서 생활과 싸움으로 들복닥거리건만, 산 건너 이편은 그와는 별세상인 양 웃음과 노래와 흥이 지천으로 물 위를 흘렀다.

현보와 남죽도 보트를 세내서 타고 그 속에 한몫 끼어서 시원한 물 세상 사람이 된 듯도 싶었다. 백양나무가 늘어선 위로 흰 구름이 뭉실뭉실 떠서 강 위에서는 능라도 일대의 풍경이 아름다웠다. 현보는 손수 노를 저으면서 물결을 거슬러 올라가 섬께로 향하였다. 속을 헤아릴 수 없는 푸른 물결이 뱃전을 찰싹찰싹 쳤다.

"언니에게서 편지가 왔는데, 요새는 염소젖두 적구 그렇게 쉽게 노자를 구할 수 없다나요."

남죽은 소매 속에서 집어낸 편지를 봉투째 서너 조각으로 쭉쭉 찢더니 물 위에 살며시 띄웠다. 별로 언니를 원망하는 표정도 아니요, 다만 침착한 한마디의 보고였다.

"며칠 동안 카페에 들어가 여급 노릇이나 해서 돈을 벌어볼까요?"

이 역시 원망의 소리가 아니고 침착한 농담으로 들리기는 하였으나 그 어딘지 자포자기의 기색이 보이지 않는 것도 아니었다.

"차차 무슨 방법이든지 있을 텐데 무얼 그리 조급하게 군단 말요."

현보는 당찮은 생각은 당초에 말살시켜버리려는 듯이 어세가 급하고 퉁명스러웠다. 그러나 고향을 그리는 남죽의 원은 한결같이 절실하였

---

4) 서선(西鮮): 황해도와 평안도를 통칭하는 말.

다.

"어둠 속에 갇혀 있으면 추억조차 흐려지나 봐요. 벌써 머언 옛일 같아
요……. 지금은 6월, 라일락이 뜰 앞에 한창이고 담 뒤 장미는 벌써 봉오
리가 앉았을걸요."

이것은 남죽이 늘 즐겨 외우는 '고래' 속의 한 구절이었으나 남죽의 대
사는 이것으로써 그치는 것이 아니었다. 물 위에 둥둥 떠서 멀리 사라지
는 찢어진 편지 조각을 바라보며 남죽의 고향을 그리는 정은 줄기줄기
면면하였다.

"솔골서 시작해서 바다 있는 쪽으로 평야를 꿰뚫은 흰 방축이 바로 마
을 앞을 높게 내닫고 있어요. 방축이라니 그렇게 긴 방축이 어디 있겠어
요. 포플러나무가 모여서고 국제 열차가 갈리는 정거장 근처를 지나 바
다까지 근 십 리 장간을 일직선으로 뻗쳤는데 인도교와 철교 사이를 거
닐기에두 이십 분이나 걸려요. 물 한 방울 없는 모래 개천을 끼고 내달은
넓은 둑은 희고 곧고 깨끗해서 마치 푸른 풀밭에 백묵으로 무한대의 일
직선을 그은 것두 같구, 둑 양편으로 잔디가 쪽 깔린 속에 쑥이 나고 패
랭이꽃이 피어서 저녁 해가 짜릉짜릉 쬐면 메뚜기와 찌르레기가 처량하
게 울지요. 풀밭에는 소가 누운 위로 이름 모를 새가 풀 위를 스치면서
낮게 날고, 마을로 향한 쪽에는 조, 수수, 옥수수 밭이 연하여서 일하는
처녀 아이가 두어 사람씩은 보이죠. 여름 한철이면 조카 아이와 같이 염
소를 끌고 그 둑 위를 거닐면서 세월없이 풀을 먹여요. 항구를 떠난 국제
열차가 산모퉁이를 돌아 기적 소리가 길게 벌판을 울려올 때, 풀 먹던 소
는 문득 뿔을 세우고 수염을 드리우고 에헤헤헤헤헤헤 하고 새침하게 한
바탕 울어대군 해요. 마을 앞의 그 둑을! 고향의 그 벌판을! 나는 얼마나
사랑하는지 몰라요. 얼마나 그리운지 모르겠어요."

남죽의 장황한 고향의 묘사는 무대 위에서와는 또 다르게 고요한 강물

위를 자유롭게 흘러내렸다. 놀잇배에서 흘러나오는 레코드의 음악이 속된 유행가가 아니고 만약 교향악의 반주였던들 남죽의 대사는 마디마디 아름다운 전원교향악으로 들렸을 것이다.

그의 전원교향악에 취하였던 것은 아니나 그의 고향에 대한 적어도 현재 이외의 생활에 대한 그리운 정이 얼마나 간절한가를 느끼며 현보는 속히 여비를 구해야 할 것을 절실히 생각하면서 능라도와 반월도 사이의 여울로 배를 저어 올렸다. 얕아는 졌으나 센 물살을 거슬러 저으면서 섬에 오를 만한 알맞은 물기슭을 찾았다.

"첫 가을이면 송이의 시절…… 좀 이르면 솔골로 풋송이 따러 가는 마을 사람들이 둑 위를 희끗희끗 올라가기 시작하겠어요. 봉곳이 흙을 떠받들고 올라오는 송이를 찾았을 때의 기쁨! 바구니에 듬직하게 따가지고 식구들과 함께 둑길을 걸어 내려올 때면 송이의 향기가 전신에 흠뻑 배지요. 이런 풋송이의 향기! '고래' 속의 라일락의 향기 이상으로 제겐 그리운 것예요."

듣는 동안에 보지 못한 곳이언만 현보에게도 그의 말하는 고향이 한없이 그리운 것으로 생각되었다. 모랫바닥이 보이는 강가로 배를 몰아놓고 섬기슭을 잡으려 할 때 배가 몹시 요동하는 바람에 꿈에 잠겼던 남죽은 금시에 정신이 깬 모양이었다.

백양나무가 늘어선 사이로 새 풀이 우거져서 섬 속은 단걸음에 뛰어들어가고도 싶게 온통 푸르게 엿보였다. 발을 벗고 물속을 걷기도 귀찮아서 남죽은 뱃전에 올라서서 한걸음에 기슭까지 뛰어 건너려 하였다. 뒤뚝거리는 배를 현보가 뒤에서 붙들기는 하였으나 원체 물의 거리가 먼데다가, 남죽은 못 미치는 다리에 풀뿌리를 밟은 까닭에 껑청 발을 건너자 배가 급각도로 기울어지며 현보가 위태하다고 느꼈을 순간 풀뿌리에서 미끄러지며 볼 동안에 전신을 물속에 채워 버렸다. 현보가 즉시 신발

채로 뛰어들어 그의 몸을 붙들어 일으키기는 하였으나 전신은 물에 빠진 쥐였다. 팔에 걸린 몸이 빨랫짐같이도 차고 무거웠다.

하루의 작정이 흐려지고 섬의 행락이 틀어졌다. 소풍이 지나쳐 목욕이 된 셈이나 물에 빠진 꼴로는 사람들 숲에 섞일 수도 없어 두 사람은 외따로 떨어져 섬 속의 양지를 찾았다. 사람들 엿보지 못하는 호젓한 외딴곳에서 젖은 옷을 대충 말리는 수밖에는 없었다. 현보는 신과 바지를 벗어서 널고 남죽은 속옷만을 남기고 치마저고리를 벗어서 양지쪽 풀밭에 펴놓았다. 차라리 해수욕복이나 입었던들 피차에 과히 야릇한 꼴들은 아니었을 것이나 옷을 반씩 벗은 이지러진 자태, 마치 꼬리와 죽지를 뽑히고 물벼락을 맞은 자웅의 닭과도 같은 허술한 꼴들은 한층 우스운 것이었다. 더구나 팔다리와 어깨를 온전히 드러내고, 젖어서 몸에 붙은 속옷 바람으로 풀밭에 선 남죽의 꼴은 더욱 보기 딱한 것이어서 그 자신은 그다지 시스러워[5] 여기지 않음에도 현보는 똑바로 보기 어려워 자주 외면하지 않을 수 없었다.

별수 없이 그 꼴 그대로 틀어진 반날을 옷 말리기에 허비하고 해가 진 후 채 마르지도 못한 축축한 옷을 떨쳐입고 다시 배를 젓고 내려올 때, 두 사람은 불시에 마주 보고 껄껄껄 웃어 댔다. 하루의 이지러진 희극을 즐겁게 끝막으려는 듯 웃음소리는 고요한 저녁 강 위에 낭랑하게 퍼졌다.

그 꼴로 혼자 돌려보내기가 가여워서 현보는 그길로 남죽의 숙소에 들른 채 처음으로 밤이 이슥할 때까지 같이 지내게 되었다. 뜻 속의 것이었는지 혹은 뜻밖의 것이었는지 그날 밤 현보는 또한 남죽과 모든 열정을 주고받았다. 그것은 반드시 한쪽의 치우친 감정의 발작이 아니라 피차의 똑같은 감정의, 말하자면 공동 합작이었으며 그 감정 또한 우연한 돌

---

5) 시스럽다: '스스럽다'의 잘못. 서로 사귀는 정분이 두텁지 않아 조심스럽다.

발적인 것이 아니요, 참으로 칠 년 전부터 내려오는 묵고 익은 감정의 합류였다. 늦은 밤 거리에 나왔을 때 현보는 찬란한 세상을 겪은 뒤의 커다란 피곤을 일시에 느꼈다.

　일이 일인 만큼 큰 경험 후에 오는 하루를 현보는 집에 묻힌 채 가지가지 생각에 잠겼다. 묵은 감정의 합류라고는 하더라도 하필 그 시간에 폭발된 것은 이때까지 피차에 감정을 감추고 시험해왔던 까닭일까, 그런 감정에는 반드시 기회라는 것이 필요한 탓일까, 생각하였다. 결국, 장구한 시기를 두었다가 알맞은 때를 가늠 보아 피차에 훔쳐낸 감정에 지나지 않았다. 사랑이라기에는 너무도 어처구니없는 것인지도 모르나 그러나 사랑이 아니라고 할 수도 없는 것이, 비록 미래의 계획이 없는 한 막의 애욕극이었다고는 하더라도 거기에 이르기까지는 오랜 시간의 양해가 있었던 것이라고 생각하였다. 남죽의 마음 또한 그러려니는 생각하면서도 현보는 한편 남자 된 욕심으로 남죽의 허랑한 감정을 의심도 하여 보았다. 대체 지난 칠 년 동안의 그에게는 완전히 괄호 안의 비밀인 남죽의 생활이 어떤 내용의 것이었을까 하는 것이었다. 그에게 있어서 간간이 생리의 정리가 필요하듯이 남죽에게도 그것이 필요하지 않았을까? 혹은 한 번쯤은 결혼까지 하였다가 실패하였는지도 모르며 더 가깝게 가령 그와 다시 만나기 전에 친히 지냈던 민삼과는 깊은 관계가 없었을까 하는 생각이 갈기갈기 들었으나 돌이켜보면 그렇게 그의 결벽하기를 원하는 것은 순전히 자기 자신의 지나친 욕심이며, 그것을 희망할 자격은 자기에게는 없다는 것을 느끼게 되었다. 괄호 안의 비밀, 그의 눈에 비치지 않은 부분의 생활은 그의 관계할 바 아니며 다만 그로서는 그에게 보여 준 애정만을 달게 여기면 족한 것이라고 결론하면서 그의 애정을 너그럽게 해석하려고 하였다.

값으로 산 애정은 아니었으나 남죽의 처지가 협착한 만큼 현보는 애정에 대한 일종의 책임을 느껴서 그의 여비 일건을 더욱 절실히 생각하게 되었다.

그를 오래도록 붙들어 둘 수 없는 이상 원대로 하루라도 속히 고향에 돌려보내는 것이 애정의 의무일 것같이 생각되었다.

여비를 갖춘 후에 떳떳이 만날 생각으로 그 밤 이후 며칠 동안은 남죽을 찾지 않았다. 여비를 갖춘대야 생판 날탕[6]인 현보에게 버젓한 도리가 있을 리는 없었다. 이미 친한 동무 준구에게 한번 청을 걸어 여의치 못한 이상 다시 말해 볼 만한 알맞은 동무는 없었으며, 그렇다고 그의 일신에 돈으로 바꿀 만한 귀중한 물건을 지닌 것도 아니었다. 옳은 길이라고는 생각지 않았으나 별수 없이 남은 한 길을 취할 수밖에는 없었다. 진종일을 노리다가 사랑 문갑에서 예금통장을 집어내기에 성공하였던 것이다. 은행과 조합의 통장이 허다한 속에서 우편 예금 통장을 손쉽게 집어내서 도장까지 위조하여 소용의 금액을 감쪽같이 찾아내기는 하였으나 빽빽한 주의 아래에서 그것을 성공하기에는 온 이틀을 허비하였다. 가정에 대한 그 불측한 반역이 마음을 괴롭히지 않는 바도 아니었으나 그만한 희생쯤은 이루어진 애정에 대한 정성과 봉사의 생각으로 닦아버리려고 생각하였던 것이다.

그 밤 이후 처음으로 만나는데 소용의 금액을 넌지시 내놓음이 받는 애정의 대상을 갚는 것도 같아서 겸연쩍기는 하였으나 그러나 한편 돈을 가진 마음은 즐겁고 넉넉하였다. 마음도 가뿐하고 걸음도 시원스럽게 현보는 오후나 되어서 남죽의 여관을 찾았다.

여관 안은 전체로 감감하고 방에는 남죽의 자태가 보이지 않았다. 원

---

6) 날탕: 아무것도 가진 것이 없음. 또는 그런 사람.

체 아무 세간도 없는 방인 까닭에 팅 빈 방 안을 현보는 자세히 살펴볼 것도 없이 문을 닫고 아마도 놀러 나갔으려니 하고 거리로 나왔다. 찻집 과 백화점을 한 바퀴 돌고는 밤에 다시 찾기로 하고 우선 집으로 돌아왔 을 때 뜻밖에 남죽의 엽서가 책상 위에 있었다.

연필로 적은 사연이 간단하게 읽혔다.

왜 며칠 동안 까딱 오시지 않았어요? 노여운 일 계세요? 여러 날 폐만 끼 친 채 여비가 되었기에 즉시 떠납니다. 아마도 앞으로는 만나 뵙기 조련치[7] 않을 것 같아요. 내내 안녕히 계세요.

남죽 올림.

돌연한 보고에 현보는 기를 뽑히고 즉시로 뒷걸음을 쳐서 여관으로 향 하였다.

여러 날 안 왔다고 칭원稱寃을 하면서 무슨 까닭에 그렇게도 무심하고 급스럽게 떠나버렸을까? 여비라니 다따가 오십 원의 여비를 대체 어떻 게 해서 구하였을까? 짜장 며칠 동안 카페 여급 노릇이라도 한 것일 까……. 여러 가지로 생각하면서 여관에 이르러 다시 방문을 열어보았 을 때 아까와 마찬가지로 팅 빈 것이었으나 그런 줄 알고 보니 사실 구석 에 가방조차 없었다. 경솔한 부주의를 내책하면서 그제서야 곡절을 물 어보려 안문을 들어서서 주인을 찾았다.

궂은일을 하던 노파는 치맛자락으로 손을 훔치면서 한마디 불어대고 싶은 듯도 한 눈치로 뜰 안에 나서며 간밤에 부랴부랴 거둬가지고 떠났 다는 소식을 첫마디에 이르고는 뒤슬뒤슬 속 있는 웃음을 띠었다.

---

7) 조련하다: 만만할 정도로 헐하거나 쉽다.

"그게 대체 여배우요, 여학생이요? 신식 여자들은 겉만 보군 알 수가 없으니."

무슨 소리를 하려는 수작인고 하고 그다지 반갑지는 않았으나 현보는 잠자코 있을 수만 없어서,

"여학생으로두 보입니까?"

되려 한마디 반문하였다.

"그럼 여배우군. 어쩐지 행동거지가 보통이 아니야. 아무리 시체 여학생이기루 학생의 처신머리가 그럴까 했더니 그게 여배우구료."

"행동이 어쨌단 말요?"

"하긴 여배우는 거반 그렇답니다만."

말이 시끄러워질 눈치여서 현보는 귀찮은 생각에 말머리를 돌렸다.

"식비는 다 치렀나요?"

그러나 그 한마디가 도리어 풀숲의 뱀을 쑤신 셈이었다. 노파의 말주머니는 막았던 봇물같이 한꺼번에 터져 나오기 시작하였다.

"식비 여부가 있겠수. 푸른 지전이 지갑 속에 불룩하던데. 수단두 능란은 하련만 백만장자의 자식을 척척 끌어들이는 걸 보문 여간내기가 아닌 한다하는 난꾼입디다. 그런 줄 알구 그랬는지 어쨌는지 아마두 첫눈에 후려낸 눈친데 하룻밤 정을 줘두 부자 자식이 좋기는 좋거든. 맨숭한 날탕이던 것이 하룻밤 새에 지전이 불룩하게 쓸어든단 말요. 격이 되기는 됐어. 하룻밤을 지냈을 뿐 이튿날루 살랑 떠난단 말요."

청천의 벼락이었다. 놀랍고 어처구니가 없어서 노파의 입을 쥐어박고도 싶었으나 그러나 실상은 노파가 아닌 이상 거짓말도 아닐 것이어서 현보는 다만 벌렸던 입을 다물 수 없었다.

"백만장자의 자식이라니 누, 누구란 말요?"

아마도 말소리가 모르는 결에 떨렸던 성싶었다.

"모르시오? 김 장로의 아들 말이외다. 부랑자루 유명한……."

현보는 아찔해지며 골이 핑 돌았다. 더 물을 것도 없고 흉측한 노파의 꼴조차가 불현듯이 보기 싫어져서 뒤도 돌아보지 않고 허둥허둥 여관을 나와 버렸다.

'그것이 여비의 출처였던가?'

모르는 결에 입술이 찡그려지며 제 스스로를 비웃는 웃음이 흘러나왔다. 김 장로의 아들이라면 며칠 전 바에서 돌연히 남죽에게 춤을 청한 놈팡이인데 어느결에 그렇게 쉽게 교섭이 되었던가…… 설사 여비를 구하기 위한 수단이라고 하더라도 어둠의 여자와 다를 바가 무엇인가, 생각할 때 무서운 생각에 전신에 소름이 쭉 돋으며 허전허전 꾀는 다리에 그 자리에 쓰러져 울고도 싶었다.

남죽은 그렇게까지 변하였던가? 과거 칠 년 동안의 괄호 속의 비밀까지가 한꺼번에 눈앞에 보이는 듯하여 현보는 속았다는 생각만이 한결같이 들어 온전히 제정신 없이 거리를 더듬었다.

우울하고 불쾌하고, 미칠 듯도 한 며칠이었다. 칠 년 전부터 남죽을 알아온 것을 뉘우치고 극단이고 무엇이고를 조직하려고 한 것조차 원이 되었다. 속인 것은 비단 마음뿐이 아니고 육체까지임을 알았을 때 현보는 참으로 미칠 듯도 한 심정이었던 것이다.

육체의 일부에 돌연히 변조가 생기기 시작한 것은 다음 날부터였으나 첫 경험인 현보는 다따가[8]의 변화에 하늘이 뒤집힌 듯이나 놀랐고, 첫째 그 생리적 고통은 견딜 수 없이 큰 것이었다. 몸에는 추잡한 병증이 생기며 용변할 때의 괴로움이란 살을 찢는 듯도 하여 이루 헤아릴 수 없었다.

---

8) 다따가: 난데없이 갑자기.

세상에서 흔히 말하는 병이 바로 이것인가 보다고 즉시 깨우치긴 하였으나 부끄러운 마음에 대뜸은 병원에도 못 가고 우선 매약점에를 들렀다가 하는 수 없이 그길로 의사를 찾았다. 진찰의 결과는 예측과 영락없이 들어맞아서 별수 없이 의사의 앞에서 눈을 감고 부끄러운 치료를 받기 시작하면서 찡그린 마음속에는 한결같이 남죽의 자태가 떠올랐다.

마음과 몸을 한꺼번에 속인 셈이나 남죽은 대체 그런 줄을 알았던가 몰랐던가? 처음에는 감격하고 고맙게 여겼던 애정이었으나 그렇게 된 결과로 보면 일종의 애욕의 사기로밖에는 생각되지 않았다. 칠팔 년 전 건강하고 아름다운 꿈으로 시작되었던 남죽의 생애가 그렇게 쉽게 병들고 상할 줄은 짐작도 할 수 없었던 것이다. 굳건한 꿈의 주인공이 칠 년 후 한다하는 밤의 선수로 밀려 떨어질 줄은 생각할 수 없었던 것이다. 아담하던 꽃은 좀이 먹었을 뿐이 아니라 함빡 병들어 상하기 시작하지 않았던가. 책점 대중원 뒷방에서 겨울이면 화롯전을 끼고 앉아서 독서에 열정하다가 이론 투쟁을 한다고 아무나 붙들고 채 삭이지도 못한 이론으로 함부로 후려 대다가는 이튿날도 학교의 사건을 지도한다고 조금 출출한 동무들이면 모조리 방에 끌어다가는 이론과 토의가 자자하던 칠 년 전의 남죽의 옛일을 생각할 때 현보는 금할 수 없는 감회에 잠기며 잠시는 자기 몸의 괴로움도 잊어버리고 오늘의 남죽을 원망하느니보다는 그의 자태를 측은히 여기는 마음이 끝없이 솟았다. 어린 꿈의 자라가는 것은 여러 갈래일 것이나 그 허다한 실례 속에서 현보는 공교롭게도 남죽에게서 가장 측은하고 빗나간 한 장의 표본을 본 듯도 하여서 우울하기 짝이 없었다.

부정한 수단을 써가면서까지 여비로 만든 오십 원 돈이 뜻밖에도 망측한 치료비로 쓰이게 된 것을 생각하고 그 돈의 기구한 운명을 저주하면서 답답한 마음에 현보는 그날 밤 초저녁부터 바에 들어가 잠겼다. 거기에서 또한 우연히도 문제의 거리의 부랑자 김 장로의 아들을 한자리에서 마주치게 된 것은 얼마나 뼈저린 비꼬움이었던가! 반지르르하면서도 유들유들한 그 꼬락서니가 언제 보아도 불쾌하고 노여운 것이었으나 그러나 남죽 자신의 뜻으로 된 일이었다면 그도 하는 수 없는 노릇이며, 무엇보다도 그 당장에서 그 녀석을 한대 먹여서 꼬꾸라뜨릴 만한 용기와 힘 없음이 현보에게는 슬펐다. 녀석도 또한 그 자리로 현보임을 알아차리고, 가소로운 것은 제 술잔을 가지고 일부러 현보의 탁자에 와 마주앉으며 알지 못할 웃음을 띠는 것이다.

"이왕 마주 와 닿으니 술이나 같이 듭시다."

어느 결엔지 여급에게 분부하여 현보의 잔에도 술을 따르게 하였다. 희고 맑은 그 양주가 향기로 보아 솔내 나는 진인 것이 바로 그 밤과 같은 것이어서 이 또한 우연한 비꼬움으로밖에는 생각되지 않았다.

"……이렇게 된 바에 무엇을 속이겠소? 터놓고 말이지 사실 내겐 비싼 흥정이었었소. 자랑이 아니라 나도 그 길엔 상당히 밝기는 하나 설마 그런 홈이 있을 줄이야 뉘 알았겠소. 온전히 홀리운 셈이지. 그까짓 지갑쯤 털린 거야 아까울 것 없지만 몸이 괴로워 못 견디겠단 말요. 허구헌 날 병원에만 다니기두 창피하구, 맥주가 직효라기에 날마다 와서 켰으나 이 몸이 언제나 개운해질는지……."

술잔을 내고는 얼굴을 찡그리고 쓴웃음을 띠는 것을 보고는 녀석을 해낼 수도 없고 맞장구를 칠 수도 없어서 현보는 얼떨떨할 뿐이었다.

"당신두 별수 없이 나와 동류항일 거요. 동류항끼리 마음을 헤치고 하룻밤 먹어봅시다그려."

하면서 굳이 술잔을 권하는 것이다.

현보는 녀석의 면상에 잔을 던지고 그 자리를 일어나고도 싶었지만 실상은 웃지도 못하고 울지도 못할 난처한 표정대로 그 자리에 빠지지[9]

앉아 있을 수밖에는 없었다.

『삼천리문학』, 1938

---

9) 빠지지: 마음이 매우 안타깝게 타는 모양의 북한말.

# 수탉

을손은 요사이 울적한 마음에 닭 시중도 게을리하게 되었다. 그 알뜰히 기르던 닭들이 도무지 눈에도 들지 않으며 마음을 당기지 못하였다. 모이는 새로에 뜰 앞을 어른거리는 꼴을 보면 나뭇개비를 집어들게 되었다. 치우지 않는 우리 속은 지저분하기 짝 없다.

두 마리를 팔면 한 달 수업료가 된다. 우리 안의 수효가 차차 줄어짐이 그다지 애틋한 것은 아니었다. 도리어 제때 가질 운명을 못 가지고 우리 안을 헤매는 한 달 동안의 운명을 벗어난 두 마리의 꼴이 눈에 거슬렸다. 학교에 안 가는 그 한 달 수업료가 늘려진 것이다.

그 두 마리 중에서도 못난 한 마리의 수탉, 가장 초라한 꼴이었다. 허울이 변변치 못한 위에 이웃집 닭과 싸우면 판판이 졌다. 물어뜯기운 맨드라미에는 언제 보아도 피가 새로이 흘러있다. 거적눈[1]인 데다 한쪽 다리를 전다. 죽지의 깃이 가지런하지 못하고 꼬리조차 짧았다. 어떤 때면 암탉에게까지 쫓겼다. 수탉 구실을 못하는 수탉이 보기에도 민망하였으나 요사이 와서는 민망한 정도를 넘어 보기 싫은 것이었다. 더구나 한 달의 운명을 우리 안에 더 붙이게 된 것이 을손에게는 밉살스럽고 흉측스럽게 보일 뿐이었다.

학교에 못 가는 마음이 몹시 답답하였다.

---

1) 거적눈: 윗눈시울이 축 처진 눈.

능금을 따고 낙원을 쫓기운 것은 전설이나, 능금을 따다 학원을 쫓기운 것은 현실이다.

농장의 능금은 금단의 과일이었다.

을손은 그 율칙을 어긴 것이다.

동무들의 꼬임에 빠졌다느니 보다도 을손 자신이 능금의 유혹에 빠졌던 것이다. 능금은 사치한 욕망이 아니다. 필요한 식욕이었다.

당번은 다섯 명이었다. 누에를 다 올린 후라 별로 할 일 없이 한가하였던 것이 일을 저지른 시초일는지 모른다. 잡담으로 자정이 되기를 기다렸다가 일제히 방을 나가 어둠 속에 몸을 감추고 과수원의 철망을 넘었다.

먹다 남은 것을 아궁이 속에 넣은 것은 감쪽같았으나 마지막 한 개를 방구석 뽕잎 속에 간직한 것이 실책이었다. 이튿날 아침 과수원 속의 발자취가 문제 되었을 때 공교롭게도 뽕잎 속의 그 한 개가 발견되었다.

수색의 길은 빤하다. 간밤에 다섯 명의 당번이 차례로 반 담임 앞에 불리우게 되었다.

굳게 언약을 해놓고서도 어느 때나 마찬가지로 그 어디로부터인지 교묘하게 부서진다. 약한 한 사람의 동무의 입에서 기어이 실토가 된 모양이었다. 한 사람씩 거듭 불려 들어갔다.

두 번째 호출이 시작되었을 때 을손은 괴상한 곳에 있었다.

몸이 무거워 그곳에 들어간 것이 아니라 얼마 동안의 귀찮은 시간을 피하려 일부러 그곳을 고른 것이었다.

한 사람이 들어가 간신히 웅크리고 앉았을 만한 네모진 그 좁은 공간. 거북스럽기는 하여도 가장 마음 편한 곳도 그곳이었다. 그곳에 앉았으면 마치 바닷물 속에 잠겨 있는 것과도 같이 몸이 거뿐한 까닭이다.

밖 운동장에서는 동무들의 지껄이는 소리, 웃음소리, 닫는 소리에 섞여 공 구르는 가벼운 소리가 쉴 새 없이 흘러와 몸은 그 즐거운 소리를 타고 뜬 것 같다.

　을손은 현재 취조를 받고 있을 당번의 동무들과 자신의 형편조차 잊어버리고 유유히 주머니 속에서 담배를 한 개 집어내어 불을 붙였다. 실상인즉 담배도 능금과 같이 금단의 것이었으나 율칙을 어김은 인류의 조상이 끼쳐준 아름다운 공덕이다. 더구나 그곳에서 한 모금 피우기란 무상의 기쁨이라고 을손은 생각하는 것이었다.

　이것도 그곳의 특이한 풍속으로 벽에는 옷을 입지 않을 때의 남녀의 원시적 자태가 유치한 필치로 낙서되어 있다. 간단한 선, 서투른 그림이면서도 그것은 일종의 기쁨이었다.

　을손도 알 수 없는 유혹을 받아 주머니 속에서 무딘 연필을 찾아 향기로운 연기를 길게 뿜으면서 상상을 기울여 그림을 그리기 시작하였다.

　능금을 먹은 뒤에 담배를 피우며 낙서를 하며, 위반을 거듭하는 동안에 을손은 문득 학교가 싫은 생각이 불현듯이 들었다. 가령 학교에서 능금 딴 제자를 문초한 교사가 일단 집에 돌아갔을 때 이웃집 밭의 능금을 딴 어린 아들을 무슨 방법으로 처벌할 것이며, 그 자신 능금을 따던 소년 시대를 추억할 때 어떤 감상과 반성이 생길 것인가. 또 혹은 학교에서 절제의 미덕을 가르치는 교사 자신이 불의의 정욕에 빠졌을 때 그 경우는 어떻게 설명하여야 옳을 것인가. 마치 십계명을 설교하는 목사 자신이 간음의 죄에 신음하는 것과도 흡사한 그 경우를.

　가깝게 생각하여 특수한 과학과 기술을 배워야 그것을 이용할 자신의 농토조차 없는 형편이 아닌가.

　변변치 못하다. 초라하다. 잗다란 보수를 바라 이 굴욕을 받는 것보다는 차라리 좁고 거북한 굴레를 벗어나 아무 데로나 넓은 세상으로 뛰고 싶다.

　을손의 생각은 고삐를 놓은 말같이 그칠 바를 몰랐다.

아마도 오래된 듯하다.

하학 종소리가 어지럽게 울렸다.


이튿날 아버지는 단벌의 나들이 두루마기를 입고 학교에 불려 왔다.

무기정학의 처분이었다.

아버지는 어안이 벙벙한 모양이었다. 정든 아들을 매질할 수도 없었으므로.

을손은 우리 안의 닭을 모조를 홀 두드려 팔아가지고 내빼고 싶은 생각이 불같이 났으나 그것도 할 수 없어 빈손으로 집을 떠났다.

이웃 고을을 헤매다가 사흘 만에 다시 집으로 돌아왔다.

밭일도 거들 맥없이 며칠은 천치같이 보낼 수밖에 없었다.

우리 안의 닭의 무리가 눈에 나보였다. 가운데에서도 못난 수탉의 꼴은 한층 초라하다. 고추장에 밥을 비벼 먹여도 이웃집 닭에게 지는 가련한 신세가 보기에도 안타까웠다.

못난 수탉, 내 꼴이 아닌가? 을손은 화가 버럭 났다.

한가한 판이라 복녀와는 자주 만날 수는 있는 처지였으나 겸연쩍은 마음에 도리어 주저되었다.

을손의 처분을 복녀는 확실히 좋게 여기지는 않는 눈치였다.

복녀는 의지의 여자였다. 반년 동안의 원잠종(原蠶種)[2] 제조소의 견습을 마친 터이라 오는 봄부터는 면의 잠업 지도생으로 나갈 처지였다. 건듯하면 게을리 되는 을손의 공부를 권하여 주고 매질하여 주는 복녀였다. 학교를 마치면 맞들고 벌자는 언약이었으나 을손의 이번 실수가 복녀를 실상시킨 것은 확실하였다. 무능한 사내, 복녀에게 이같이 의미 없는 것

---

2) 원잠종(原蠶種): 좋은 누에씨를 받으려고 계통을 바르게 한 누에씨.

은 없었다.

하루저녁 복녀를 찾았을 때 을손에게는 모든 것이 확적히 알렸다.

나온 것은 복녀가 아니요, 복녀의 어머니였다.

"앞으론 출입도 피차에 잦지 못하게 될 것을 생각하니 섭섭하기 그지 없네."

뜻을 몰라 우두커니 서 있으려니 복녀의 어머니는 말을 이었다.

"기어이 알맞은 사람을 하나 구해봤네."

천 근 같은 무쇠가 등골을 내리쳤다.

"조합에 얌전한 사람이 있다기에 더 캐지도 않고 작정하여버렸어."

복녀는 찾아볼 생각도 못하고 을손은 허전허전 뛰어나왔다.

"복녀의 뜻일까, 춘향모의 짓일까?"

물을 필요로 없었다.

눈앞이 어둡고 천지가 헐어지는 것 같았다.

며칠 동안은 눈에 아무것도 어리우지 않았다.

앙상한 밤송이 같은 현실.

한 달이 넘어도 학교에서는 복교의 통지도 없다.

저녁때였다.

닭이 우리 안에 들어 각각 잠자리를 차지하였을 때 마을 갔던 수탉이 어슬어슬 돌아왔다. 또 싸운 모양이었다.

찢어진 맨드라미에는 피가 생생하고 퉁겨진 죽지의 깃이 거꾸로 뻗쳤다.

다리를 저는 것은 일반이나 걸어오는 방향이 단정치 못하다. 자세히 보니 눈이 한쪽 찌그러진 것이었다. 감긴 눈으로 피가 흘러 털을 물들였다. 참혹한 꼴이었다.

측은한 생각은 금시에 미움의 감성으로 변하였다. 을손은 불같은 화가 버럭 났다.

'그 꼴을 하고 살아서는 무엇해!'

살기를 띤 손이 부르르 떨렸다. 손에 잡히는 것을 되구 말구 닭에게 던졌다.

공칙하게도3) 명중되어 순간 다리를 뻗고 푸득거리는 꼴에서 을손은 시선을 피해 버렸다. 끊었다 이었다 하는 가엾은 비명이 을손의 오장을 뒤흔들어 놓는 듯하였다.

『삼천리』, 1935

_____

3) 공칙하다: 일이 공교롭게 잘못된 상태에 있다.

# ⑥ 도시와 유령

어슴푸레한 저녁, 몇 리를 걸어도 사람의 그림자 하나 찾아볼 수 없는 무인지경인 산골짝 비탈길, 여우의 밥이 다 되어버린 해골덩이가 똘똘 구는 무덤, 옆 혹은 비가 축축이 뿌리는 버덩1)의 다 쓰러져가는 물레방앗간, 또 혹은 몇 백 년이나 묵은 듯한 우중충한 늪가!

거기에는 흔히 도깨비나 귀신이 나타난다 한다. 그럴 것이다. 고요하고, 축축하고, 우중충하고, 그리고 그것이 정칙일 것이다. 그러나 나는 아직도 그런 곳에서 그런 것을 본 적은 없다. 따라서 그런 것에 관하여서는 아무 지식도 가지지 못하였다. 하나 나는 (자랑이 아니라) 더 놀라운 유령을 보았다. 그리고 그것이 적어도 문명의 도시인 서울이니 놀라웁단 말이다. 나는 그래도 문명을 자랑하는 서울에서 유령을 목격하였다. 거짓말이라구? 아니다. 거짓말도 아니고 환영도 아니었다. 세상 사람이 말하여 '유령'이라는 것을 나는 이 두 눈을 가지고 확실히 보았다.

어떻든 길게 말할 것 없이 다음 이야기를 읽으면 알 것이다.

동대문 밖에 상업학교가 가제假製될 무렵이었다. 나는 날마다 학교 집터에 미장이로 다니면서 일을 하였다. 남과 같이 버젓하게 일정한 노동을 못하고 밤낮 뜨내기 벌이꾼으로밖에는 돌아다니지 못하는 나에게는

---

1) 버덩: 높고 평평하며 나무는 없이 풀만 우거진 거친 들.

그래도 몇 달 동안은 입에 풀칠을 할 수 있었다마는 과격한 노동이었다. 그러므로 하루라도 쉬어 본 일은커녕 한 번이라도 늦게 가본 적도 없었다. 원수같이 지글지글 타내리는 여름 태양 아래에서 이른 아침부터 저녁때까지 감독의 말 한마디 거슬리는 법 없이 고분고분히 일을 하였다. 체로 모래를 쳐라, 불 같은 태양 아래에 새까맣게 타는 석탄으로 노리[2]를 끓여라, 시멘트에다 모래를 섞어라, 그것을 노리로 반죽하여라 하여 쉴새 없는 기계같이 휘돌아쳤다. 그 열매인지 선물인지는 알 수 없으나 우리들이 다지는 시멘트가 몇 백 간의 벌집 같은 방으로 변하고 친구들의 쨍쨍 울리는 끌 소리가 여러 층의 웅장한 건축으로 변함을 볼 때에 미상불 우리의 위대한 힘을 또 한 번 자랑하지 않을 수 없었다. 어리석은 미련둥이들이라……(중략)……어떻든 콧구멍이 다 턱턱 막히는 시멘트 가루를 전신에 보얗게 뒤집어쓰고 매캐한 노린 냄새와 더구나 전신을 한바탕 쭉 씻어 내리는 땀 냄새를 맡으면서 온종일 들볶아치고 나면 저녁 물에는 정말이지 전신이 나른하였다. 그래도 집안 식구들을 생각하고 끼니거리를 생각하면 마지막 힘이 났다. 일을 마치고 정신을 가다듬어 가지고 일인 감독의 집으로 간다. 삯전을 얻어 가지고 그 길로 바로 술집에 가서 한 잔 빨고 나면 그제야 겨우 제 세상인 듯싶었던 것이다.

　술! 사실 술처럼 고마운 것은 없었다. 버쩍버쩍 상하는 속, 말할 수 없는 피로를 잠시라도 잊게 하는 것은 그래도 술의 힘이었다.

　그날도 나는 술김에 얼근하였었다. 다른 때와 같이 역시 맨 꽁무니에 떨어진 김 서방과 나는 삯전을 받아들고 나서자마자 행길 옆 술집에서 만판 먹어댔다.

　술집을 나와 보니 벌써 밤은 꽤 저물었다. 잠을 자도 한잠 너그러지

---

2) 노리: 접착을 위한 풀의 일본말.

게 잤을 판이었다. 잠이라니 말이지 종일 피곤하였던 판에 주기조차 돌아 놓으니 사실이지 글자대로 눈이 스르르 내리 감겼다. 김 서방과 나는 즉시 잠자리로 향하였다.

잠자리라니 보들보들한 아름다운 계집이 기다리고 있는 분홍 모기장 속 두툼한 요 위인 줄은 알지 말아라. 그렇다고 어둠침침한 행랑방으로 알라는 것도 아니다. 비록 빈대에는 뜯길망정 어둠침침한 행랑방 하나 나에게는 없었다. 단지 내 몸뚱이 하나인 나는 서울 안을 못 돌아다닐 데 없이 돌아다니면서 노숙露宿을 하였던 것이다(그래도 그것이 여름이었으니 말이지 겨울이었던들 꼼짝없이 얼어 죽었을 것이다). 따라서 세상에 못 볼 것을 다 보고 겪어 왔었다. 참말이지 별별 야릇하고 말 못할 일이 많았다. 여기에 쓰는 이야기 같은 것은 말하자면 그중에서 가장 온당한 이야기의 하나에 지나지 못한다.

어떻든 김 서방(도 이미 늦었으니 행랑 구석에 가서 빈대에게 뜯기는 것보다는 오히려 노숙하기를 좋아하였다)과 나는 도수장屠獸場께를 지나서 동묘 앞까지 갔었다.

어느 결엔지 가는 비가 보실보실 뿌리기 시작하였다. 축축한 어둠 속에 칙칙한 동묘가 그 윤곽을 감추고 있었다. 사방은 고요하였다.

"이놈들, 게 있거라!"

별안간에 땅에서 솟은 듯이 이런 음성이 들렸다. 나는 깜짝 놀라는 대신에 빙긋 웃었다.

"이래 보여두 한여름 동안을 이런 데루 댕기면서 잠자는 놈이다. 그렇게 쉽게 놀래겠니." 하는 담찬 소리를 남겨놓고 동묘 대문께로 갔다. 예기豫期한 바와 다름없이 거기에는 벌써 우리 따위의 친구들이 잠자리를 차지하고 있었다. 그래도 꽤 넓은 대문간이지만 그 속에 그득하게 고기 새끼 모양으로 와르르 차 있었다. 이리로 눕고 저리로 눕고 허리를 베이

고 발치에 코를 박고 드르렁드르렁 코를 골고,

"이놈들, 게 있거라!"

"아이그, 그년……."

"이런 경칠 자식 보게."

엎치락뒤치락 연해연방 잠꼬대 소리가 뒤를 이었다. 그러면 이쪽에서는,

"술맛 좋다!" 하고 입맛을 쩍쩍 다시는 사람도 있었다. 그 바람에 나도 끌려서 어느 결에 쩍쩍 다시려던 입을 꾹 다물어버리고 나는 어이가 없어 웃으면서 김 서방을 둘러보았다.

"어떡할려나?"

"가세!"

"가다니?"

"아, 아무 데래두 가 자야지."

김 서방 역시 웃으면서 두 손으로 졸린 눈을 비볐다.

"이 세상에선 빠른 게 첫째야. 이 잠자리두 이젠 세가 나네그려. 허허허." 하면서 발꿈치를 돌리려 할 때이다. 나는 의례히 닫혀 있어야 할 동묘 안으로 통한 문이 어쩐 일인지 반쯤 열려 있는 것을 발견하였다. 나는 앞선 김 서방의 어깨를 탁 쳤다.

"여보게, 저리로 들어가세."

"어데루 말인가?"

김 서방은 시원치 않은 듯이 역시 눈만 비볐다.

"저 안으로 말야. 지금 가면 어델 간단 말인가. 아무 데래두 쓰러져 한 잠 자면 됐지."

"그래두."

"머, 고지기한테 들킬까 봐 말인가? 상관 있나, 그까짓 거 낼 식전에 일

찍이 달아나면 그만이지."

그래도 시원치 않은 듯이 머리를 긁는 김 서방의 등을 밀치면서 나는 안으로 들어갔다. 중문턱까지 들어서니 더한층 고요하였다. 여러 해 동안 버려두었던 빈 집터같이 어둠 속으로 보아도 길이 넘는 잡풀이 숲 속같이 우거져 있고 낮에 보아도 칙칙한 단청이 어둠에 물들어 더한층 우중충하고 게다가 비에 젖어서 말할 수 없이 구중중한 느낌을 주었다. 똑바로 말이지 청 안에 안치한 그림 속에서 무서운 장사가 뛰어 내닫지나 않을까 하고 생각할 때에 머리끝이 쭈뼛하여지는 것을 어찌할 수 없었다.

거진 옷을 적실 만하게 된 빗발을 피하여 앞뜰을 지나 넓은 처마 밑에 이르렀다. 그 자리에 그대로 폭 주저앉아 겨우 안심한 듯이 숨을 내쉬었다.

그때이었다.

"에그, 저게 뭔가 이 사람아!"

김 서방은 선뜻 나의 팔을 꽉 잡았다. 그의 가리키는 곳에 시선을 옮긴 나는 새삼스럽게 놀라지 않을 수 없었다. 별안간에 소름이 쪽 돋고 머리끝이 또다시 쭈뼛하였다.

불과 몇 간 안 되는 건너편 정전正殿3) 옆에! 두어 개의 불덩어리가 번쩍번쩍하였다. 정신의 탓이었던지 파랗게 보이는 불덩이가 땅을 휘휘 기다가는 훌쩍 날고 날다가는 꺼져버렸다. 어디선지 또 생겨서는 또 날다가 또 꺼졌다.

무섭 잘 타기로 유명한 왕눈이 김 서방은 숨을 죽이고 살려달라는 듯이 나에게로 바짝 붙었다.

"하하하하……."

나는 모든 것을 다 이해하였다는 듯이 활연히 웃고 땀을 빠지지 흘리

---

3) 정전(正殿): 왕이 나와서 조회(朝會)를 하던 궁전.

고 있는 김 서방을 보았다.

"미쳤나, 이 사람!"

오히려 화가 버럭 난 김 서방은 말끝도 채 못 마쳤다.

"하하하! 속았네, 속았어."

"……."

"속았어, 개똥불을 보고 속았단 말야. 하하하."

"뭐, 개똥불?"

김 서방은 그래도 못 미덥다는 듯이 그 큰 눈을 아직도 휘둥그렇게 뜨고 있었다.

"그래, 개똥불야. 이거 볼려나?" 하고 나는 손에 잡히는 작은 돌맹이를 하나 집어들었다. 그리고 두어 걸음 저벅저벅 뜰 앞까지 나가서 역시 반짝거리는 개똥불을 겨누고 돌을 던졌다.

하나 나는 짜장 놀랐다. 돌을 던지면 헤어져야 할 개똥불이 헤어지긴커녕 요번에는 도리어 한군데 모여서 움직이지도 않고 그 무슨 정세를 살피는 듯이 고요히 이쪽을 노리고 있지 않은가!

나는 또 숨을 죽이고 그곳을 들여다보았다. 오…… 그때에 나는 더 놀라운 것을 발견하였다. 꺼졌다 또 생긴 불에 비쳐 협수룩한 산발과 똑똑지 못한 희끄무레한 자태가 완연히 드러났다. 그제야 "흥, 흥" 하는 후렴 없는 신음 소리조차 들려오는 줄을 알았다.

"에그머니!"

나는 순식간에 달팽이같이 오무라졌다. 그리고 또 부끄러운 말이지만 겨우 정신을 차렸을 때에 나는 동묘 밖 버드나무 밑에 쓰러져 있는 내 자신을 발견하였었다. 사실 꿈에서나 깨어난 듯하였다. 곁에는 보나 안 보나 파랗게 질린 김 서방이 신장대4) 모양으로 벌벌 떨고 있었다.

밤이 이슥하였는데 집으로 돌아가기도 무엇하니 나머지 밤을 동대문께 가서 새우자고 김 서방이 제언하였다.

비는 여전히 뿌리고 있었다. 뒤에서 무어가 쫓아오는 듯하여 연해연방 뒤를 돌려보면서 큰 행길에 나섰을 때에는 파출소 붉은 전등만 보아도 산 듯싶었다.

허둥지둥 동대문 담 옆까지 갔었다.

고요한 담 밑에는 아무 것도 없었다. 모든 것을 집어삼킨 캄캄한 어둠 밖에는, 물론 파란 도깨비불도 없다.

"애초에 이리로 왔더라면 아무 일두 없었을 걸······."

후회 비슷하게 탄식하고 어디가 어디인지 분간할 수 없어서 "에라, 아무 데나." 하고 그 자리에 폭 주저앉았다. 하자······.

나는 놀라기 전에 간이 싸늘해졌다. 도톨도톨한 조약돌이나 그렇지 않으면 축축한 흙이 깔려 있어야만 할 엉덩이 밑에, 하나님 맙소사!····· 나는 부드럽고도 물큰한 촉감을 받았다.

뿐이 아니다. 버들껑하는 동작과 함께 날카로운 소리가 독살스런 땡삐5) 같이 나의 귀를 툭 쏘았다.

"어떤 놈야, 이게!"

나는 고무공같이 벌떡 뛰었다. 그리고는 쏜살같이(그 꼴이야말로 필연코 미친놈 모양이었을 것이다) 줄행랑을 놓았다.

김 서방도 내 뒤에서 헐레벌떡거렸다.

"제발 사람을 죽이지 마라."

김 서방은 거의 울음 겨운 목소리로 부르짖었다.

"이놈의 서울이 사람 사는 곳이 아니구 도깨비굴이었든가."

---

4) 신장대: 무당이 신장(神將)을 내릴 때에 쓰는 막대기나 나뭇가지.
5) 땡삐: '땅벌'의 방언.

나 역시 나중에는 맡길 데 없는 분기가 솟아올랐다.

그러나 또 한편으로는 한없이 어리석고 못생긴 우리의 꼴들을 비웃고도 싶었다. 잘 알지는 못하지만 세상에 원 도깨비나 귀신치고 몸뚱어리가 보들보들하고 물큰물큰하고…… 아니 그건 그렇다고 해 두더래도 "어떤 놈야, 이게!" 하고 땡삐 소리를 치다니 그게 원…… 하고 의심하여 볼 때에는 더구나 단단치 못하게 겁을 집어먹은 것이 짝 없이 어리석게 생각되었다. 그렇다고 그 자리에서 또 발을 돌려 그 정체를 탐지하러 갈 용기가 있었느냐 하면 그렇지도 못하였다.

하는 수 없이 보슬비를 맞으면서 수구문 밖 김 서방네 행랑방까지 가지 않으면 안 되었다. 가제나 덕실덕실 끓는 식구 틈에 끼어서 하룻밤의 폐를 끼쳤다(고 하여도 불과 두어 시간의 폐일 것이다). 막 한잠 자려고 드러누웠을 때에는 벌써 날이 훤히 새었었으니까.

이렇게 하여 나는 원 무엇이 씌었던지 하룻밤에 두 번씩이나 도깨비인지 귀신한테 혼이 났었다. 사실 몇 해 수는 감하였을 것이다. 그러나 대체 누구를 원망하면 좋았으리요? 술 먹고 늑장을 댄 내 자신일까, 노숙하지 않으면 아니 된 나의 운명일까, 혹은 도깨비나 귀신 그것일까, 그렇지 않으면 그 외의 무엇일까…… 나는 이제야 겨우 이 중의 어느 것을 원망하는 것이 마땅하다는 것을 똑똑히 깨달았다.

어떻든 유령 이야기는 이만이다. 하나 참 이야기는 이로부터다.

잠 못 자 곤한 것도 무릅쓰고 나는 열심으로 일을 하였다. 비는 어느결에 개어버렸던지 또 폭폭 내리 찌는 태양 아래에서 시멘트 가루를 보얗게 뒤집어쓰고 줄줄 흐르는 땀에 젖어가면서.

그러는 동안에도 나는 전날 밤에 당한 무서운 경험을 머릿속으로 되풀이하여 보지 않을 수 없었다. 도깨비면 도깨빈가 보다 하고만 생각하여 두면 그만이었지마는 그래도 그것을 그렇게 단순하게 씩 닦아버릴 수는 없었다.

'대체 원 도깨비가…….' 하고 요리조리로 무한히 생각하였다. 하나 아무리 생각한다 하더라도 결국 나에게는 풀지 못할 수수께끼에 지나지 못하였다.

하는 수 없이 나는 점심시간을 타서 친구들에게 그 이야기를 하였다. 모두들 적지 않은 흥미를 가지고 들었다.

"뭐, 도깨비?"

이층 꼭대기에 시멘트를 갖다 주고 내려온 맹꽁이 유 서방은 등에 메었던 통을 내려놓기도 전에 눈을 휘둥그렇게 떴다.

"내가 있었더라면 그까짓 걸 그저…….'

벤또[6]를 박박 긁던 덜렁이 최 서방은 이렇게 뽐냈다.

그러나 가장 침착하게 담배를 폭폭 피우던 대머리 박 서방만은 그다지 신통치 않은 듯이,

"그래 그것한테 그렇게 혼이 났단 말인가…… 딴은 왕눈이 따위니까." 하면서 밉지 않게 싱글싱글 웃으면서 김 서방과 나를 등분으로 건너보았다.

그리고,

"도깨비 도깨비 해두 나같이 밤마다야 보겠나." 하고 빨던 담배를 툭툭 털더니 이야기를 꺼냈다.

"바로 우리 집 옆에 빈집이 하나 있네. 지금 있는 행랑에 든 지가 몇 달 안 되어 모르긴 모르겠으나 어떻게 된 놈의 집이 원 사람이 들었던 집인지 안 들었던 집인지 벽은 다 떨어지구 문짝 하나 없단 말야. 그런데 그 빈집에 말일세."

---

6) 벤또: 도시락의 일본말.

여기서 박 서방은 소리를 한층 높였다.

"저녁을 먹구 인제 골목쟁이를 거닐지 않겠나. 그러면 그때일세. 별안간 고요하던 빈집에 불이 하나씩 둘씩 꺼졌다 커졌다 하겠지. 그것이 진서방(나를 가리켜 하는 말이다) 말마따나 무엇을 찾는 듯이 슬슬 기다는 꺼지고 꺼졌단 또 생긴단 말야. 그런데 그런 불이 차차 늘어가겠지. 그리곤 무언지 지껄지껄하는 소리가 나자 한쪽에서는 돈을 세는지 은 방망이로 장난을 하는지 절걱절걱하다간 또 무엇을 먹는지 쭉쭉하는 소리까지 들리데. 그나 그뿐인가. 어떤 날은 저희끼리 싸움을 하는지 씨름을 하는지 후당탕하면서 욕지거리, 웃음소리 참 야단이지. 그러다가두 밤중만 되면 고요해지지만 그때면 또 별 괴괴망칙한 소리가 다 들려오데."

박 서방은 여기서 말을 문득 끊더니,

"어때, 재미들 있나?" 하고 좌중을 둘러보면서 싱글싱글 웃었다.

"정말유 그게?"

웅크리고 앉았던 덜렁이 최 서방은 겨우 숨을 크게 쉬면서 눈을 까불까불하였다.

"그럼, 정말 아니구. 내가 그래 자네들을 데리구 실없는 소리를 하겠나." 하면서 박 서방은 말을 이었다.

"하나 너무 속지들은 말게. 그런 도깨비는 비단 그 빈집에나 진 서방들 혼난 데만 있는 것이 아닐세. 위선 밤에 동관이나 혹은 종묘께만 가보게. 시글시글할 테니."

나의 도깨비 이야기를 하여 의심을 풀려던 나는 박 서방의 도깨비 이야기로 하여 그 의심을 더한층 높였을 따름이었다. 더구나 뼈있는 그의 말과 뜻있는 듯한 그의 웃음은 더한층 알지 못할 수수께끼였다.

"그럼 대체 그 도깨비가 무엇이란 말유?"

"내가 이 자리에서 길다케 말할 것 없이 자네가 오늘 저녁에 또 한번 가서 찬찬히 살펴보게. 그러면 모든것이 얼음장같이……." 할 때에 박 서방의 곁에 시커먼 것이 나타났다.

"무슨 얘기했오?"

일인 감독의 일할 시간이 왔다는 것을 고하는 듯한 소리였다.

"오소 오소 일이 해야지."

모두들 툭툭 털고 일어났다.

나도 하는 수 없이 박 서방에게 더 캐묻지도 못하고 자리를 일어나서 나 맡은 일터로 갔다.

그날 저녁이다.

결국 나는 또 한 번 거기를 가보기로 작정하였다. 물론 김 서방은 뺑소니를 치고 나 혼자다. 뻔히 도깨비가 있는 줄 알면서 또 가기는 사실 속이 켕겼다. 하나 또 모든 의심을 풀어버리고 그 진상을 알려 하는 나의 욕망은 그보다 크면 컸지 적지는 않았다. 나는 장차 닥쳐올 모험에 가슴을 벌떡이면서 발에다 용기를 주었다.

'그까짓거 여차직하면 이걸로.' 하고 손에 든 몽둥이(나는 만일의 경우를 염려하여 몽둥이 하나를 준비하였던 것이다)를 번쩍 들 때에 나는 저절로 흘러나오는 미소를 금할 수 없었다. 도깨비를 정복하러 가는 유령 장군 같이도 생각되어서 사실 한다하는 X자 놈들이면 몰라도 무엇을 못 먹겠다고 하필 가난뱅이 노숙자들을 못살게 굴고 위협과 불안을 주는 유령을 정복하여버리는 것은 사실 뜻있고도 용맹스런 사업일 것이다……고 나는 생각하였다.

어떻든 장차 닥쳐올 모험에 가슴을 벌떡이면서 발에다 용기를 주었다.

어두워가는 황혼 속에 음침한 동묘는 여전히 우중충하였다.

좀 이르다고 생각하였으나 나오기를 기다리면 되지 하고 제멋대로 후둑후둑 뛰는 가슴을 가라앉히고 아직도 열려 있는 대문을 서슴지 않고 들어섰다.

중문을 들어서 정전 앞으로 몇 발짝 걸어갔을 때이다.

전날 밤에 나타났던 정전 옆 바로 그 자리에 험수룩하게 산발한 두 개의 그림자가 있었다. 그러나 나는 벌써 어리석은 전날 밤의 나는 아니었다.

'원 요런 놈의 도깨비가⋯⋯'

몽둥이를 번쩍 들고 사실 장군다운 담을 가지고 나는 그 자리까지 달려갔다.

하나!

나의 손에서는 만신의 힘이 맺혔던 몽둥이가 힘없이 굴러떨어졌다. 유령장군이 금시에 미치광이 광대새끼로 변하여버렸던 것이다.

'원 이런 놈의⋯⋯'

틀림없던 도깨비가 순식간에 두 모자의 거지로 변하다니! 이런 기막힌 일이 어디 있단 말인가.

다음 순간 그 무엇을 번쩍 돌려 생각한 나는 또다시 몽둥이를 번쩍 들었다.

"요게 정말 도깨비 장난이란 거야."

하나 도깨비란 소리에 영문을 모르는 두 모자는 손을 모으고 썩썩 빌었다.

"아이구 왜 이럽니까?"

이건 틀림없는 사람의 목소리였다.

"나가라면 그저 나가라든지 그래 이 병신을 죽이시렵니까. 감히 못 들어올 덴 줄은 알면서도 할 수 없이⋯⋯."

눈물겨운 목소리로 이렇게 사죄를 하면서 여인네는 일어나려고 무한히 애를 썼다. 어린애는 울면서 그를 붙들었다.

역시 광대에 지나지 못한 나는 너무나 경솔한 나의 행동을 꾸짖고 겨우 입을 열었다.

"아니우 앉아 계시우. 나는 고지기두 아무것두 아니니."

"네?"

모자는 안심한 듯한 동시에 감사에 넘치는 눈으로 나를 치어다보았다.

"어젯밤에 여기에 아무 것도 나오지 않았소?"

무어가 무언지 분간할 수 없는 나는 이렇게 물었다.

"네? 나오다니요? 아무 것도 나오지 않았습니다. 그리구 단지 우리 모 자밖에는 여기 아무것두 없었습니다."

여인네는 어사무사(於思無思)[7]하여서 이렇게 대답하였다.

"그럼 대체 그 불은?"

나는 그래도 속으로 의심하면서 주위로 눈을 휘둘렀다.

"무슨 일이나 생겼습니까? 정말 저희들밖에는 아무것두 없었습니다. 그리구 저희는 저지른 것두 없습니다. 밤중은 돼서 다리가 하두 아프길 래 약을 바르려고 찾으니 생전 있어야지유. 그래 그것을 찾느라구 성냥 한 갑을 다 거어 내버린 일밖에는 아무 것도 없었습니다." 하고 여인네 는 한쪽 다리를 홀떡 걷었다. 그리고 눈물이 그 다리 위에 뚝뚝 떨어지기 시작하였다.

나는 모든 것을 얼음장 풀리듯이 해득하기는 하였으나 여기서 또한 참 혹한 그림을 보지 않으면 안 되었다. 그의 홀떡 걷은 한편 다리! 그야말 로 눈으로는 차마 보지 못할 것이었다.

발목은 끊어져 달아나고 장딴지는 나뭇개비같이 마르고 채 아물지 않 은 자리가 시퍼렇게 질려 있었다.

"그놈의 원수의 자동차…… 그나마 얻어먹지도 못하게 이렇게 병신을

---

7) 어사무사(於思無思): 생각이 날 듯 말 듯 하다.

맨들어놓고…….”

여인네는 울음에 느끼기 시작하였다.

“자동차에요?”

“네, 공원 앞에서 그놈의 자동차에…….”

나는 문득 어슴푸레한 나의 기억의 한 귀퉁이를 번개같이 되풀이하였다.

달포 전,

어느 날 밤이었다.

그날도 나는 이유 없이(가 아니라 바로 말하면 바람 쏘이러) 밤 장안을 헤매고 있었다. 장안의 여름밤은 아름다웠다.

낮 동안에 이글이글 타는 해에 익은 몸뚱어리에 여름밤은 둘 없이 고마운 선물이었다. 여름의 장안 백성들에게는 욱신욱신한 거리를 고무풍선같이 떠다니는 파라솔이 있고, 땀을 들여주는 선풍기가 있고, 타는 목을 식혀주는 맥주 거품이 있고, 은 접시에 담긴 아이스크림이 있다. 그리고 또 산 차고 물 맑은 피서지 삼방이 있고, 석왕사가 있고, 인천이 있고, 원산이 있다. 그러나 그런 것은 꿈에도 못 보는 나에게는 머루알빛 같은 밤하늘만 치어다보아도 차디찬 얼음 냄새가 흘러오는 듯하였다. 이것만 하더라도 밤 장안을 헤매이는 것은 무의미한 일은 아니었다. 게다가 무엇보다도 거리 위에 낮거미 새끼같이 흩어진 계집의 얼굴은 새려[8] 분 냄새만 맡을 수 있는 것만 하여도 사실 밤 장안을 헤매이는 값은 훌륭히 될 것이었다.

그러나 장안의 여름밤을 아름다운 꿈으로만 생각하는 것은 큰 실수이다. 거기에는 생활의 무거운 짐이 있다. 잔칫집 마당같이 들볶아치는 야시에는 하루면 스물네 시간의 끊임없는 생활의 지긋지긋한 그림이 벌여

---

8) 새려: ‘새로’의 고어.

져 있었다. 거기에는 낮과 다름없이 역시 부르짖음이 있고 싸움이 있고 땀이 있었다.

그러나 아무튼지 간에 가슴을 씻어주는 시원한 맛은 싫은 것은 아니었다. 여름밤은 아름다왔다. 그런고로 나는 공원 앞 큰 행길 옆에 사람이 파도를 일으키면서 요란히 수물거리는 것은 구태여 볼 것 없이 술김에 얼근한 주객이나 그렇지 않으면 야시의 음악가 깽깽이 타는 친구를 둘러싸고 있는 것이려니 생각하고,

"홍, 여름밤이니까!"

혼자 중얼거리면서 무심코 그곳을 지나려 하였다.

그러나 사람들의 수물거리는 품이 주정꾼이나 혹은 깽깽이꾼의 경우와는 달랐다.

그리고 무엇보다도,

노자 노자
젊어 노자
먹구 마시구
만판 노자

하는 주객의 노래는 안 들렸다. 그렇다고 밤 사람을 취하게 하는 '아름다운' 깽깽이 노래도 들려오지는 않았다.

'그러문 대체……'

나의 발길은 부지중에 그리로 향하였다.

'뭐? 겨우 요술꾼 약장수야!'

나는 거의 실망에 가까운 어조로 이렇게 중얼거리고 대수롭지 않은 듯이 발길을 돌이키려 할 때였다. 사람들의 수물거리는 틈으로 나는 무서

운 것을 보았다.

군중의 숲에 싸여서 안 보이는 한 채의 자동차와 그 밑에 깔린 여인네 하나를 보았다. 바퀴 밑에는 선혈이 임리淋漓9)하고 그 옆에는 거지아이 하나가 목을 놓고 울면서 쓰러져 있었다.

'자동차 안에는.'

하고 보니 아니나 다를까 불량배와 기생 년들이 그득하였다.

'오라질 년놈들!'

'자동찰 타니 신이 나서 사람까지 치니.'

'원 끔찍두 해라.'

이런 말마디를 주으면서 나는 어느 결에 그 자리를 밀려져 나왔었다.

"그래 당신이 그⋯⋯."

나는 되풀이하던 기억의 끝을 문뜩 돌려 이렇게 물었다.

"네, 그렇답니다. 달포 전에 그 원수의 자동차에 치어가지구 병원엔지 무엔지를 끌구 가니 생전 저 어린것이 보구 싶어 견딜 수 있어야지유. 그래 한 달두 채 못 돼 도루 나오지 않았어요. 그랬더니 이놈의 다리가 또 아프기 시작해서 배길 수 있어야지유. 다리만 성하문야 그래두 돌아댕 기면서 얻어먹을 수는 있지만⋯⋯."

여인네는 차마 더 볼 수 없는 다리를 두 손으로 만지면서 울음에 느꼈다.

나는 그의 과거를 더 캐물으려고도 하지 않았다. 아니 묻지 않아도 그의 대답은 뻔한 것이었다.

'집이 원래 가난했습니다. 그런데다가 남편이 죽구 나니⋯⋯.'

비록 이런 대답은 안 할지라도 그 운명이 그 운명이지 무슨 더 행복스런 과거를 찾아낼 수 있었으리요.

---

9) 임리(淋漓): 피, 땀, 물 따위의 액체가 흘러 흥건한 모양.

나의 눈에는 어느 결엔지 눈물이 그득히 고였었다. '동정은 우월감의 반쪽'일는지 아닐는지는 모른다. 하나 나는 나도 모르는 동안에 주머니 속에 든 대로의 돈을 모두 움켜서 뚝 떨어지는 눈물과 같이 그의 손에 쥐어주었다. 그리고는 아무 말 없이 부리나케 그 자리를 뛰어나왔었다.

이야기는 이만이다.

독자여, 이만하면 유령의 정체를 똑똑히 알았겠지. 사실 나도 이제는 동대문이나 동관이나 종묘나 또 박 서방 말한 빈 집터에 더 가볼 것 없이 박 서방의 뼈있는 말과 뜻있는 웃음을 명백히 이해하였다.

그리고 나는 모두 나와 같은 운명을 가진 애매한 친구들을 유령으로 생각하고 어리석게 군 나를 실컷 웃어도 보고 뉘우쳐 보기도 하였다.

독자여, 뭐? 그래도 유령이라고? 그래 그럼 유령이라고 해 두자. 그렇게 말하면 사실 유령일 것이다. 살기는 살았어도 기실 죽어 있는 셈이니!

어떻든 유령이라고 해 두고 독자여, 생각하여 보아라. 이 서울 안에 그런 유령이 얼마나 많이 늘어가는가를!

늘어간다고 하면 말이다. 또 되풀이하는 것 같지만 첫 페이지로 돌아가서, 어슴푸레한 저녁, 몇 리를 걸어도 사람의 그림자 하나 찾아볼 수 없는 무인지경인 산골짝 비탈길, 여우의 밥이 다 되어버린 해골덩이가 똘똘 구는 무덤, 옆 혹은 비가 축축이 뿌리는 버덩의 다 쓰러져가는 물레방앗간, 또 혹은 몇백 년이나 묵은 듯한 우중충한 늪가!

거기에 흔히 나타나는 유령이 적어도 문명의 도시인 서울에 오히려 꺼림 없이 나타나고 또 서울이 나날이 커가고 번창하여가면 갈수록 유령도 거기에 정비례하여 점점 늘어가니 이게 무슨 뼈저린 현상이냐! 그리고 그 얼마나 비논리적 마술적 알지 못할 사실이냐! 맹랑하고도 기막힌 일이다. 두말할 것 없이 이런 비논리적 유령은 결코 있어서는 안 될 것이다.

그러면 어떻게 하면 이 유령을 늘어가지 못하게 하고, 아니 근본적으로 생기지 못하게 할 것인가?

현명한 독자여! 무엇을 주저하는가. 이 중하고도 큰 문제는 독자의 자각과 지혜와 힘을 기다리고 있지 않은가!

『조선지광』, 1928

# 🌀 마작 철학麻雀哲學

## 1

내려 찌는 복더위에 거리는 풀잎같이 시들었다. 시들은 거리 가로수 그늘에는 실업한 노동자의 얼굴이 노랗게 여위어 가고 나흘 동안…… 바로 나흘 동안 굶은 아이가 도적질할 도리를 궁리하고 뒷골목에서는 분 바른 부녀가 별수 없이 백통전 한 닢에 그의 마지막 상품을 투매하고 결코 센티멘탈리즘에 잠겨 본 적 없던 청년이 진정으로 자살할 방법을 생각하고 자살하기 전에 그는 마지막으로 테러리스트 되기를 원하였다.

도무지 무덥고 시들고 괴로운 해이다. 속히 해결이 되어야지 이대로 나가다가는 나중에는 종자도 못 찾을 것이다. 이 말할 수 없이 시들고 쪼들려가는 이 거리, 이 백성들 가운데에 아직도 약간 맥이 붙어 있는 곳이 있다면 그것은 정 주사네 사랑일까?

며칠이나 갈 맥인지 모르나 이 무더운 당장에 그곳에는 적어도 더위는 없다. 대신에 맥주 거품과 마작麻雀과 유흥이 있으니 내려 찌는 복더위에 풀잎같이 시들은 이 거리, 서늘한 이 사랑에서는 오늘도 마작판이 어우러졌던 것이다. 삼 간이 넘는 장간방長間房[1]의 사이를 트고 아래 웃방에 두 패로 벌린 마작판을 싸고 전당포 홍 전위, 정미소 심 참봉, 대서소 최

---

1) 장간방(長間房): 가운데 벽이 없이 탁 트인 긴 방.

석사, 자하골 내시 송씨, 그 외에 정체 모를 수많은 유민들이 둘러앉아서 때 묻은 마작쪽에 시들어가는 그들의 열정을 다져서 마작판을 탕탕 울린다.

"펑!"

"깡!"

그러나 흥겨운 이 소리가 실상인즉 헐려가는 이 계급의 단조한 생활을 상징하는 풀기 없는 음성으로밖에는 들리지 않았다. 한 곳에 맥주 한 병씩을 걸고 날이 밝도록 세월없이 마작판을 두드리는 그들의 기력 없는 생활의 자멸을 재촉하는 단말마적 종소리로밖에는 들리지 않았던 것이다.

"펑!"

"깡!"

"홀나!"

양동이에 얼음을 깨뜨려 넣고 그 속에 채운 맥주를 잔 가득 나누고 마작쪽이 와르르 흩어지자 판은 또다시 시작되었다.

"오늘이나 소식이 있을까."

판 한 모에서 대전하고 있던 정 주사는 마작과는 관계없는 딴생각에 마음을 은근히 앓으면서 홍중紅中<sup>2)</sup>쪽을 정성스럽게 모아들였다. 그는 끗수의 타산으로가 아니라 본능적으로 어쩐 일인지 홍중을 좋아하고 백판白板<sup>3)</sup>을 극도로 싫어하였다. 홍중으로 방을 달면 길하고 백판으로 달면 흉하다는 이 비논리적 저 혼자의 원리에 본능적으로 지배를 받으면서 이것으로써 은근히 마음먹은 일을 점치는 것이다. 그 심리는 마치 연애에 빠진 계집아이가 이기든지 말든지 간에 남몰래 트럼프의 화투장을

---

2) 홍중(紅中): 마작패의 하나.

3) 백판(白板): 마작패의 하나.

정성껏 모아들이는 그 심리와도 흡사하였다.

정 주사는 오늘도 아들의 편지를 고대하면서 홍중으로 방 짜기에 애를 썼다. 그러나 재수없는 백판만 여러 쪽 들어오고 홍중은 판판이 한 쪽도 들어오지는 않았다. 그래도 그는 추근추근히 세 쪽이나 들어온 백판을 헐어내 버리면서도 수중에 한 쪽도 없는 홍중을 한 장 두 장 판에서 모아들이기에 헛애를 썼다.

결과는 방 달기가 심히 늦고 남이 벌써 "홀나!"를 부를 때에도 그는 방은커녕 엉망진창인 수많은 마작쪽을 가지고 미처 주체를 못해서 쩔쩔매었다. 그러나 물론 그는 "홀나!"를 바라는 바도 아니오, 맥주를 아끼는 터도 아니었다. 다만 홍중으로 훌륭하게 방 한 번 달기가 원이었다. 그러나 종일 마작판을 노려도 홍중은 안 들어오고 편지는 안 오고…… 그의 마음은 말할 수 없이 우울하였다.

"에, 화난다 !"

마음 유하게 판에 앉았던 정 주사도 나중에는 화가 버럭 나서 마작쪽을 던지고 벌떡 자리를 일어났다.

"운송(정 주사의 호), 요새 웬일이오?"

같이 놀던 친구들은 정 주사의 은근한 심정을 모르고 그의 연패하는 것이 보기 딱해서 그의 손속⁴⁾ 없는 것을 민망히 여겼다.

"최 석사, 대신 들어서시오."

옆에서 바라보고 있던 최 석사에게 자리를 사양하고 정 주사는 웃목에 서 있는 넓은 침대로 가서 몸을 던지고 마작 소리를 옆 귀로 흘리면서 자기 스스로의 생각에 잠겼던 것이다.

정 주사의 사랑하는 외아들이 일확만금을 꿈꾸고 새 실업 꾀하여 동해

---

4) 손속: 노름할 때에, 힘들이지 아니하여도 손대는 대로 잘맞아 나오는 운수.

안으로 떠난 것은 벌써 작년 봄이었다. 대학을 마친 풋지식을 놀려 두기보다는 아버지의 뜻을 이어 수년 전부터 동해안 일대에 왕성히 일어난 정어리업에 기울였던 것이다. 바다 일이라는 것이 항상 위험하기는 위험한 것이나 천여 석지기의 자본을 시세 좋은 정어리업에 들여 밀면 만금이 금시에 정어리 쏟아지듯 쏟아질 것이라고 생각한 그는 대번에 삼백 석지기에 넘는 옥토를 은행에 잡히고 이만여 원의 자본금을 낸 것이다.

십여 척의 어선과 어부를 사고 수십 채의 그물을 사고, 해변에 공장을 세우고, 기름 짜는 기계를 설치하고, 공장 노동자와 수백여 명의 능률 노동자를 써가면서 사업을 시작하였던 것이다.

얼떨떨한 흥분과 모험감으로 일 년 동안을 계속하여 분주한 어기漁期를 지내 놓고 연말에 가서 이익을 타산하여 보았을 때에 웬일인지 예측과는 딴판으로 수지가 가량없이 어긋났다.

결국 이만여 원을 배와 공장에 곱게 깔아 놓았을 뿐이요, 한 푼의 이익도 건지지는 못하였던 것이다. 그러나 첫술에 배부른 법 없는지라 첫 사업의 첫해인 만큼 모든 실패를 서투른 수단과 노련치 못한 풋지식의 탓으로 돌려보내고 금년에는 일 년 동안에 얻은 경험을 토대로 사업을 확대하여 또 삼백여 마지기의 옥토를 같은 은행에 잡히고 이만여 원을 내서 배를 늘리고 공장을 늘려서 한층 더 큰 규모로 일을 시작하였다. 그러나 뉘 알았으랴 금해금金解禁5)이 단행되고 금융계와 모든 사업계에 침체가 오자 무서운 불경기의 조수는 별수 없이 정어리업에까지 밀려오고야 말았다.

물화 상통과 금전 융통의 길이 끊어지니 정어리의 시세는 대중없이 폭

---

5) 금해금(金解禁): 금 수출 금지를 해제하여 금화나 금괴를 자유롭게 수출할 수 있게 하는 일. 금 본위 제도로 복귀하는 것을 의미한다.

락되었다. 닷 말들이 한 자루에 이 원 육십 전 하던 정어리가 금년에 들어와서는 일 원 삼십 전으로 폭락되고, 기름 한 통에 이 원 팔십 전 하던 것이 금년에는 일 원 오십 전으로, 정어리 비료 한 관 시가 오 원이 이 원 오십 전으로, 도대체 반값으로 폭락되었다. 이 대세는 도저히 막아내는 장사가 없었다.

정 주사는 앞도 못 내다보고 공연히 사업을 확대한 것을 후회하였다. 그러나 저질러 놓은 것을 이제 와서 한탄한들 무슨 소용이 있으리요. 홍하든 망하든 하는 데까지는 해보아야 할 것이다. 다만 한가지 애처로운 것은 그의 아들의 고생하는 꼴이었다. 유약한 몸으로 편안한 집을 떠나 낯설은 해변에 가서 폭양에 쪼여 가면서 갖은 신고를 다하리라고 생각하매 아버지의 마음은 한시도 편한 적이 없었다. 자기 혼자 시원한 사랑에서 친구들과 맥주 내기 마작을 울리는 것이 죄스럽게도 생각되었다. 게다가 요사이는 어찌된 일인지 아들에게서 한 장의 소식도 없었다.

이 어려운 시세에 고기라도 많이 잡혀야 할 터인데 과연 많이 잡히는지, 배와 공장에도 별 고장이 없는지, 더위에 몸도 성한지 모든 것이 퍽도 궁금하였다. 봄에 잠깐 집에 왔다간 지 벌써 넉 달이나 되었으니 이 여름에 또 한 번쯤 다녀가도 좋으련만 이 바쁜 시절에 그것도 원하기 어려운 일이었다.

이래저래 정 주사는 요사이 매우 걱정이다. 마작의 홍중을 모아 친구 몰래 은근히 점쳐 보았으나 오늘도 역시 길패는 얻지 못하였던 것이다.

침대에 누운 정 주사는 괴로운 심사와 가지가지의 무거운 생각을 이기지 못하여 바로 누웠다 돌아누웠다 하면서 긴 한숨을 내쉬었다.

"펑!"

"홀나!"

어우러진 두 패의 마작판에서는 마작 울리는 소리가 맹렬히 들렸다.

'밤이나 낮이나 모여서 펑들만 찾으니 우리네 살림에도 멀지 않아 펑이 날 것이다!'

침대 위에서 마작에 열중된 친구들을 내려다보는 정 주사에게는 돌연히 이런 생각이 떠올랐다. 그 순간 가련한 친구들과 자기 자신의 자태가 머릿속에 번쩍였다.

'오, 악몽이다!'

정 주사는 우연한 이 생각에 스스로 전율하고 불길한 환영을 떨쳐버리려고 애쓰면서 돌아누워 시선을 문득 푸른 하늘로 옮겨 버렸다.


## 2

종일 동안 들볶아치던 포구는 밤이 되니 낮 동안의 소란과는 반비례로 심히 고요하였다. 하늘도 어둡고 바다도 뾰죽한 초생달이 깊은 하늘에 간드러지게 걸리고 언덕 위에 우뚝 서 있는 정어리공장 사무소 창에서 흐르는 등불이 어두운 해변의 한 줄기의 숨소리와도 같다. 규칙적으로 몰려오는 파도의 소리가 쇄- 쇄- 들려올 뿐이다.

'정구태 온어溫漁6)공장 사무소'라고 굵게 쓰인 간판 달린 언덕 위의 공장 사무소 안에는 젊은 주인공이 등불을 돋아놓고 이슥하도록 장부 정리에 열중하고 있다. 옆방 침실에서는 공장의 감독 격으로 있는 최군과 서기 격으로 있는 박군의 코 고는 소리가 높이 들렸다. 코고는 소리에 이끌려 건듯하면 저절로 내려 감기는 두 눈을 비벼 가면서 낮 동안의 피곤

---

6) 온어(溫漁): 정어리.

도 무시하여버리고 그는 장부 정리에 열중하였다. 장부의 숫자를 대조하여 가는 동안에 정신도 차차 맑아갔다.

등불에 비치는 그의 얼굴은 검어 무뚝뚝하게 보였다. 그러나 그것도 원래 그런 것이 아니라 이태 동안이나 해변에 서서 바닷바람과 폭양을 쏘였음으로였다.

연전에 서울 있어서 카페에나 돌아다니고 기생들과 자동차나 몰고 할 때에는 그도 얼굴빛 희고 기개 높은 청년이었다. 그것이 두 해 여름이나 해변에서 그슬고 타고 하는 동안에 이렇게 몰라볼 만큼 변하였던 것이다. 카페에서 술 마시면 울고 기생 앞에서 발라맞추던[7] 연약하던 그의 성격도 껄끄러운 뱃사람들과 접촉하는 동안에 어느덧 굵직하고 거칠게 변하였던 것이다.

장부에 가늘게 적힌 숫자와 주판 위에 나타나는 액수를 비교하여 가는 그의 얼굴은 차차 흐려지고 암담하여 갔다.

'괴상한 일이다!'

까만 주판알을 떨어버리고 다시 놓고 또다시 놓아 보아도 장부의 숫자와는 어림없이 차가 났다.

'이 숫자의 차는 어데서 생겨났는가?'

이것을 궁리하기보다는 그는 먼저 이 너무나 큰 차이에 다만 입을 벌리고 놀랐다. 그러나 주판에 나타난 수는 엄연히 그를 노렸다. 작년 봄 사업을 시작하기 전에 조용한 그의 서재 책상 위에서 주판을 잘각거리고 장래를 응시하였을 때에 그의 얼굴에는 상기된 미소가 떠올랐다. 서재 책상 위에서 잘각거리는 주판은 미인의 눈맵시와도 같이 사람을 항상 황홀케 하는 법이다. 뜨거운 차에 혀를 꼬부리는 그의 얼굴에는 흥분

---

7) 발라맞추다: 말이나 행동을 남의 비위에 맞게 하다.

된 혈색이 불그스름하게 빛났으니 주판의 까만 알이 화려한 그의 미래를 약속하였기 때문이다. 성공…… 일확만금, 사치한 문화 주택, 피아노, 자가용 고급차 '하드슨' 한 대, 당당한 청년 실업가, 화려한 꿈의 전당이 그의 머릿속에 끝없이 전개 되었다.

그러나 주판의 농간을 그 어찌 알았으랴.

서재 책상의 주판은 그를 온전히 속여버리고야 말았던 것이다. 일 년 전에 그를 황홀케 하던 주판은 이제 이 해변 사무소에서 그를 비웃고 있다. 끝없이 화려하게 전개되던 꿈의 전당은 이제 그의 눈앞에서 와르르 헐어져버렸던 것이다. 그뿐 아니다. 파산, 몰락, 장차 닥쳐올 비참한 이 과정이 그의 눈앞을 캄캄하게 가리웠다.

그는 장부와 주판을 던져버리고 책상에서 머리를 들고 몸을 펴서 교의에 징긋이 전신을 의지하였다. 눈앞에서 창밖으로 캄캄한 어둠만이 내다보였다.

'나의 앞길도 이렇게 어두우렷다!' 하는 생각에 잠겼는지 그는 뚫어져라 하고 어둠 속을 바라보았다. 그러나 결국 보이는 것은 어둠뿐이요, 들리는 것은 늠름한 파도 소리와 옆방에서 나는 최군과 박군의 코 고는 소리뿐이었다. 일 년 저의 그 같으면 이 애타는 마음에 울었을 것이다. 그러나 이제 그는 못생기게 울지 않았다. 이것 하나가 바다에 와서 얻은 득이라면 득일까.

창밖에서 시선을 옮기고 그는 교의에서 일어서서 담배를 태워 물고 잠 안 오는 우울한 마음으로 사무소를 나왔다.

언덕을 내려와서 해변으로 걸어가는 그의 다리는 맥없이 허전하였다.

기울어진 초생달 밑에서 사만 금을 집어삼킨 검은 바다는 탐욕의 괴물 같이 이빨을 갈면서 그를 향하여 으르렁거렸다.

일순 그는 불쾌하여서 바다에서 몸을 돌려 포구를 향하였다. 잠들어 고요한 포구는 그를 대하여 으르렁거리지는 않았다. 그러나 거기에도 그의 적은 기다리고 있으니, 그를 상대로 살아가는 수백 명의 부녀 노동 자들과 공장 노동자는 임금 문제로 그와 다투었다.

그는 마지막으로 하늘을 우러렀다. 그러나 하늘 역시 그에게는 적이었 다. 북으로 모여드는 검은 구름…… 언제 쏟아질지 모르는 위험한 날씨 이니 한바탕 장황히 쏟아지기만 한다면 정어리가 바다에서 끓는다 하더 라도 배는 낼 수 없는 터이다.

하늘을 우러러도 바다를 향하여도 포구를 대하여도 어느 것 하나 그에 게 적 아닌 것이 없다. 그리고 이 모든 적의 배후에는 시세의 농간을 부 리는 더 큰 괴물이 쓴웃음을 치고 있는 것을 그는 당장 눈앞에 보는 듯하 였다. 이 모든 적을 상대로 싸워 나갈 생각을 하니 앞이 아득하였다. 그 러나 이제 이대로 주저앉을 수는 없는 터이니 싸울 데까지는 싸워 나가 야겠다고 그는 이를 갈고 지독한 결심을 하였다.

촉촉한 모래를 밟으며 으슥한 해변을 거니는 그에게는 낮 동안에 무심 하던 해초 냄새가 이제 새삼스럽게 신선하게 흘러왔다. 신선한 해초 냄 새에 그는 문득 오래간만에 건강한 성욕을 느꼈다. 서울에 멀리 떨어져 있는 아내의 생각이 간절히 났다. 뒤를 이어 오랫동안 소식 안 보낸 아버 지의 생각도 났다.


3


해변의 낮은 길고 북국의 바다는 쪽 잎같이 푸르다. 푸른 바다를 향하 여 반원형으로 딸린 포구는 푸른 생활을 싣고 긴 하루 동안 굿을 하듯이 들볶아친다.

　바닷물 찰락거리는 넓은 백사장…… 그곳은 포구 사람들의 살림터로 아울러 싸움터이니 거기에서 그들은 종일 동안 부르짖고, 땀 흘리고, 청춘을 허비하고, 죽음을 기다리고, 일생을 계산한다.

　무거운 해와 건강한 해초의 냄새를 맡으면서 적동색으로 그을은 수백여 명의 부녀 노동자는 백사장 군데군데에 떼를 짓고 정어리 배가 들어오기를 초조히 기다렸다. 배가 들어와야 그들에게는 할 일이 생기는 것이니 어부가 잡아들인 정어리는 그물코에서 따서 어장에까지 나르는 것이 곧 그들의 노동인 것이다.

　"어째 배가 애이 들어오오?"

　"마……."

　"저기 들어오네. 우승기 날리며 배 들어오네."

　"옳소, 옳소!"

　먼 수평선 위에 나타난 검은 일점을 노리던 수백의 눈은 일시 빛나고 백사장에는 환희와 훤조가 끓어올랐다.

　검은 일점이 그의 정체를 드러내 놓기에는 꽤 긴 시간이 걸렸다. 거의 반 시간이 넘어서야 그럴듯한 선체와 붉은 돛과 선두에 날리는 우승기가 차차 드러났다. 남풍에 휘날리는 붉은 돛을 감아 내리더니 배는 노를 저어 포구로 향하였다. 선두에는 우승기 외에 청기 홍기가 휘날렸다. 청기 홍기는 어확의 풍산豊産을 의미하는 것이니 백사장에는 새로운 환희의 소리가 높이 났다.

　"뉘 배요?"

　"명팔이 배 애이요."

　"우승기 달고 우쭐했소!"

　"저-기, 또 배 들어오오."

"저기 애이요. 하나 둘 서 너……."

"야……."

수평선 위에는 연하여 검은 점이 나타나더니 그것이 차차 커지며 일정한 거리에 와서 일제히 돛을 내리고 굵은 노를 저으면서 역시 포구를 향하여 일직선을 그었다.

기다리던 배가 들어옴을 볼 때에 정구태 공장 사무소에서도 각각 출동의 준비를 하였다.

젊은 공장주도 어젯밤 우울은 씻어버린 듯이 새로운 기쁨을 가지고 밀짚모자를 쓰고 고무장화를 신었다.

박과 최를 거느리고 사무소를 나와 언덕을 내려왔을 때에 배는 쌍쌍이 뒤를 이어 포구 안으로 들어왔다.

배는 말할 것도 없이 거의 모두 구태네 배였다. 그는 금년 봄에 사업을 확장할 때에 그의 영업 정책상 포구 안에 산재하여 있는 수많은 군소 어업자의 태반을 매수하고 배와 공장을 거의 독점하다시피 하여버렸던 것이다. 따라서 이 포구 안의 정어리업자라면 정구태가 첫손가락에 꼽혔고 백사장에 모아논 주인 없는 수백여 명의 부녀 노동자들도 기실은 정구태에게 전속하여 있는 셈이었다.

"공장주 나옵네."

떠들고 뒤끓던 부녀 노동자들은 젊은 공장주를 위하여 길을 틔었다.

그들 사이에는 형언하기 어려운 기쁨이 떠돌았다. 그것은 배가 들어오기 때문이다. 날마다 몇 차례씩 당하는 일이지만 이 기쁨만은 언제든지 변치 않고 일어나는 것이니 해변 사람 아니면 맛볼 수 없는 기쁨이다. 허연 고기를 배 속에 그득히 잡아 싣고 순풍에 돛을 달고 쌍쌍이 노를 저어 들어올 때 그것은 서로 이해관계는 다를지라도 뱃사람 자신들에게나 공장주에게나 부녀 노동자들에게나 똑같은 기쁨을 가져왔다. 생산의 기쁨이라고 할까…… 속일 수 없는 기쁨이다.

포구 안에 들어온 배가 차례차례로 해변 모래 기슭에 바싹 대었을 때에 그들은 벌 떼같이 일제히 그리로 몰렸다.

검붉게 탄 웃통을 드러내 논 뱃사람들은 배에서 내려서 밧줄을 모래밭 기둥에 든든히 매 놓고 모래 위에 부대 조각, 멱서리[8] 조각 등을 넓찍하게 펴고 배와의 사이에 널간으로 다리를 놓고 그 위로 고기 달린 그물을 끌어내려 육지로 옮겼다. 한데 이은 여러 채의 그물이 한 줄에 달려 내려와서 부대 조각 위에는 허연 고기의 산을 이루었다. 이 고기 더미를 둘러싸고 부녀 노동자들은 그 주위에 각각 알맞은 곳을 차지하고 볼 동안에 원을 그렸다.

부녀 노동자 가운데에는 열두어 살씩 먹은 소녀가 가장 많으나 그 외에 열칠팔 세 되는 처녀도 있고 삼십을 넘은 부녀도 있고, 혹은 육십에 가까운 노파도 섞여 있었다. 그들은 순전히 일한 분량에 의하여 임금을 받는 것이니, 즉 그들은 대개 동무들과 몇 사람씩 어울리거나 혹은 두 모녀가 어울려서 함지에 고기를 따 담아 가지고 감독 있는 어장까지 날라서 큰 나무통에 한 통씩 채우는데 대개 십오 전씩의 임금을 받으니 이것을 어우러 동무들과 똑같이 분담하는 것이다.

그러니 배가 잘 들어오고 고기가 잘 잡혀서 하루 종일 일하게 된다 하여도 한 사람 앞에 불과 몇 십 전의 임금밖에는 배당되지 않는 것이다. 그러므로 순전히 이것으로 생활을 도모하여 나가는 그들에게는 한 푼이 새롭고 아까운 것이다. 그들은 될 수 있는 대로 능률을 올려서 서로 다투어 가면서 재치 있게 부랴부랴 일을 하는 것이다.

---

8) 멱서리: 짚이나 날을 촘촘히 결어서 만든 그릇의 하나. 주로 곡식을 담는 데 쓰인다.

여섯 척의 배에서 내린 여섯 개소의 그물 더미로 각각 분배되니 수백여 명의 노동자는 거의 다 풀렸다. 백사장 위에 일렬로 뭉친 여섯 개의 떼는 꿀집을 둘러싼 여섯 개의 벌 떼와도 흡사하였다.

그들은 이렇게 쉽게 여섯 개소를 뭉치기는 하였으나 일은 즉시 시작하지 않았다. 오늘은 일을 시작하기 전에 기어이 공장주와 따질 일이 있었으니 그것은 임금 문제였다. 이때까지 한 통 임금 십오 전씩 하던 것을 오 전을 내려 십 전씩을 공장주 측에서 며칠 전부터 굳게 주장하여 나중에는 어업조합에까지 걸어서 결정적 시행을 보게 되었던 것이다. 정어리 시세가 떨어졌으므로라는 '당연한 이유'를 내세우나 이 '당연한 이유'가 부녀 노동자들에게는 곧 주림을 가져온다는 것을 공장주도 모르는 바 아닐 것이다. 그들은 하는 수 없이 며칠 동안 십 전 임금에 복종하여 왔으나 그것으로 인하여 현저히 생활에 위협을 받는 그들은 더 참을 수 없어서 오늘은 공장주와 철저히 따져 볼 작정이었다. 비록 아직 통일적 행동으로 동원되도록 조직은 못 되었으나 그들을 똑같은 항의를 다 같이 가슴속에 감추어 있었던 것이다.

"오늘은 한 통에 얼매요?"

그들은 공장주를 붙들고 임금 결정을 요구하였다.

"조합에서 작정한 것이 있지 않소. 십 전이오, 십 전."

젊은 공장주의 태도는 픽도 뻑뻑하였다.

"십 전 아이 되오."

그들은 이구동성으로 항의하였다.

"이 무서운 세월에 십 전도 과하오."

"야! 이 나그네, 십 전 통에 이 숱한 사람이 굶는 줄은 모르는가? 오 전 더 낸다고 당신네야 곧 굶어 죽겠습나?"

"굶든지 말든지 조합에서 정한 것을 내가 어떻게 한단 말요."

"조합 놈 새끼들 마사 놓겠다 !"

수백 명은 일시에 소란하여지면서 분개하였다.

"자, 어서들 일이나 하시오."

"십오 전 아이 주면 아이 하겠소."

"일하기 싫은 사람들은 그만두시오."

"옳소! 그만 두겠소. 누가 꿀리나 두고 봄세, 야들아, 오늘은 일들 그만 두어라!"

극히 간단하였다. 공장주의 거만한 태도에 분개한 그들을 둘러쌌던 원을 풀면서 벌 떼같이 어지럽게 백사장에 흩어졌다.

"일하는 년들 썩어진다!"

집안 형편이 하도 딱해서 그런대로 여기서 일하여 볼까 하던 부녀들도 이 위협의 소리에 겁이 나서 자리를 비실비실 떠나 버렸다.

노동자가 헤어져버린 백사장에는 손대지 않은 여섯 개의 그물더미가 노동자를 기다리면서 우뚝우뚝 서 있을 뿐이다.

그들의 집단적 행동에 공장주는 새삼스럽게 놀랐다. 이렇게 뻣뻣하게 나올 줄은 예측하지 못하였던 것이다. 그들을 다시 부르자니 같지 않고 그들 대신에 새 노동자를 불러들이자니 이 포구 안에서는 불가능한 일이요, 그는 어쩔 줄 모르고 황망히 날뛰었다.


그날 저녁 야학은 다른 때보다 일찍이 끝났다.

맨 뒷줄에 앉아 하루 동안의 피곤을 못 이겨 공책 위에 코를 박고 있던 순야는 소란한 주위의 이야기소리에 문득 눈을 떴다. 백여 명의 학생들 (이라고 하여도 십여 명의 사내아이를 제외하면 전부가 낮 동안에 해변에서 복아치던 부녀 노동자였다)은 공책을 덮고 자리에서 수군거렸다.

1. 우리는 왜 가난한가.
1. 정어리 삿전 십 전 절대 반대.
1. …….

　국문으로 칠판 위에 크게 쓰인 이 토막토막의 글을 순야는 눈을 비벼 가면서 공책 위에 공들여 베꼈다. 국문을 가제 깨친 그는 이 단순한 글줄을 읽고 쓰는데 오 분이 넘게 걸렸다.

　"그럼 이 길로 바로 장개 앞 해변으로들 모이시오."

　순야가 칠판의 토막글을 다 베끼고 나자 강 선생은 그들에게 이렇게 분부하였다. 그가 졸고 있는 동안에 무슨 이야기가 있었는지 별안간 장개 해변으로 모이라는 이 분부에 순야는 영문을 몰랐다. 그러나 소란한 이 자리에서 그는 어쩐지 알 수 없이 가슴이 울렁거렸다.

　백여 명의 야학생들은 제각각 감동과 흥분을 가지고 교실을 나와 마당에 쏟아졌다. 그들은 한 사람도 빼놓지 않고 즉시 장개 해변으로 향할 생각이었다. 강 선생의 명령이라면 절대로 복종이었다. 그만큼 그들은 어디서 들어왔는지 고향조차 모를 강 선생을 퍽도 존경하고 사모하였다.

　눈이 매섭고 영악한 강 선생은 학생들에게는 극히 순하고 친절하고 의리가 밝았다. 어디로부터서인지 돌연히 이 포구에 나타난 지 벌써 일 년이 넘도록 그는 한 푼의 이해관계도 없는 수많은 그들을 모아 놓고 충실히 글을 가르쳐 주어왔다. 그는 어쩐지 조합 사람이나 면소 사람들과 보다도 뱃사람이나 노동자들과 더 친하게 굴었다. 새빨간 표지의 툽툽한 책과 깨알 쏟듯한 꼬부랑 양서를 일심으로 공부하는 반면에 그는 간간이 해변에 나와 바람을 쏘이며 이런 사람들과 오랫동안 여러 가지 이야기에 잠길 때가 많았다. 그리고 밤만 되면 학생들을 모아 놓고 열심으로 글을 가르쳐 주었던 것이다.

어느 모로 뜯어보든지 이런 촌구석에 와서 박혀 있을 사람이 아닌 이 정체 모를 강 선생은 그들에게는 알지 못할 수수께끼였다. 그는 가령 말하면 젊은 공장주 정구태와 같이 이 포구로 돈 벌러 온 것은 아니다. 그들 중에 어떤 사람은 아무 관련도 없으나 가끔 이렇게 강 선생과 공장주를 비교하여 보았다. 한 사람은 그들을 위하여 주고 한 사람은 그들을 얼리우고 빼앗아 간다. 즉 강 선생은 그들의 동무요 정구태는 그들의 원수이다고 그들은 생각하고 판단하여 왔던 것이다.

순야는 이제 이렇게 강 선생에 대한 가지가지의 생각에 잠기면서 동무들과 휩쓸려 고요히 잠든 포구의 앞 모래밭을 지나 약 삼 마장가량 되는 장개 고개를 향하였다.

"진선아, 이 밤에 장개에 가서 무스거 한다디?"

길 가운데서 순야는 동무에게 물어 보았다.

"너 괴실(교실이라는 말)에서 선생님 말 아이 들었니? 정어리 삯전 올릴 운동을 한다더라."

"운동이 무스기야?"

순야는 '운동'이라는 말의 뜻을 몰랐다.

"정어리 뜯는 삯전을 요즈막에 십 전씩 아이했니. 그것을 되로 십오 전씩으로 올려달라고 재주(공장주)와 괴섭(교섭)하기로 했단다."

"재주가 뭐 장개에 있다니?"

"재주에게는 내일 말하기로 하고 오늘은 장개에 가서 우리끼리만 의논한단 말이다. 나래(이따가) 가보면 알 일이지."

동무의 설명에 순야는 이 밤에 장개로 가는 목적이 대강 짐작되었다. 그리고 아까 칠판에 쓰였던 토막글의 뜻도 알 듯하였다. '정어리 삯전 십전 절대 반대'의 '절대 반대'라는 말을 그는 몰랐던 것이다. 이제 대강 그 뜻이 짐작되었던 것이다.

어지러운 발소리를 고요한 밤하늘에 울리면서 흥분된 일단이 장개 고개를 넘어서니 먼 어둠 속에 장개의 작은 마을이 그럴 듯이 짐작되었다. 고개 밑 넓은 해변 모래밭에서는 붉은 횃불이 타올랐으니 그곳이 곧 그들이 목적하고 온 곳이다. 파도 소리 은은한 캄캄한 해변에 붉게 타오르는 횃불을 멀리 바라볼 때에 그들의 가슴은 이유 모를 감격에 울렁거렸다. 오늘 밤에는 파도 소리조차 유심히도 은은하다.

고개를 걸어내려 모래밭까지 다다랐을 때에 그곳에는 벌써 횃불을 둘러싸고 백여 명의 동무들이 모여 있었다. 그들은 야학생들뿐이 아니라 낮 동안에 해변에 나와 같이 일하는 부녀 노동자들의 거의 전부가 망라되어 있었던 것이다. 강 선생도 물론 벌써 와 있었고, 그뿐 아니라 역시 정구태 공장에서 일하는 군칠이나 중실이, 그 외 그들과 같이 일하는 여러 명의 남자 노동자들도 와 있었다. 전부 이백여 명이 넘는 그들은 횃불을 중심으로 모래밭 위에 첩첩이 둘러앉았다.

"올 사람 다들 왔소?"

바로 횃불 밑에 선 강 선생은 좌중을 휘돌아보고 말을 이었다.

"밤이 이슥한데 미안은 하나 오늘 이곳까지 이렇게 모이게 한 것은 다른 것이 아니라 여러분에게 있어서 매우 시급하고 중대한 정어리 삯전 문제에 대하여 의논하고 앞으로 밟을 길을 작정하려는 생각으로였소."

이것을 서언으로 하고 그는 숨을 갈아 쉬더니 단도직입적으로 용건에 들어갔다.

"공장에서 일하는 분은 나중으로 밀고 정어리 따는 이들 중에 한 통 십 전에 반대하는 이들 손들어 보시오!"

말이 떨어지기도 전에 수많은 손이 한 사람도 남기지 않고 그들이 다 손들었고 그 가운데에는 두 손을 한꺼번에 든 사람도 있었다. 그럴 줄 모르고 강 선생이 이 어리석은 질문을 한 것은 아니었다. 일하여 나가는 순서상 그들의 다짐을 더 한 번 굳게 하려고 그렇게 질문한 것에 지나지 않았다.

"손을 내리시오."

"십 전 삯전에는 절대로 반대합시다. 대체 남의 사정 모르는 것은 재주이니 아무리 시세가 폭락하였다 할지라도 어디서 그 벌충을 못 대서 하필 가난한 노동자들의 간지러운 삯전을 줄여버리니 이 얼마나 더럽고 추잡한 짓이오? 그의 욕심은 만금을 벌자는 무도한 탐욕이요, 여러분의 욕심은 다만 그날그날 목숨을 이어 나가는 정당한 요구가 아니오? 시세의 폭락도 그에게는 다만 만금을 못 벌게 하는 폭락이지만 오 전 삯전을 내리는 것은 여러분에게는 곧 죽음을 가져오는 것이 아니오? 이 가련한 노동자의 사정을 못 살피고 가증스러운 재주 편에만 가담하여 그의 말만 솔곳이 듣고 수백 명의 삯전을 멋대로 작정하는 어업 조합 놈들도 죽일 놈이오. 이것은 참으로 노동자의 이익을 위한 우리들의 조합이 아니기 때문이오. 여러분! 여러분은 재주와 같이 이 조합에도 철저히 대항하여야 되오!"

알아듣기 쉽게 말하자고 애쓰면서도 그는 이보다 더 쉽게는 말할 수 없었다. 그러나 이것으로 족하였다. 그들의 가슴을 울리는 '아지9)'의 효과는 충분히 있었던 것이다.

"옳소!"

"강 선생님 말이 맞었소!"

"십 전 반대, 십오 전 좋소꼬!"

그들은 비록 박수는 할 줄 몰랐으나 이런 찬동의 소리가 뒤를 이어서 맹렬히 들렸다.

---

9) 아지: 아지테이션(agitation: 선동)의 줄인말.

"십 전 반대, 십오 전 찬성! 이 여러분의 요구를 실시케 하려면 여러분은 어떻게 하여야 되겠소?"

강 선생은 이렇게 반문하여 놓고 차근차근 그 방법을 설명하였다.

"이때까지 이왕 일하여 준 것은 그만두고 내일로 즉시 여러분은 재주에게 이 요구를 들어 달라고 담판하여야 할 것이오. 그러자면 여러분이 제각각 떠들기만 해서는 효과가 없으니 여러분 가운데에서 몇 사람의 대표를 추려서 그가 직접 재주에게 가서 정식으로 교섭을 하여야 할 것이오."

말이 끝나자 또 찬동의 소리가 뒤를 이어서 요란히 들렸다.

"그러나 여기에 한 가지 난관이 있으니 그렇게 정식으로 교섭을 하여도 재주가 요구를 안 들어주는 때에는 여러분은 어떻게 할 터이오?"

강 선생은 침착하게 그들의 열정의 도를 시험하였다.

"안 들어주면 일을 아이 하겠소꼬!"

"재주 썩어지지!"

"조합을 마사 놓겠소꼬!"

그들은 열렬하게 의기를 토하고 결심의 빛을 보였다.

"재주가 요구를 안 들어주면 일하지 않겠다는 분은 그 자리에 일어서 보시오."

그의 말이 떨어지기가 바쁘게 이백여 명의 노동자는 일제히 그 자리에 일어섰다. 물론 한 사람도 주저하는 사람은 없었던 것이다.

"손을 들고 맹세하시오!"

서슴지 않고 손들이 일제히 높이 들렸다. 이만하면 유망하다고 은근히 기뻐하는 강 선생은 그들을 그 자리에 다시 앉히고 침착한 어조로 그들의 결심을 다졌다.

"여러분, 지금 이 자리에서 맹세하였소! 이 중에 한 분이라도 비록 굶어 죽는 한이 있을지라도 이 맹세를 어기면 안 될 것이오. 무릇 어떠한 사람과 대적할 때에는 일치와 단결의 힘이 필요한 것이오. 하나보다는 열, 열보다는 백, 백보다는 천…… 이렇게 수많은 것이 한데 굳게 뭉치면 자기의 생각지 못한 큰 힘이 생기는 법이니 그 힘 앞에는 제아무리 강한 것이라도 필경은 몰려 넘어질 것이오. 여러분도 이것을 굳게 믿고 맹세를 어기지 말고 끝까지 버티어 나가야만 여러분의 뜻을 이룰 것이오!"

횃불을 빨갛게 받은 수백의 얼굴이 강 선생의 말이 끝나기까지 조금도 긴장을 잃지 않고 결의와 맹세에 엄숙하게 빛났다.

이렇게 하여 으슥한 이 해변에서는 포구 사람 잠자는 동안에 비밀 회합이 무사히 끝났던 것이다.

끝으로 강 선생은 그들 중에서 네 사람의 교섭원을 뽑았다. 공장의 순칠이, 중실이, 부녀 측에서는 임봉네와 일순네-이 네 사람은 모든 사람의 환영리에 기쁜 낯으로 책임을 맡았다. 내일 아침 배 들어오기 전에 네 사람은 다음의 세 가지 요구를 가지고 재주와 직접 담판하기로 하였다.

1. 정어리 뜯는 임금 한 통에 십오 전씩 하소.
1. 기름 짜는 임금 육 두 한 통에 십 전씩 하소.
1. 비료 가마니 묶는 임금 매개에 삼십 전씩 하소.

나중에 일어날 여러 가지 시끄러운 장애물을 피하기 위하여 그들은 그 조목을 구두로 담판하기로 하고 요구서를 작성치 않았던 것이다.

질의를 다 마친 그들이 강 선생을 선두로 긴 열을 지어 장개 고개를 넘어 다시 포구로 향하였을 때에 밤은 어느덧 바다 멀리 환한 새벽을 바라보았다.

이튿날 아침.

포구 안 백사장에는 일찍부터 수백의 부녀 노동자들이 도착, 수물거렸다. 전날 밤의 피로도 잊어버리고 그들은 이제 조마조마한 마음으로 공장 사무소로 담판 간 네 사람의 교섭 위원과 공장주의 대답을 기다리고 있던 것이다.

백사장에 끌어올린 빈 배를 중심으로 혹은 배 속에 앉기도 하고 혹은 기대서기도 하여 별로 말들도 없이 그들은 언덕 위의 공장 사무소만 한결같이 바라보고 있었다.

강 선생도 그들과 연락을 취하려고, 그러나 보기에는 아무런 낙도 없는 듯이 혼자 떨어져서 해변을 거닐고 있었다.

"아즈바이네 나옵네!"

언덕 위를 바라보고 있던 그들은 일시에 부르짖었다. 사무소를 나와 부지런히 해변으로 걸어 내려오는 네 사람을 바라보는 그들의 가슴에는 형언할 수 없는 감정이 떠올랐던 것이다.

"어찌 됐소?"

"무스기랍데?"

해변에 다다르기가 바쁘게 네 사람을 둘러싸고 결과를 묻는 그들은 그러나 이미 불리한 결말을 짐작하였다.

"야, 과연 도무지 말을 아니 듣습데."

중실이는 숨을 헐떡거리며 분개하였다.

"한 가지도 아이 들어줍던가?"

"들어주는 게 무스기요. 저는 모르겠다고 하면서 자꾸 조합에만 밉데."

임봉네는 쾌씸하여서 입에 거품을 물었다.

그러자 언덕 위에서는 조급하게 사무소를 나오는 공장주가 보였다. 그는 그러나 해변으로는 내려오지 않고 어디론지 포구 쪽으로 급하게 걸어갔다.

"어디엘 가는가. 이리 오쟁이코."

"마―알 거 있소! 엥가이 뿔이 뿌룩 나야지. 그 자리에서 볼을 콱 줴박을까 했소."

군칠이는 멀리 공장주를 향하여 헛주먹질을 하였다.

"그래 아즈마이네 무스기랬소? 모다 일 아니하겠다고 했소?"

"야 그러니 우리 보고 무스기라고 하는고 하니 어전 공장일은 그만두랍디다."

공장주는 몇 사람 안 되는 공장 노동자쯤은 포구 안에서 즉시 새로 끌어올 수 있다는 타산 아래에서 중실이와 군칠이 외 수명의 공장 노동자를 전부 해고시킨 것이다.

"일있소? 일 아이하면 그만이지!"

네 사람을 둘러쌌던 부녀 노동자들은 흩어지면서 제각기 수물거렸다.

"그러면 여러분, 여러분은 어젯밤에 맹세한 것같이 이 자리를 움직이지 말고 공장주가 여러분의 요구를 들어줄 때까지 한 사람이라도 결코 일을 하여서는 안 될 것이요. 그리고 이따 배 들어온 뒤에 몇 사람은 공장으로 가서 새로 들어올 노동자에게 우리의 뜻을 알리고 결코 일을 하지 말도록 권유하도록 할 것이오!"

강 선생은 수물거리는 그들을 통제하고 그 자리에 그대로 진을 친 채끝까지 공장주와 대항하기로 하였다.

그러는 동안에 아침 배가 들어왔다. 여러 척의 배는 전날에 떨어지지 않는 풍부한 수확을 싣고 쌍쌍이 들어와 해변에 매였다.

포구에 갔던 공장주는 다시 사무소에 가서 감독을 거느리고 해변으로 내려왔다.

그들의 뒤를 이어 주재소의 부장과 순사 세 사람이 역시 해변으로 따라 내려오는 것을 그들은 보았다. 그러나 그것은 무슨 일로인지 그들은 도무지 생각지 않던 영문 모를 일이었다.

"삯전은 여러 번 말한 바와 같이 단연코 한 푼도 올리지는 않겠으니 그런 줄로 알고 일하고 싶은 사람은 하고 싫은 사람은 그만두오. 그것은 당신네 생각대로들 하오."

백사장에까지 이른 공장주는 노동자들을 보고 비웃는 듯이 의기 있고 다구지게 말하였다.

그러나 노동자들은 그것도 들은 체 만 체 하고 다만 결의의 빛을 보일 뿐이요, 요란하게 대꾸는 하지 않았다. 그것은 그의 말에 관심을 갖기보다도 더 시급한 일이 목전에서 일어나고 있었기 때문이다. 공장주를 따라온 부장과 순사는 말도 없이 강 선생과 중실이, 군칠이, 임봉네, 일순네 즉 네 사람의 교섭 위원을 잡아끌었던 것이다.

"무엇 때문에?"

거기에는 아무 설명도 없이 그들은 자꾸 다섯 사람을 끌기만 하였다.

영문 모르게 장수를 빼앗기는 수백의 군중들은 불길한 예감에 겁내면서 이 장면을 둘러싸고 실랑이를 쳤으나 아무 소용도 없이 다섯 사람은 불의의 X의 손에 끌려갈 뿐이었다.

그러나 그들에게는 이제 아까 공장주가 급한 걸음으로 포구로 향하던 뜻을 짐작할 수 있었다. 주재소에 가서 꿍꿍이 수작을 대고 모든 것을 꼬여 바친 공장주의 비열한 행동을 알아챈 그들은 극도로 분개하였다.

"그놈 새끼 더러운 짓을 한다이."

"행세가 고약한 놈이오."

"그 썩어질 놈 쳐 죽이오!"

"공장을 마사버리오!"

격분에 타오르는 그들은 아무에게도 지휘는 안 받았으나 마치 지휘를 받은 듯이 두 패로 몰려 한 패는 해변 공장주에게로, 또 한 패는 언덕 공장 사무소로 맹렬히 밀려갔다. 너무도 격분된 그들은 분을 못 이겨 폭행에 나왔던 것이다.

감독의 제제도 아무 힘없이 언덕 위에 밀린 파도는 사무실을 둘러쌌다.

"돌을 줍어라 !"

"사무소를 마사라 !"

그들은 좍 흩어졌다.

돌이 날았다.

사무소 유리창이 깨뜨려졌다.

빈 사무소 안에 와르르 밀려 들어간 그들은 책상을 깨뜨리고 공장 장부를 찢어 버렸다.

"조합으로 몰려가오!"

사무소 습격이 끝나자 그들은 또다시 일제히 어업 조합으로 밀려 갔다.

거기에서도 사무소에서와 똑같은 일이 일어났다. 돌이 날았다. 창이 깨뜨려졌다.

"썩어질 놈들, 처먹고 배때기가 부르니 한 통에 십 전이 무스기야."

"한 사람이 부자되고 이 수백 명 사람은 굶어 죽어도 괘이찬탄 말이냐?"

돌연한 습격에 어찌할 바를 모르는 이사와 감독과 서기들은 조합 사무실 안에서 날아 들어오는 돌과 고함에 새우 새끼같이 오그라졌다.

그들은 다시 해변으로 발을 옮겼다. 그러나 요번에는 산산이 흩어지지는 않고 무의식간에 긴 행렬을 지었다. 전날 밤에 강 선생을 선두로 장개고개를 넘어올 때 같은 긴 행렬을 지었던 것이다. 그들의 가슴은 이제 복수의 쾌감에 끓어올랐다. 다행히 주재소가 멀리 떨어져 있는 까닭에 그들은 별로 피해도 입지 아니하고 사무소와 조합을 습격하여 계획하지 않은 시위 행동을 즉흥적으로 보기 좋게 하였던 것이다. 행렬의 열정에 발맞추는 그들의 가슴은 높이 뛰었다.

해변에 이르렀을 때에 거기에는 동무들만 수물거리고 공장주와 감독은 어디로 내뺐는지 보이지 않았다.

배에서 내린 허연 그물 더미가 모래 위에 여러 더미 노동을 기다리며 척척 뭉쳐 있었다. 그러나 그들은 이제 노동을 제공하지는 않고 도리어 발길로 고기 더미를 박차 버렸다. 요구가 관철되기 전에는 고기가 썩어지는 한이 있더라도 결코 노동을 제공하지는 않을 것이다. 발길에 차인 정어리가 햇빛을 받아 은빛으로 빛났다.


4


달포를 두고 내려 찌는 장마는 마침내 오 년 이래의 기록을 깨뜨려버리고야 말았다. 집이 뜨고 사람이 상하고 마을이 흩이고 백성의 마음이 불안하였다.

그러나 그것이 마작꾼에게는 아무 영향도 미치지 않았으니 재동 정 주사 집에서는 이 긴 장마 동안 하루도 번기는 법 없이 낮상 밤상으로 마작이 울렸고 장마가 지나간 이제까지 변치 않고 계속되어 왔던 것이다. 빈 맥주병이 가마니 속으로 그득그득 세 가마니를 세이고 아침마다 사랑마루에는 요리접시가 어지럽게 널려 있었다.

그러나 정 주사에게는 이 긴 장마가 스스로 다른 의미를 가졌으니, 그는 장마와는 무관심으로 마작을 탕탕 울리기에는 마음이 허락지 않았다.

마작꾼과 떨어져 침대 위에 누워서 신문을 뒤적거리는 정 주사의 가슴속은 심히 안타까왔다. 그것은 그러나 집이 뜨고 마을이 흩은 것을 슬퍼하여서가 아니라 보다도 더 중한 이유로이니, 즉 시골서 경영하는 정어리업에 막대한 손해를 입었기 때문이었다. 달포지간의 장마는 고기잡이를 완전히 봉쇄하여버렸고 그 위에 폭풍우는 바다에 나갔던 다섯 척의 어선과 어부를 그림자도 남기지 않고 집어삼켜 버렸던 것이다.

어선 다섯 척 유실.

오늘 아침에 정 주사는 아들에게서 이런 전보를 받았다. 다섯 척이면 여러 천 원의 손해이다. 그리고 달포 동안 고기잡이 못한 데서 생긴 손해 역시 막대할 것이다. 그나 그뿐인가. 그는 달포 전 장마가 시작하기 전에는 아들에게서 또 다음과 같은 전보를 받았던 것이다.

짐작하건데 이 파업에서 생긴 손해 역시 적지 않을 것이며 이 모든 손해 위에 폭락된 시세는 여전히 계속되니 이 일을 장차 어떻게 하면 좋을 것인가……

정 주사는 기가 막혔다. 신문을 던지고 한숨을 지면서 정 주사는 드러누운 채 꿍꿍 속을 앓았다.

"홀나!"

마작판에서는 흥거운 소리가 나더니 뒤를 이어 요란한 휜소와 마작 흩어지는 소리가 들렸다. 마작 쪽은 잘그닥잘그닥하고 경쾌한 소리를 내면서 다시 쌓였다.

"운송, 내려오시오. 한상 합시다."

최 석사 판에서 빠지자 심 참봉은 침대 위의 정 주사를 꾀었다.

"필경 망하기는 일반 아니오? 망해서 빌어먹게 될 때까지 짱이나 부릅시다 그려!"

심 참봉의 자포자기의 이 말은 정 주사에게는 뼈저리게 들렸다. 역시 불경기의 함정에 빠져 여러 해 동안 경영하여 오던 정미업을 마침내 며칠 전에 폐쇄하여버린 심 참봉의 요사이의 태도와 언사에는 어두운 자포자기의 음영이 떠돌았었다. 그는 폭리를 바란 바 아니었으나 드디어 오늘의 파산을 보고 정미소의 문까지 닫아버렸던 것이다. 이것은 곧 자기의 전도를 암시하는 듯도 하여서 정 주사는 심 참봉의 자포적 언사를 들을 때마다 가슴이 뭉클하였던 것이다.

"내려오시오, 운송!"

"어서들 하시오."

정 주사는 억지로 사양하며 버리고 침대 위에서 돌아누웠다. 머릿속에는 여전히 여러 가지 생각이 피어올랐다.

규모 무섭던 심 참봉이 드디어 저 꼴이 되고 말았다. 나의 앞길은 며칠이나 남았을까. 머지않아 같은 꼴이 되어 버릴 것이다. 아니 심 참봉과 나뿐만이 아니라 쪼들려가는 우리의 앞길이 모두 그럴 것이 아닌가. 요사이 종로 네거리에 나서면 문 닫히는 상점이 나날이 늘어감을 우리는 볼 수 있고, 손꼽는 큰 백화점에서고 종을 울리며 마지막 경매를 부르짖는 참혹한 꼴들이 보이지 않는가.. 그러나 다시 남촌南村[10]으로 발을 돌릴 때에 거기에서 우리는 무엇을 보는가. 그곳에는 그래도 활기가 있다. 큰 백화점이 더욱 번창하여 감을 본다. '히라나'와 '미쓰꼬시'의 대진출을 본다. 작은 놈은 망해 가고 큰 놈은 더욱 커지면 한 장사가 공을 이루매

---

10) 남촌(南村): 조선시대에, 서울 안에서 남쪽으로 치우쳐 있는 마을들을 통틀어 이르던 말.

만 명 병졸의 뼈 말리는 격으로 수만의 피를 뽑아 몇 놈의 살을 찌게 하니 이것이 대체 무슨 이치인고…….

정 주사가 좀 센티멘탈한 마음에 자기 자신을 비참한 경우에 놓고 이리저리 뒤틀어 여기까지 생각하여 왔을 때에 밖에서 별안간 대문 열리는 소리가 나며 낯설은 젊은 양복쟁이 한 사람이 들어왔다.

정 주사는 침대에서 벌떡 일어나고 마작하던 친구들도 조심스럽게 마작을 중지하였다. 맥주병이나 혹은 돈푼을 거는 관계상 그들은 낯설은 사람을 경계하지 않으면 안 되었던 것이다.

"여기에 박태심이라는 사람 오지 않았소?"

양복쟁이는 마작놀이는 책하지 않고 마작하던 사람들을 둘러보며 이 개인의 이름을 불렀을 뿐이었다.

그러나 불리워 자리를 일어서는 박씨의 얼굴은 어쩐 일인지 금시에 빛이 변하였다. 그것을 보는 친구들도 알지 못할 불길한 예감을 느꼈다.

"나는 종로서에서 온 사람이오. 일이 좀 있으니 이 길로 바로 서에까지 같이 갑시다."

양복쟁이는, 아니 형사는 어쩐 일인지 박씨를 날카롭게 노렸다.

평소에 말이 많고 선웃음을 잘 치던 박씨는 이 자리에서 별안간 얼굴이 파랗게 질리며 입술이 부들부들 떨리는 것을 친구들은 똑똑히 보았다.

"무슨 일입니까?"

방 안에서 떨면서 주저하는 박씨를 형사는 다시 노렸다.

"무슨 일인지 가 봐야 알지, 제가 진 죄를 제가 몰라? 괴악한 사기한 같으니!"

파랗게 질린 박씨는 다시는 아무 말없이 허둥지둥 두루마기를 걸치면서 뜰로 내려섰다.

그 잘 떠들던 박씨가 이제 고양이 앞에 쥐처럼 숨을 죽이고 형사의 앞을 서서 문을 나가는 것을 보는 친구들은 몹시 딱한 생각이 났다.

"대체 무슨 일일까?"

친구를 잃은 그들은 의아하고 불안한 가운데에서 친구의 일을 궁금히 여겼다.

'괴악한 사기한'이라니 그가 무슨 사기를 하였던 말인가. 하기는 며칠 전부터 그는 돈 백 원이 꼭 있어야 하겠다고 말버릇처럼 하여 오기는 왔었다. 그리고 직업도 없고 수입도 없는 순전한 유미인 그가 대체 어떻게 나날이 살아왔는지 그것이 친구들에게는 한 수수께끼였었다. 오늘의 형사는 말하자면 이 수수께끼를 풀어낼 한 갈래의 단서이었던 것이다.

즉 기적적으로만 알았던 그의 생활의 배후에는 그 어떤 불순한 수단이 숨어 있었던 것을 그들은 알았던 것이다. 그들의 마음은 암담한 동시에 친구의 일이 자기들의 일과 다름없이 불안하여졌다. 사실 이 남아 있는 그들 가운데에 박씨와 같은 운명을 가진 사람이 또 있을지 없을지는 온전히 보증할 수 없는 일인 까닭이다.

"결국 마작꾼을 또 한 사람 잃었구나!"

심 참봉의 자포적 탄식에는 헐려가는 이 계급의 운명이 역력히 반영되어 있는 듯하였다.


정 주사는 그날 밤 오래간만에 다방골 첩의 집을 찾아갔다. 비도 비려니와 이럭저럭 마음이 상해서 그는 이 며칠 동안 첩의 집과 발을 끊었던 것이다.

"왜 그동안 안 오셨어요?"

첩은 전날에 기생의 몸이었던 것만큼 아양과 애교를 다하여 그러나 남편이 며칠 동안 자기를 버렸다는 것이 괘씸하여서 샐쭉하면서 정 주사를 책하였다. 그러나 기실 속 심정으로는 퍽도 반가왔던 것이다. 그만큼

그날 밤 식탁에는 손수 그의 공과 정성을 다 베풀었다. 그의 어머니(인
동시에 어멈인)를 시켜서 사 온 고급 위스키 한 병까지 찬란한 식탁 위
에 올랐던 것이다.

"오늘 보험 회사에서 왔다 갔어요."

식탁 옆에 앉아 그에게 술을 따라 바치던 첩은 문득 생각난 듯이 일어
나 의걸이 설합에서 한자의 종잇조각을 집어내어 남편에게 보였다.

"다 귀찮다!"

종잇조각을 펴본 정 주사는 그것을 다시 구겨 옆으로 던져버리고 술잔
을 쭉 들이켰다. 그것은 '일금 팔십오 원'의 생명 보험료 불입 고지서였
다. 연전에 첩을 새로 얻었을 때에 그는 지금의 이 조촐한 와가 한 채를
사서 모녀에게 맡기고 홋홋한 살림을 따로 벌리는 동시에 첩을 끔찍이도
사랑하고 귀여워하는 마음에 비싼 보험료를 치르면서 첩을 생명 보험에
까지 넣어 주었던 것이다. 그러나 그것도 지금 와서는 모두 그에게 귀찮
았다. 사실인즉 팔십오 원이란 돈도 그에게는 지금 아까웠던 것이다.

"술은 그만 하시고 일찍 주무시지요."

첩은 보험료에 관하여서는 더 말이 없이 얼큰한 남편을 위로하면서 술
상을 치웠다. 그리고 어머니는 건넛방으로 쫓고 안방에 두 사람의 잠자
리를 정하게 폈다.

정 주사는 며칠 만에 처음으로 옷 벗은 첩의 몸을 품에 안았다. 흥분의
절정에서 눈을 가늘게 뜬 첩은 법열을 못 이겨서 그의 몸 밑에서 정열이
배암같이 탄력 있게 꿈틀거렸다. 그러나 정 주사는 별로 신기한 기쁨과
새로운 흥분을 느끼지 않았다. 늘 맡던 그 살 냄새, 늘 느끼던 그 감촉,
늘 쓰던 그 기교…… 그뿐이요, 그 외에 신기한 자극과 매력을 느끼지 못
하였던 것이다.

두 사람에게만 허락된 이 절대의 순간에서도 정 주사는 오히려 사업과

재산 생각에 마음을 빼앗겨 버렸던 것이다.

심 참봉이 밟아온 길, 오늘 박태심이가 당하던 꼴, 그에게 닥쳐올 장래…… 술과 계집에 마음껏 취하여 보리라고 마음먹었던 이 밤의 정 주사는 이제 품 안에 아름다운 계집을 안은 채 이런 무거운 가지가지의 생각에 천근 같은 압박을 한결같이 느꼈던 것이다.

여름이 지나고 가을도 깊어가니 고기잡이는 바야흐로 번창기에 들어갈 때이다. 늦은 가을의 도시기…… 그것은 여름 동안 해변에서 수백 리 떨어진 먼 바다에 흩어져 있던 정어리 떼가 해변으로 와글와글 몰려드는 때이니 정어리업자가 생명으로 여기는 일 년 중의 가장 중한 때이다. 모든 손해와 타격 가운데서 한 줄기의 희망의 실마리를 붙이는 것도 곧 이때이다. 배 속에 퍼담고 또 퍼담아도 끊임없이 뒤를 이어 와글와글 밀려오는 고기 떼, 그물이 모자라고 배가 모자라고 사람이 모자라는 판이니 해변 사람들의 흥을 가장 북돋우는 때이다. 그러나 대자연의 장난과 해류의 희롱을 그 뉘 알랴. 무슨 바람 어떤 해류의 장난인지 이 해의 바다는 도시기에 이르러도 고기떼를 해변으로 와글와글 밀어들이지는 않았다. 여러 해 동안 정들었던 정어리 영업자들을 바다는 돌연히 배반하여버렸던 것이다. 바다는 푸르고 하늘은 유유하고 파도는 찰싹거리고……. 모두 여전하다마는 포구의 활기만은 여전하기 않았으니 지나간 해의 가을같이 활기 있게 들볶아치지는 않았던 것이다. 언덕 위 공장에서는 가마가 끓고 고기가 짜이고 해변 모래밭에서는 정어리 뜯는 소리가 끓어오르기는 하였으나 그것은 도시기의 활기 그것은 아니었다.

애타는 마음에 해변에 나가지 않고 공장 사무소에 앉은 채 해변을 바라보는 공장주의 가슴에는 일 년 동안 받은 수많은 상처가 이제 또다시 생생하게 살아 나왔다.

시세 폭락, 폭풍우, 노동자들의 파업, 활기 없는 도시기…… 그중에서도 폭풍우와 도시기의 천연적 대세에서 받은 상처보다도 시세 폭락과 파업에서 받은 상처는 더욱 컸던 것이다. 강 선생을 괴수로 일어난 수백 노동자의 파업에 공장주는 사업의 불리를 각오하면서도 세부득 한 걸음 물러섰던 것이다. 노동자들의 단결이 굳었고 이 포구에서는 불시에 그들을 대신할 노동자들을 끌어오지 못하였기 때문이었다. 별수 없이 그들의 세 가지의 요구 조건은 벼락같이 관철되고 파업을 일으킨 다음 날부터 노동은 다시 활기 있게 시작되었던 것이다. 그러나 그 공장주는 파업에서 받은 경제적 타격을 애석히는 여기지 않았다. 그는 이제 파업이라는 행동을 다른 의미, 다른 각도로 해석하게 되었던 것이다. 수많은 노동자들의 단결에서 생기는 위대한 힘!……(중략)……두려운 한편, 부러운 힘이다…….

또 한 가지 그의 가슴을 울리는 것은 시세 폭락의 배후에 숨은 농간의 힘이었다. 불같이 닥쳐온 어유魚油 시가의 대중없는 폭락은 서구 노르웨이 근해에서만 잡히는 고래 기름의 풍족한 산액이 조선 정어리 기름의 수출을 압도하는 자연적 대세라느니보다 실로 일본에 있는 대자본의 회사, 합동유지合同油脂글리세린 회사의 임의의 책동인 것을 그는 알았던 것이다. 이 폭락 대책을 강구하기 위하여 도 당국과 총독부 수산과에서는 각각 기술자를 보내어 실정을 조사시키고 정어리업 대표들을 참가시켜 어비 제조 간담회니 폭락 방지 대책 협의회니 등을 열었으나 결국 정어리업자들에게는 그럴듯한 유리한 결과는 지어 주지 못하였던 것이다. 대재벌의 힘, 무도한 것은 이것이라고 그는 생각하였다. 노동자들이 그를 미워한 것같이 그는 이제 이 대재벌을 미워하였다. 노동자들에게서 미움을 산 그는 실상인즉 대재벌의 손에 매어 있고 꿀려 있는 셈이었다. 위에서는 대재벌, 밑에서는 노동자의 대군, 이 두 힘 사이에서 부대끼는 그의 갈 길은 어디이던가. 위 아니면 밑, 이 두 길 중의 한 길을 취하여야 할 것이다. 그러나 새삼스럽게 윗길을 못 밟을 바에야 그의 길은 빤한 길이 아닌가…….

이렇게 명상에 잠기면서 한결같이 해변을 바라보는 공장주의 눈에서는 이제 눈물이 푹 솟았다. 그러나 그것은 감상의 눈물도 아니요, 분함의 눈물도 아니요, 감격과 희망의 눈물이었으니 해변에서 떼를 짓고 고함치며 노동하는 수많은 노동자들, 그 속에서 그는 새로운 철학을 발견하였던 것이다. 그는 사업에 실패하였다. 그러나 그것이 이제 그다지 원통하지는 않았다. 더 큰 마음과 넓은 보조로 앞길을 자랑스럽게 밟으려고 결심한 그가 이제 흘리는 눈물은 흔연한 감격의 눈물이었던 것이다. 그에게 바른 길을 틔어 준 이태 동안의 해변 생활, 그것은 대학에서 배운 사업의 이론과 비결 이상 몇 곱절 그에게 뜻있는 것이었다.

강 선생 ! 그는 오래간만에 문득 강 선생이 생각이 났다. 모든 것을 집어치우고 오늘 밤에는 서울로 떠날 것이다. 떠나기 전에 강 선생과 만나 이야기라도 실컷 해보겠다는 충동을 느낀 그는 이제 자리를 일어나 눈물을 씻고 사무소를 나갔던 것이다.

재동 사랑에서 한 사람 두 사람 줄어가는 마작꾼 숲에서 정 주사가 흩어지는 마작쪽에 '헐려가는' 철학을 절실히 느낀 것은 바로 이때였던 것이다.

『조선일보』, 1930

# ⚘ 프렐류드
여기에도 한 서곡이 있다

## 1

'나…… 한 사람의 마르크시스트라고 자칭한들 그다지 실언은 아니겠지……그리고 마르크시스트라고 그러지 말라는 법 없으렷다.'

중얼거리며 몸을 트는 바람에 새까맣게 끄스른 낡은 등의자가 삐걱삐걱 울렸다. 난마같이 어지러운 허벅숭이 밑에서는 윤택을 잃은 두 눈이 초점 없는 흐릿한 시선을 맞은편 벽 위에 던졌다. 윤택은 없을망정 그의 두 눈이 어둠침침한 방 안에서(실로 어둠침침하므로) 부엉이의 눈 같은 괴상한 광채를 띠었다.

'그러지 말라'는 '죽지 말라'의 대명사였다.

가련한 마르크시스트 주화는 밤낮 이틀 동안 어두운 방에 틀어박혀 죽음의 생각에 잠겨 왔다. 그가 자살을 생각한 것은 오래되었으나 며칠 전부터 그것은 강렬한 매력을 가지고 그의 마음을 전부 차지하였던 것이다. 그는 진정으로 자살을 꾀하였다. 첫째 그는 자살의 정당성을 이론화시키려고 애쓰고 다음에 그 방법을 강구하고, 그리고 가지가지의 자살의 광경을 머릿속에 그렸다.

자살의 '정당성'의 이론화(삶의 부정과 죽음의 긍정), 이것이 가장 난관이었다. 그래도 많은 사람이 무조건으로 긍정을 하여 왔을망정 한 사람도 일찍이 밝혀 보지 못한 '인류 문화 축적의 뜻과 목적'을 그는 생각하였다. 인류 이전에 이 지구를 차지하였던 동물은 파충류였고 그 이전의 동물이 맘모스였음은 학자가 증명하는 바이다. 이러한 역사에 비추어 보더라도 인류가 영원히 지구를 차지하고 있을 수는 없는 것이니 인류 다음에 올 고등동물은 캥거루라고 간파한 학자도 이미 있지 않은가. 캥거루의 세상에서도 인류의 문화가 의연히 통용될 수 있을 것인가. 쌓이고 쌓인 인류 문화의 찬란한 탑은 자취도 없이 헐리어져버릴 것이다.

그때에 어디에 가서 인류 문화의 뜻과 간 곳을 찾을 수 있으리오. 문화의 탑, 그것은 잠시간의 화려한 신기루에 지나지 못하는 것이다. 그 신기루를 둘러싸고 춤추고 애쓰는 것이 그것이 벌써 애달픈 노력이고 우울한 사실이 아닌가, 이렇게 주화는 생각하였다.

세상의 일만 가지 물상이 변증법적으로 변천하여 가는 것은 사실이다. 그러므로 또한 혁명이 있은 후의 상태라고 결코 완전무결한 마지막의 상태는 아닐 것이니 티가 없다고 생각되는 그 상태 속에는 어느 결에 이미 모순이 포태되어 그것이 차차 자라서 다음의 혁명을 가져올 것이다. 결국 변천하고 또 변천하여 그칠 바를 모르는 것이니 최후의 안정된 절대의 상태라는 것을 사람은 바랄 수 없을 것이다.

이 또한 안타까운 사실이 아닌가. 그리고 어디까지든지 통일을 구하여 마지않는 사람은 이 그칠 줄 모르는 변천 가운데에서 공연한 헛수고에 피로하여버릴 것이다. 인류의 모든 움직임과 혁명을 조종하는 근본은 식과 색이니 이 단순한 동물적 충동에 끌려 보기 흉하게 날뛰는 사람들의 꼴, 이것이 또한 우울한 것이 아닌가, 이렇게도 주화는 생각하였다.

혁명과 문화의 뜻이 이미 이러하거늘 그래도 괴롬을 억제하고 바득바득 애쓰며 건설자의 한 사람으로서의 힘을 다하지 않으면 안 될 필요가 나변那邊11)에 있는가. 그것은 밝히지도 못하고 세상 사람이 공연히 삶을 위한 삶을 주장하고 용기를 위한 용기를 외침은 가소로운 일이다. 사람은 왜 살지 않으면 안 되느냐? '장하고 거룩한' 문화를 세우려. 문화는 왜 세우느냐? 여기에는 대답이 없고 설명이 없다. 요컨대 문제는 '취미'의 문제요, '흥미'의 문제인 것이다. 사람은 삶에 '취미'를 가졌기 때문에 사는 것이다. 그러므로 삶에 '취미'를 잃는 때에는 죽는 것이다. 즉 삶도 죽음도 결국 '취미'의 문제이다.

삶에 '취미'를 가지거나 죽음에 취미를 가지거나 그것은 누구나의 자유로운 동등한 권리이다. 삶에 '취미'를 가지고 사는 사람이 죽음에 '취미'를 가지고 죽는 사람을 논란할 권리와 자격은 조금도 없는 것이다. 자살의 길을 패부의 길이라고 비난한다면 자살자의 입장으로서는 죽지도 못하고 질질 끌려가며 살려고 애쓰는 사람의 가련한 꼴이야말로 그대로가 바로 패부의 자태라고 비난할 수 있을 것이다. 자살이 삶의 도피라면 삶은 죽음의 도피가 아닌가. 어떻든 삶에 '흥미'를 잃은 때에 삶과 대립되는, 그러나 동등한 지위에 있는 죽음의 길을 취함은 극히 정당한 일이다. 그는 제삼자의 어리석은 비판을 초월하여 높게 서는 것이다.

마르크시즘과 자살, 마르크시즘은 삶 이후의 문제이다. 혹 삶이 마르크시즘 이전의 문제인 만큼 죽음도 마르크시즘 이전의 문제이다. 마르크시스트의 자살, 결코 우스운 현상이 아니다. 비웃는 자를 도리어 가련히 여겨 자살한 마르크시스트의 얼굴이 창백한 웃음을 띄우리라.

밤이 맞도록 날이 맞도록 이렇게 생각하고 되풀이하고 고쳐 생각하여 이틀 동안에 주화는 어떻든 처음부터 계획하였던 그의 얻고자 한 결론을 얻었다. 마르크시스트인 그가 무릇 마르크시즘의 입장과 범주와는 멀리멀리 떠난 마르크시스트 의 이름을 상할지언정 위하지는 못할 이러

---

11) 나변(那邊): 어느 곳 또는 어디.

한 경지에서 방황하여 그의 요구하는 결론을 얻기 전에 뒤틀어서 꾸며 냈던 것이다.

그러나 '스켑티시즘'과 '로맨티시즘'과 '소피즘'과 '니힐리즘'의 이 모든 것을 섞은 칵테일과 범벅 가운데에서 나온 그의 이론과 결론이 아무리 구부러지고 휘어진 것이었든지 간에 그의 마음은 이제 일종의 안정을 얻었다. 어지러운 머릿속과 어수선한 감정이 구부러졌든 말았든 간에 마지막의 통일을 내렸던 까닭이다. 혹은 그 일류의 칵테일의 향취에 취한 까닭일지도 모른다.

"……나는 단연코 죽을 것이다."

어떻든 이 결론을 마지막으로 중얼거렸을 때에 주화의 창백한 얼굴에는 한 단락을 지은 뒤의 비장하고 침착한 표정이 떠올랐다.

마지막 작정을 하고 등의자에서 일어선 주화는 문득 책시렁 위에 놓인 거울 속에 비친 그의 이지러진 용모에 새삼스럽게 놀라지 않을 수 없었다. 깎아내린 듯이 여윈 두 볼, 윤택 없는 두 눈, 그 자신이 정이 떨어졌다. 이렇게 여위고서야 사실 죽는 것이 마땅할 것이라고 그는 생각하였다. 벽 위에 붙인 마르크스의 초상이 가련히 여겨서인지 그를 듬짓이 내려다보았다. 주화는 그의 체면으로는 차마 정면으로는 마르크스를 딱 치어다보지 못하였다.

'마르크스도 지금의 나와 같이 마음과 물질에 있어서 이렇게까지 궁해 본 적이 있었을까?' 하고 생각하였을 때에 그러나 주화는 별안간 불끈 솟아오르는 반감을 느꼈다. 그의 조상이요, 스승이요, 동지인 마르크스에 대하여 그는 전에 없던 반감을 이제 불현듯이 느꼈던 것이다.

신경질로 떨리는 그의 손은 어느 결엔지 벽 위의 초상을 뜯어 물었다. 다음 순간 마르크스의 수염이 한 사람의 제자의 손에서 가엾게도 쪽쪽 찢겼다.

'죽어가는 마지막 날에 이 호인인 아저씨에게 작별의 절을 못할망정 이렇게까지 참혹하게 그를 모욕할 필요가 있었을까.'

찢어진 초상화의 조각조각이 어지러운 방바닥에 휘날려 떨어질 때 주화에게는 한 줌의 후회가 없을 수 없었다. 별안간의 그의 신경의 격동과 경솔한 거동을 책망하지 않을 수 없었다. 이렇게까지 히스테릭한 것도 결국 이 며칠 동안 굶었던 탓이 아닐까 하고 생각하니 그 자신의 가련한 신세에 눈물이 푹 솟았다.

눈을 꾹 감아 눈물을 떨어뜨려버리고 그는 가난한 책시렁에서 가장 값있는 자본론의 원서 두어 권을 빼어 들었다. 그가 대학에서 공부할 때부터 그를 인도하고 배양하여 온 머리의 양식이 이제 그의 자살의 약값으로 변하는 것이다.

재학 시대의 유물인 단벌의 쓰메에리[12]를 떨쳐입고 책을 낀 채 주화는 어두운 방을 뛰어나갔다.


# 2

아무 미련도 남기지 아니하고 오랫동안 숭배하여 오던 마르크스를 두어 장의 얇은 지폐와 바꾼 주화는 단골인 매약점에 가서 잠 안 옴을 청탁하고 사기 어려운 알로날 한 갑을 손에 넣었다. 칼모린, 쥐약, 헤로인, 청산가리, 스토리키니네, 알로날…… 병원에 있는 친구에게 틈틈이 농담 삼아 물어 두었던 이 수많은 약 가운데에서 그는 알로날을 골랐던 것이

---

12) 쓰메에리: 목을 둘러 바싹 여미는, 주로 학생복 용도로 지은 양복의 일본말.

다. 한 주먹 안에도 차지 않는 조그만 한 갑에 일 원 이십오 전은 확실히 과한 값이었으나 그것이 또한 영원의 안락을 가져올 최후의 대상이라는 것을 생각하였을 때에 그는 두말없이 새파란 미소를 남기고 약점을 나왔다.

저무는 가을 저녁이 쌀쌀하게 압박하여 왔다. 오랫동안 거리에 나오지 않았던 그에게는 지나치게 신선한 가을이었다.

맑은 하늘에는 이지러진 달이 차게 빛났다. 오늘의 번화한 이 거리를 내려다보고 또한 내일의 폐허가 되어 버릴 이 거리를 아울러 내려다볼 그 달이므로인지 몹시도 쌀쌀한 용모다고 주화는 느꼈다.

어두운 방으로 돌아가 세상을 하직하기 전에 신선한 밤거리를 한 바퀴 돌아볼 작정으로 그는 번화한 거리에 막연히 발을 넣었다.

'어리석은 인간들의' 참혹한, 혹은 화려한 각가지의 생활상이 구석구석에 애달게 빛났다. 거기에는 천편일률인 '습관'의 연속과 '평범한 철학'의 되풀이 이외의 아무것도 없다. 부르주아나 프롤레타리아나 그 모래 같은 평범 속에 '취미'를 느끼는 꼴들이 그에게는 한없이 어리석게 보였다.

찬란한 일루미네이션의 난사를 받는 거리에는 가뜬하게 단장한 계집들이 흐르고 밝은 백화점 안에는 여러 가지 시설의 생활품과 식료품이 화려하게 진열되어 있으나 한 가지도 그를 끄는 것은 없다. 라디오와 레코드가 양기롭게 노래하나 그의 마음은 춤추지 않았다. '죽기 전에 먹고 싶은 것은 없나?' 하고 휘둘러보았으나 그의 마음은 '없다' 하고 확연히 대답하였다. 진열장에 얼굴을 바싹 대고 겨울 옷감을 고르고 섰는 아름다운 한 쌍의 부부의 회화도 그를 유혹하지는 못하였다.

'이 거리에는 한 점의 미련도 없다!'

결국 이렇게 결론한 그는 올라가던 거리를 중도에서 되돌아섰다. '찌그러진 나의 마음속에는 확실히 호장豪壯된 고집이 뿌리박고 있을는지는 모르나 적어도 지금의 나의 감정은 바른 것이다'고 주화는 마음속으로 중얼거렸다.

번잡한 거리를 나와 넓은 거리를 지나고 다시 좁은 거리거리를 빠져나온 그의 집으로 향하는 길에 역시 마지막으로 그가 일상 사랑하던 정동 고개에 이르렀다.

'결국 나는 싸늘한 저 달과 동무하여야 할 것이다.'

인기척이 없고 거리의 음향이 멀리 들리는 적막한 고개를 넘으면서 그는 다시 달을 치어다보았다. 차고 맑고 높은 달의 기개에 취하여서인지 그의 마음은 죽음의 나라로 길 떠나기 전의 맑은 정신, 고요한 심경 그것이었다.

별안간 그의 귀를 스치는 것이 있었다.

그것은 확실히 달려오는 발소리였다.

무심코 돌아섰을 때에 멀리서 고개를 달려오는 한 개의 동체가 있었다. 상반은 희고 하반은 검은 단순한 색채가 흐릿한 달빛 속을 급하게 헤엄쳐 올라오는 것이다.

주화는 그 자리에 문득 머물러 서서 그 난데없는 인물의 동향을 살폈다.

숨차게 고개를 헤엄쳐 올라온 색채는 주화의 앞에 바싹 달려들어 머물렀다. 스물을 넘을락 말락 한 가뜬한 소녀였다. 한편 팔에는 종이 뭉치를 수북이 들고 있었다.

"당신은 무엇입니까?"

낯모르는 소녀의 이 돌연한 질문에 주화는 가슴이 혼란하였다.

"무엇…… 무엇이라니요."

"형사 아니예요?"

"형사? 아니외다."

순간 약간 긴장이 풀린 듯한 소녀의 자태는 비상히 아름다웠다. 솟아

보이는 오똑한 코와 굵은 눈망울이 높은 향기같이 달빛 속에 진동쳤다. 거룩한 것을 대한 듯이 주화의 가슴속은 몽롱하게 빛났다.

"뒤에서 나를 쫓아오는 사람이 있으니 만나거든 이 고개를 곧게 내려갔다고만 말해주세요."

"……?"

"그리고 미안하지만 이 삐라를 이곳에 어지럽게 뿌려 주세요."

소녀는 날쌔게 말하고 들었던 삐라 뭉치를 주화의 손에 넘겨주고는 길 옆 긴 담 모퉁이 으슥한 곳에 부리나케 가서 숨어 버렸다.

아름다운 소녀의 광채로 인하여 몽롱하여진 주화는 영문 모를 소녀의 분부와 거동에 다시 정신이 혼란하였다 . 그러나 막연히나마 소녀의 신변에 위험이 있다는 것을 직각한 그는 소녀의 분부대로 삐라를 그곳에 난잡히 뿌리면서 소녀가 달려온 고개를 내려다보았다.

시커먼 두 개의 그림자가 날쌔게 뛰어 올라오는 것이 보였다.

주화는 시침을 떼고 돌아서서 그의 길을 태연히 걸어 내려갔다.

몇 걸음 못 가서 그는 고개를 뛰어 넘어온 두 사람의 사나이에게 붙들렸다.

"뛰어가는 여자 한 사람 못 보았소?"

인상이 좋지 못한 한 사람의 사나이가 황급하게 물었다.

"이 길로 곧게 내려갑디다."

"이 삐라는 웬 것이야?"

"그 여자가 뿌리길래 주운 것이외다."

"이런 것 주워서는 안 돼."

사나이는 거칠게 주화의 손에서 삐라를 빼앗았다. 그리고 주위에 흐트러진 삐라를 공들여 한 장 한 장 모조리 다 주워 가지고는 소녀의 간 곳을 찾아 언덕을 날래게 뛰어 내려갔다.

그러나 남은 한 사람의 사나이는 동료의 뒤를 쫓지는 않고 그 자리에 머무른 채 주화를 날카롭게 노렸다.

"나는 서署의 사람인데 자네는 무엇 하는 사람인가."

그러리라고 짐작하지 못한 바는 아니었으나 이렇게 정면으로 당하고 보니 주화는 마음이 언짢고 불안하였다.

"별로 하는 것 없소이다."

"무직이란 말인가. 장차 하려고 하는 일은 무엇인가?"

"장차…… 죽으려고 하는 중이외다."

"죽어……?"

형사는 주화의 대답이 그를 모욕하려는 농담인 줄로 알고 괘씸하다는 듯이 주화를 노렸다.

"가진 것 무어?"

"없소이다."

형사는 그의 손으로 주화의 주머니 속을 마음대로 뒤졌다. 웃주머니 속에서 몇 장의 명함이 나와 길바닥에 우수수 헤어지고 아랫주머니 속에서는 알로날의 갑이 나왔을 뿐이었다.

"무엇이야?"

"잠자는 약이외다."

"흠……."

형사는 무엇을 깨달은 듯이 알로날의 갑을 달빛에 비추어 보면서 질문을 계속하였다.

"……아까의 그 여자와는 어떠한 관계가 있나?"

"관계라니요. 나는 그를 모릅니다."

"정말인가?"

"거짓말이 아니외다."

"그 여자가 어데로 갔나?"

"이 길로 곧게 내려갑디다."

"정말인가?"

"거짓말이 아니외다."

아까의 구조口調13) 그대로 시침을 떼고 대답한 것이 아무 부자연한 기색을 형사에게 보이지는 않았다.

그러나 그는 주화를 한참이나 찬찬히 다시 훑어보더니 나중에 제의하였다.

"더 물을 것이 있으니 잠깐 서에까지 같이 가야 돼."

그다지 마음에 쓰이지 않는 제의였다.

"물을 것이 있거든 여기에서 다 물어주시오."

"잠깐만 가."

그의 손을 붙들었다.

"죽을 사람이 서에 가서는 무엇 한단 말요."

손을 뿌리쳤으나 형사는 다시 그의 손을 든든히 잡아끌었다.

자살하기 전에 거리 구경을 나왔다가 마지막 이 고개에서 이 돌연한 변을 당하는 것이 주화에게는 뼈저린 희극으로밖에는 생각되지 않았다. 서로 끌려가는 것이 그로서 겁날 것이 없었으나 소녀에게 대하여 좀 더 곡절은 알고 싶은 충동이 그의 뒤를 궁금하게 하였다. 아까 소녀가 주던 삐라의 내용은 대체 무엇인지 황급한 바람에 그것도 읽지 못한 자기의 경솔을 그는 책하였다. 형사에게 끌려 고개를 내려가는 주화는 몸을 엇비슷이 틀어 소녀가 숨어 있는 담 모퉁이를 멀리 흘긋흘긋 바라보았다.

아름다운 소녀의 자태가, 어글어글한 눈방울이, 오똑한 코가, 높은 향

---

13) 구조(口調): 어조. 말의 가락.

기같이 그의 마음속에 흘러왔다. 이 거리의 이 세상의 아무것에도 미련을 느끼지 않던 그의 가슴속에 이제 확실히 처음 본 그 빛나는 소녀에게 대한 미련이 길게 길게 여운의 꼬리를 진동시켰던 것이다.


## 3

호모毫毛[14]도 그 자신의 탓이 아니요, 전연 뜻하지 아니하였던 아름다운 처녀와의 우연한 교섭으로 인하여 애매한 사흘 동안의 검속 구류를 마친 주화는 나흘 되는 날 늦은 오후 C서를 나왔다. 물론 사흘 동안의 취조에도 불구하고 그에게서 우러나는 것은 아무것도 없었고 공연히 막연한 혐의에 사흘씩이나 고생하게 된 것이 그에게는 매우 애매한 것이었다. 그러나 그는 이 억울한 첫 경험을 그다지 분하게는 여기지 않았다. 이 첫 경험을 인도한 것은 아름다운 처녀였고, 그 아름다운 처녀의 자태는 그를 만난 첫 순간부터 주화의 가슴속에 빛나기 시작하였으니까.

처녀의 오똑한 코와 어글어글한 눈방울이 어두운 사흘 동안 높은 향기같이 그의 가슴속에 흘렀고 지옥같이 어둡던 그의 마음속을 우렷이 비추었다. 실로 그의 앞에 나타난 그 돌연한 등불로 인하여 그는 한번 잃었던 삶에 대한 미련을 회복하였고 나흘 전의 무서운 악몽은 그의 마음속에서 자취도 없이 사라졌던 것이다. 그러므로 그는 억울한 사흘을 그다지 괴롭게는 여기지는 않았기에 서를 나오는 이제 그의 마음은 명랑히 개이고 그의 걸음은 스스로 가벼웠다.

---

14) 호모(毫毛): 매우 가는 털이라는 뜻. 아주 근소함을 비유적으로 이르는 말.

"뜻하지 아니하였던 한 점을 중심으로 하고 고요히 열린 재생의 날……
또한 아름답기도 하다!"

이렇게 중얼거리고 그가 아침에 취조실에서 그를 빈정거리며 알로날
의 갑을 감추어버리던 형사의 시늉을 이제는 도리어 귀엽게 생각하며
서의 문을 나섰을 때에 쾌청한 가을 오후의 햇빛이 뜻하고서인지 그의
전신을 폭신히 둘러쌌다. 따뜻한 젖에 목이 메여 느끼는 어린아이와 같
이 그는 따뜻한 햇빛에 전신이 느껴졌다.

며칠 전 차디찬 달빛 밑에서 죽음의 지옥을 생각하던 그의 마음은 이
제 이 따뜻한 햇빛 밑에서 재생의 기쁨에 타오르는 것이다. 이 끔찍하고
신기한 마음의 변동에 그는 그 자신 놀라지 않을 수 없었다. 달빛과 햇빛
만큼이나 차이가 큰 죽음과 삶의 사이를 수일 동안에 결정적으로 헤매
이던 움직이기 쉬운 그의 마음에 그는 놀라지 않을 수 없었다. 그만큼 또
그는 그때의 그의 감정은 어떠한 것이었든지 간에 쉽게 자살을 작정한
경망한 그의 이론과 생각을 꾸짖지 않을 수 없었다.

그러나 어떻든 이제는 재생의 햇빛이 그의 전신을 둘러쌌고 그의 마음
은 기쁨에 뛰노는 것이다.

서의 앞을 떠나 거리를 걸어가던 주화의 눈에는 이제 거리의 모든 것
이 일률로 신선하게 비치고 그의 마음의 백지 위에 새로운 뜻을 가지고
뛰놀았다.

'이 기쁜 마음으로 속히 나의 마음의 등불 그 처녀를 만났으면…….'

며칠 전의 '니힐리즘'을 쏘아 죽이고 이제 새로이 '삶'에 대한 취미를 발
연히 일으키는 햇빛 밑 '새로운' 거리거리를 걸어가는 그의 뛰노는 가슴
속에는 아름다운 처녀의 자태가 유연히 솟아올랐다.

그러나 그 처녀의 사는 곳을 당장에 찾을 길이 없는 그는 우선 자기 숙
소로 향할 수밖에는 없었다.

어수선한 뒷골목을 지나 주인집에 이르렀을 때 그는 끄스른 대문을 조용히 열고 들어섰다. 방세 밀린 주인을 행여나 만날까 두려워하면서 어둠침침한 방, 어지럽게 늘어놓은 방 방문을 연 순간 그는 정이 뚝 떨어지는 듯하였다. 명랑한 밖 일기에 비하여 얼마나 음울한 분위기인가. 이러한 어둡고 음울한 분위기 속에 들어박히고야 사실 죽음밖에는 생각할 것이 없으리라고 생각하매 그는 그가 나흘 전 마지막으로 죽음을 작정한 것은 실로 그의 사는 방이 어둡고 침침한 까닭이라는 것을 깨달았다. 어두운 방에 살게 된 것은 그에게 일정한 생활의 보증이 없는 까닭이요, 일정한 생활의 보증이 없음은 그에게 직업이 없고 그렇다고 부유한 계급에 속하지도 못하는 까닭이다. 결국 그가 결정적으로 자살을 꾀한 것은 그가 빈한한 계급에 속하고 그 위에 몸과 마음을 바쳐서 해 나가는 일이 없는 까닭이었다. 즉 그가 삶에 '취미'를 잃은 것은 풍족한 생활에 포화飽和된 탓이 아니요, 실로 모든 물질에 있어서 극도로 빈궁한 까닭이었다는 것을 그는 깨달았다. 이 단순한 논리를 이제야 겨우 깨닫게 된 것이 그에게는 오히려 괴이한 일이었다.

침침한 방에 들어서니 어수선한 발밑에는 조각조각 찢어진 마르크스의 수염이 어지럽게 밟히었다.

그는 몸을 굽혀 나흘 전에 그의 손으로 쪽쪽 찢어 버렸던 마르크스의 초상화를 조각조각 공들여 주웠다. 나흘 전에 신경질적 격분에 떨리던 그의 손은 이제 스승에 대한 죄송한 참회의 염에 떨렸다. 떨리는 손으로 그가 초상화의 조각을 한 조각 두 조각 주워 가노라니 어지러운 휴지 가운데에서 문득 그의 시선을 끄는 한 장의 종이가 있었다.

날쌔게 집어드니 한 장의 엽서였다. 서신의 내왕조차 끊인 지 이미 오래인 그에게 돌연히 어디서 온 편지일까 하고 들여다보니 표면에는 발신인의 씨명이 없고 이면 본문 끝에 '주남죽朱南竹'이라는 여자의 솜씨다운 가는 필적이 눈에 띄었다. 낯모르는 초면의 여성에게서 온 편지! 호기에 뛰노는 마음에 그의 시선은 서면의 글자를 한 자 한 자 탐내 훑어 내려갔다. 훑어 내려가는 동안에 그 미지의 여성의 정체가 요연히 그에게 짐작되었다.

 전날 밤 정동 고개에서는 초면에 돌연히 실례가 많았습니다. 저 때문에 뜻하지 아니한 변을 당하시는 것을 담 옆에서 엿보고 있으려니 미안한 생각을 금할 수 없었습니다. 들어가셔서 그다지 고생이나 안 하셨는지요? 나오시는 대로 한번 찾아와 주시기를 바랍니다. 그날 밤 가신 뒤 행길 바닥에서 선생의 명함을 주웠고 그 속에서 선생의 주소를 발견하였던 까닭에 이제 사례 겸 두어 자 적어 올리는 터입니다.

XX동 89 주남죽

"그가 주남죽이었던가…… 주남죽!"

 그는 너무도 기쁜 마음에 한참이나 엽서를 손에 든 채 다시 탐스럽게 한 자 한 자 내려 읽었다. 그리고 몇 번이나 몇 번이나 '주남죽!'을 부르며 속으로 그에게 감사하였다.

 '주남죽. 고맙다.'

 돌연히 솟아오르는 기쁨에 그는 마침 자리를 뛰어 일어났다.

"이 길로 곧 찾아가 볼 것이다."

 엽서를 주머니 속에 집어넣고 초상화의 조각을 어지러운 방 속에 그대로 버려둔 채 그는 방을 뛰어나갔다.

 저무는 석양의 거리를 급한 걸음으로 재촉하여 화동길을 올라간 그가 좀 복잡한 골목을 이리저리 빠져서 목표의 번지를 찾고 보니 끄스른 대문의 낡은 집이었다.

 두근거리는 마음으로 대문을 열었을 때에 바로 대문 옆 행랑방에서 십

오륙 세의 단정한 소녀가 나와서 그를 맞았다.

"주남죽 씨 계십니까?"

"안 계십니다."

"밖에 나가셨나요?"

"공장에서 아직 안 돌아오셨어요."

"공장에서요?"

"네. 요새 공장에 풍파가 생겨서 언니의 돌아오시는 시간이 날마다 이렇게 늦답니다."

"바로 그분이 언니가 되시나요?"

"그렇습니다."

그렇다면 어쩐지 전날 밤 달빛 밑에서 만난 짧은 순간의 기억이언만 그의 인상과 이 소녀의 용모와의 사이에는 콧날이며 눈방울이며 비슷한 점이 많음을 그는 쉽게 발견할 수 있었다.

소녀에게 대하여 돌연히 친밀한 느낌이 버썩 나서 그는 지나친 짓이라고는 생각하면서도 마침내 그들의 일신상에까지 말을 돌렸다.

"부모님도 이 댁에 같이 계신가요?"

"아니에요. 고향은 시골인데 우리 두 형제만이 올라와서 이 방을 빌려 가지고 살아간답니다." 하며 소녀는 약간 주저되는 듯이 행랑방을 가리켰다. 그 태도가 몹시 귀엽게 생각되어서 주화는 미소를 띠우며 소녀의 신상을 물었다.

"그래 학교에 다니시나?"

소녀는 부끄러운 듯이 고개를 숙이며,

"아직 아무 데도 다니는 곳은 없어요."

"그럼 놀고 계시나?"

"시골 학교에서 동맹 파업 사건을 출학을 당하였지요. 그래서 집에서 놀고만 있기도 멋쩍어서 언니를 따라 올라온 것이지 별로 학교를 목적한 것은 아니에요."

"흠, 그러고 보니 어린 투사이시군."

부끄러워서 다시 고개를 숙이는 소녀의 귀여운 용모 가운데에 사실 장래의 투사를 약속하는 듯한 굳센 선이 흘러 있음이 그에게는 반갑고 믿음직하게 생각되었다.

소녀와의 몇 마디의 문답으로 하여 주화는 그 두 자매의 내력과 위인을 대강 짐작하였고 처녀의 처지와 방향을 한 가닥 두 가닥 알아가면 갈수록 그의 처녀에게 대한 애착과 희망은 더하여 갈 따름이었다.

그러나 처녀도 없는 동안에 대문간에 오랫동안 서서 소녀와 너무 장황하게 문답하는 것도 떳떳한 짓이 아닌 듯하여 그는 명함 한 장을 내어 소녀에게 주고 부탁하였다.

"언니가 돌아오시거든 이것을 드리고 찾아왔었다는 것을 말하여 주시오."

말이 막 끝나자마자 그의 등 뒤에서 대문이 삐걱 열리며 단순한 색채가 가볍게 흘러 들어왔다.

"이제 오세요, 언니." 하고 반갑게 맞는 소녀의 목소리를 듣지 않았을지라도 상반은 희고 하반은 검은 그 단순한 색채가 전날 밤 정동 고개에서 만난 바로 그 색채임을 주화가 직각하지 못할 리 없었다. 그의 가슴속은 다시 몽롱히 빛나며 약간 후둑이는 것을 또한 억제할 수 없었다.

"손님이 찾아오셨어요."

소녀가 이렇게 고하기보다도 먼저 처녀는 벌써 주화를 인식하였던 것이다.

"주화 씨예요!" 하며 반갑게 인사하는 처녀에게 주화도 고개를 숙이며 반갑게 답례하였다.

"주신 편지 감사히 받았습니다."

그러는 즈음 다시 대문이 열리며 처녀와 같이 와서 대문 밖에서 기다리고 섰는 듯한 삼십 줄을 훨씬 넘어 보이는 어른 한 분이 들어왔다.

"방으로 들어오세요."

한 걸음 먼저 방에 들어간 두 자매는 주화에게 들어오기를 청하였다.

"서 선생님도 들어오세요."

처녀의 청에 응하여 중년의 어른은 서슴지 않고 방으로 들어가고 주화도 누차의 청을 거절하기 어려워서 마침내 방으로 들어갔다.

두 사람의 손님을 맞아들이니 좁은 방은 빽빽하였다. 그러나 주화는 그다지 협착한 느낌을 받지는 않고 도리어 넉넉하고 안온한 느낌을 받았다.

두 손님에게 자리를 권하고 나중에 사뿐히 자리에 앉는 처녀는 두 사람에게 미소를 등분으로 던지다가 나중에 '서 선생님'을 바라보며 입을 열었다.

"이분이 바로 일전에 말씀한 그분예요."

별안간 소개를 입은 주화는 어쩔 줄을 모르고 황급히 고개를 숙였다.

"하, 그러신가. 이 자리에서 돌연히 만나게 되어 미안하외다."

이렇게 겸손하게 답례한 서 선생은 그의 성명을 통한 후,

"일전에는 얼마나 수고하셨습니까?" 하며 그의 손을 청하여 굳은 악수를 하여 주었다. 겸손한 서 선생의 이 의외의 굳은 악수를 주화는 깊이 감사하지 않을 수 없었다. 동시에 그는 서 선생들의 엄숙한 영토 안에 이미 한 걸음 들여놓은 듯한 엄숙한 느낌을 받았다.

"얼마나 고생하셨어요?"

처녀는 미소를 띠우고 그의 며칠 동안의 구류를 위로하였다. 그러나 단 사흘의 고생을 가지고 이 아름답고 장한 처녀의 과한 치하에 대답하

기에는 자못 겸연쩍어서 주화는 바른 대답을 발견치 못하였던 것이다.

이럭저럭 십 분 동안이나 이야기가 어우러진 뒤였을까, 서 선생은 시계를 내보더니 어조를 변하여 가지고 처녀에게 말하였다.

"자, 그럼 이만 가봅시다."

"네."

처녀는 대답하고 미안한 듯이 주화에게 양해를 빌었다.

"요사이 공장에서 일이 터진 까닭에 동무 직공들을 조종해 나가기에 매우 바쁘답니다. 모처럼 오셨는데 미안하지만 또 와 주세요. 저도 쉬이 한번 가 뵙겠습니다."

뒤를 이어 서 선생의 당부였다.

"앞으로 자주 만날 기회가 있었으면 좋겠소이다."

이 처녀의 사죄와 서 선생의 당부가 그에게는 과분한 듯이 생각되어서 주화는 또 바른 대답을 발견하지 못하였다.

집을 같이 나와 뒷골목에서 서 선생과 처녀에게 작별하고 혼자 거리를 걸어 내려오는 주화의 가슴속에는 아름다운 처녀의 자태가 더한층 빛나기 시작하였고 그의 행동이 처음 만난 서 선생의 인상과 아울러 그의 마음속에 굳게 들어붙었던 것이다.


4


뜨거운 샘물같이 뒤를 이어 솟고 또 솟았다. 그득히 고여서는 양편 볼을 타고 줄줄 흘러내렸다. 붉은 피가 고여 있을 사람의 몸 어느 구석에 맑은 물이 이렇게 많이 고여 있을까 하고 의심하지 않을 수 없으리만치 그것은 쉴 새 없이 흘러내렸다.

어느덧 베고 누운 베개의 양편이 축축이 젖었다. 시력이 흐려져 버린 눈앞에는 고향의 자태가 몽롱이 떠올랐다. 늙은 양친의 자태와 어린 누이동생들의 자태가 번갈아 눈앞을 지나갔다. 그들의 구체적 자태는 눈물로 어지러워진 주화의 시각 앞에서 어느덧 가난한 계급 일반의 늙은 양친, 어린 누이동생들의 추상적 자태로 변하였다가 다시 주화 자신의 양친과 누이동생들의 구체적 자태로 변하였다. 눈을 부르대고 그를 책망하는 공격적 태도가 아니요, 빈곤과 쇠약에 쪼들려 단 하나 믿었던 한 사람의 자식이요 한 사람의 오빠인 주화 자신을 원망스럽게 바라보는 가련한 그들의 자태이므로 그것은 더욱 힘 있는 공격이요 그들의 무력한 화살이 주화의 가슴을 더욱 찌르는 것이다.

답답한 가슴을 쥐어뜯으려 할 때에 바른손에 꾸겨 들었던 고향 아버지에게 온 편지의 한 구절이 다시 그의 눈에 띄었다.

'……장차 주림이 닥쳐올 날도 앞으로 며칠 남지 않은 듯하다. 이제는 다만 매일과 같이 어린것들과 손잡고 울밖에는 별도리가 없다는 것을 너도 짐작할 줄로 생각한다…….'

단순한 사실의 기록이 기실은 무거운 호소의 쇠공이가 되어서 그의 전신을 내려치는 듯도 하다.

'세상에 가난한 어버이를 가진 것은 너 한 사람뿐이 아니다.'

늘 들어오던 이 경계에도 불구하고 이러한 비색한 처지에 놓이니 그에게는 오히려 가난한 어버이를 가진 것은 그 한 사람뿐인 듯한 느낌을 금할 수 없었다. 사실 몇 해 전부터 벌써 쇠운의 걸음을 떼어놓기 시작한 그의 집안이 그가 돌아가 보지 못한 여러 해 동안 얼마나 많은 기울어졌을까가 그에게는 아프게 짐작되었다.

그러나 대체 어떻게 하였으면 좋은가. 어떻게 하면 가련한 그의 집안을 건질 수 있을 것인가를 생각하면 다만 눈앞이 캄캄하여질 뿐이다.

캄캄하여지는 눈에서는 여전히 눈물이 솟아 흘렀다. 흐르는 눈물 사이로 집안 식구들의 자태가 다시 한 사람 한 사람씩 희미하게 떠올랐다. 헐벗은 누이동생들의 이름을 하나씩 하나씩 불러보고 싶은 충동을 그는 느꼈다.

오래간만에(며칠 전 그가 죽음을 꾀하였을 때에도 집안에 대한 걱정과 절망적 염려가 그의 의식 속에 잠재하여 있지 않은 바는 아니었으나) 끊어졌던 아버지의 편지를 문득 받으니 집안에 대한 걱정이 새로이 그의 말랐던 눈물을 푹 짜냈던 것이다.

돌연히 고요한 그의 방문을 노크하는 가는 소리가 그의 귀를 스치지 않았던들 진종일 흐르는 그의 눈물은 어느 때까지나 그칠 바를 몰랐을 것이다.

벌떡 일어나서 눈물을 씻고 문을 여니 의외의 손님임에 그는 먼저 놀랐다.

"참으로 뜻밖입니다."

"돌연히 찾아올 일이 있어서요."

양기로운 미소를 띠우며 돌아오는 손님의 명랑한 표정을 주화는 이때까지 침울한 눈물을 흘리면서 누웠던 그 자신의 어지러운 표정으로 대하기가 부끄러워 얼굴을 정면으로 들기조차 주저되었다.

"대단히 어지럽습니다."

방도 어지럽거니와 그의 주제도 어지러워서 그는 이렇게 변명하면서 얼굴을 돌려 버렸다.

그러나 손님은 그의 표정을 날쌔게 살핀 듯하였다.

"너무 침울하게만 지내실 때가 아니지요."

좀 지나친 충고였지만 지나친 것으로 주화에게는 그것이 더욱 친밀한 느낌을 가지고 고맙게 들렸다. 주화가 그를 만나는 것은 이것이 단 세 번째임에 지나지 않으나 주화의 어느 모를 관찰하고서인지 이렇게 믿음직한 말을 던져 주는 것이 일전의 그의 행동과 아울러 주화에게는 말할 수 없이 고맙게 들렸다.

"지금 시절에 있어서 개인적 형편이 딱하지 않은 사람이 어데 있겠어요."

친절한 손님(주남죽)은 주화의 괴로운 형편의 내용까지 짐작하였는지 한층 친절한 어조로 그를 위로하며 말을 이었다.

"한 개인의 난관으로나 가정의 형편으로나, 혹은 기타 여러 가지의 계루(係累)15)로 인한 번민을 가지지 않은 사람이야 없겠지요. 그러나 한 걸음 나가 그런 번민을 떨쳐버리고……."

그에게 대하여서는 계몽적 언사에 지나지 않으나 남죽의 친밀한 충고이므로 그것은 주화에게 같지 않게 들리지는 않고 도리어 고맙게 생각되었다.

"집안 형편이 하도 딱해서요."

"그러니까 더욱 용기를 내서 나서야지요."

"작정은 벌써 하였으나 간간이 마음이 침울하여지는 것은 어쩔 수 없어요."

"든든한 신념으로 그것을 극복해 가야지요."

알 맺힌 말을 주화는 속으로 은근히 기뻐하는 한편 감사히 여겼다.

"마음이 침울하신 것은 아마 일이 없는 까닭이겠지요."

---

15) 계루(係累): 다른 일이나 사물에 얽매여 당하는 괴로움.

"그런지도 모르지요."

"그러면 일을 좀 맡으세요. 사실 오늘 이렇게 돌연히 찾아온 것은 친한 부탁이 있어선데요."

"무슨 부탁입니까?"

"들어주시겠어요?"

무거운 시선으로 주화의 안색을 깊이 살피며 그는 가져왔던 책보를 조심스럽게 풀기 시작하였다.

근 오백 매나 될까. 도련刀鍊16)이 단정한 반지판대半紙版大의 종이 뭉치가 나왔다.

그것을 들어서 주화의 앞에 내놓았다.

"이것을 좀 처치해주셔야겠는데요."

"……."

좁은 지면에서 진한 먹 냄새가 신선하게 흘러왔다. 굵고 작은 활자의 나열과 그것이 가져오는 의미가 그의 시각을 쏘았다. 순간 박하를 마신 듯한 짜릿한 느낌을 받았다. 항상 이지러진 문자와 말살된 구절에 익어온 그의 시선이 이제 이렇게 처음으로 자유롭고 신선하고 완전한 문자를 대하니 찬란한 감동을 받지 않을 수 없었다. 사실 낱낱의 명사와 동사와 형용사에서 박하의 신선미가 흘러왔던 것이다.

"전일의 것과 성질은 비슷한 것예요."

"그날 밤 것 말씀이지요."

입으로 물을 뿐이오, 주화의 시선은 지면에서 떨어지지 않았다. 감동에 타는 시선이 그것을 한 줄 한 줄 탐스럽게 훑어 내려갔다.

"손이 부족하기에 할 수 없이 주화씨에게까지 청을 왔어요."

---

16) 도련(刀鍊): 종이 따위의 가장자리를 가지런하게 베는 일.

"고맙습니다." 하고 감사하기보다도 먼저 그런 일은 처음 당하는 터이라 주화는 가슴이 움칫하여짐을 깨달았다. 그러나 그렇게까지 그를 신뢰하여 주는 것이 그에게는 끔찍이도 기쁘고 고맙게 생각되었다. 그들 자신 주화를 예민히 관찰하여 믿음직한 점을 발견한 탓도 탓이겠지만 전일 정동 고개에서 그를 처음으로 만나던 때부터 그 후 그를 찾아갔을 때에 서 선생과 같이 그를 친하게 대하여 주던 일이며, 또 오늘 이렇게 친히 찾아와서 중한 일을 맡기는 것이며…… 이렇게까지 그를 믿어 주는 것이 주화에게는 말할 수 없이 고마웠다.

그 고마운 마음에 무거운 임무에 대한 염려와 불안을 차버리고 주화의 가슴에는 대담한 감격이 솟아올랐다. 그러나 그의 마음에 단연한 결정을 준 것은 다만 이 대담한 감격뿐이 아니요 그의 마음속에 깊이 숨은 무거운 양심의 채찍이었으나 하여간 그는 돌아온 이 첫 책임을 기쁘게 승낙하였던 것이다.

"맡어 보지요!"

듬직한 그의 승낙에 남죽은 무거운 미소를 던지며 감사를 표하였다. 어글어글한 두 눈, 정동 고개에서부터 그에게 깊은 인상을 준 그 두 눈이 기름진 윤택을 띠우고 주화를 듬짓이 바라보았다. 아까의 수심과 눈물을 완전히 잊은 주화의 두 눈이 역시 감격에 빛나며 '동지'의 시선이 일직선상을 같이 더듬었다.

"오늘밤에 꼭 처치해주세요."

"하지요!"


그날 밤이 깊어 가기를 기다렸다가 주화는 드디어 그 일을 하여버렸다. 예측치 아니한 열정이 솟아오름을 느꼈다.

맡은 구역은 넓고 달빛은 지나쳐 밝았다. 달빛에 끌리는 그림자를 귀찮게 여겨 빌딩 옆으로 바싹 붙어 긴 거리를 달았다. 날도 쌀쌀은 하였지만 첫 경험이라 가슴과 손이 가늘게 떨렸다. 그러나 장장을 알뜰히 붙이고 널어놓으면서 긴 거리를 훑어 달으니 전신에는 진땀에 빠지게 흘러내렸다.

가끔 뒤를 돌려다보면 일해 놓은 뒷자리를 살펴볼 여유조차 없도록 마음과 손이 바빴다.

일을 다 마친 것은 거의 삼경을 넘은 뒤였을까.

고요히 잠든 거리를 바쁜 걸음으로 달려서 집에 돌아왔을 때에 겨우 안심의 숨이 길게 새어 나왔다.


## 5


이튿날 오후 주화는 공장의 파업 시간을 대중하여 남죽을 집으로 찾았다.

지난 밤 맡은 임무의 자취 고운 성과를 보고도 할 겸, 또 다른 그 무슨 소리도 들을 겸.

그러나 공장에서 나올 시간이 훨씬 지났을 터인데도 남죽의 자태는 보이지 않고 전일과 같이 그의 동생이 그를 맞을 뿐이었다.

그 동생의 자태에도 전일과 같이 기뻐하는 기색은 없고 만면 침울한 기색이 돌고 있음이 주화에게는 이상스럽게 생각되었다.

방에서 혼자 울고 있는 듯한 침울한 기색…… 아니, 두 볼에는 확실히 눈물 흔적이 고여 있음을 주화는 발견하였다.

"왜 울었소?"

"끌려갔어요."

"응?"

"이른 새벽에 몰려들 와서 언니를 끌고 갔어요."

주화는 가슴이 뭉큿하였다. '아차!'하는 때늦은 탄식이 입을 새어 나왔다. 누이동생은 노여운 구조로 말을 이었다.

"저도 같이 끌려가서 종일 부다끼다가 이제야 겨우 나온 길예요. 언니는 언제 나올는지도 모르지요."

"무슨 일입니까?"

"아마 어젯밤 X문 사건인가 봐요."

"호……."

그러려니 짐작은 하였지만 이런 변을 당하고 보니 주화는 가슴이 내려앉으며 감정이 요동하였다.

"새벽에 들어가니 서 선생님도 어느 결엔지 벌써 와 계시더군요."

"호……."

"일은 심상치 않은가 봐요."

주화의 불안은 더하여 갔다.

"그다지 고생이나 하지 않았소?"

"간단히 취조만 하더니 내보내더군요. 저야 그까짓 하루 동안이니 고생이라고 할 것이 있나요. 그러나 언니들은 아마도 좀 고생할 것 같애요."

"너무 걱정 마시오."

그러나 이렇게 위로하여 주던 주화 자신 그들의 신변이 매우 걱정되었다.

우두커니 침울한 기색에 빠져 있던 소녀는 별안간 정신을 가다듬고 주화를 바라보았다.

"참, 얼른 가세요!"

"예?"

"여기에 오래 서 계시지 말고 얼른 집으로 돌아가세요."

"왜, 왜요?"

"이곳은 위험지대예요."

소녀는 황급한 구조로 설명하였다.

"아마 이 근처를 샅샅이 뒤지고 우리 집은 며칠 동안 감시할 것이에요. 아까 제가 서를 나올 때에도 오늘 우리 집에 오는 사람의 이름을 일일이 적어 두라고 같지 않은 부탁을 하더군요. 이따쯤은 우리 집에다 하리꼬미[17]의 감시망을 베풀 것예요. 그러니 대단히 위험해요. 속히 이곳을 떠나시는 것이 좋아요."

주화는 소녀의 충고를 요연히 양해하였다. 임박하여 있는 그 자신의 위험을 깨닫고 전신이 긴장되었다.

"가겠소."

"언니가 나오시면 일러드리겠으니 그때까지는 찾아오지 않으시는 것이 유리할 것 같애요."

"알았소. 고맙소."

소녀의 건재를 빌고 주화는 그곳을 떠났다.

별안간 골목쟁이에서 쑥 내달아 붙잡지나 않을까를 염려하여 빠른 걸음으로 골목 골목을 빠져서 화동거리에 나섰을 때에 그는 약간 침착한 의식을 회복하였다.

자신의 신변의 위험과 남죽들에게 대한 걱정으로 인하여 어수선한 그의 머릿속에는 지난밤의 그의 행동에 대한 사상이 이제 가달가달 풀려 나왔다.

지난밤의 사소한 그의 행동에 대하여 물론 '영웅적' 자랑을 느끼는 바

---

17) 하리코미: 잠복함, 망을 봄의 일본말.

는 아니었으나 자취 맑게 행한 그의 첫 임무에 대하여서 그는 일종의 기쁨과 쾌감을 느끼지 아니치 못하였다 . 거대한 기개의 중추에는 참례치 못하였다 할지라도 그의 행동이 그 복잡한 작용 속의 한 조그만 나사의 작용은 되리라고 생각하매 혼연한 쾌감을 금할 수 없었다. 그리고 그에게 대한 남죽의 신뢰를 감사히 여기는 동시에 그들의 엄숙한 영토 안에 이미 한 걸음 완전히 들어선 듯한 느낌을 받지 않을 수 없었다.

날이 얕고 경력이 적은 그로서, 물론 그 느낌은 지나친 자부自負일는지도 모른다. 그러나 적어도 그 영토 안에 들어설 줄은 잡은 것이요, 또 그가 그것을 애쓰는 것만은 사실임을 부정할 수는 없었다. 한 여자를 줄로 하여 그 줄을 더듬어서 엄숙한 세상 속에 들어가고 있는 현재의 과정을 부정할 수는 없는 것이다.

처녀를 처음 만났을 때에 그의 마음속에 비친 처녀의 뜻은 다만 그가 한 사람의 일꾼이라는 뜻과는 다른 것이었고, 지금까지도 역시 그의 심정 속에 비치는 처녀의 인상과 인격 속에는 일면 그러한 뜻이 흘러 있는 것은 사실이나, 그러나 주화가 지금의 그의 과정에 이른 것은 다만 '그러한 뜻'의 시킨 바 뿐이 아니라 그 배후에는 실로 그 자신의 잠을 깨인 양심과 명령과 지도가 엄연히 서 있던 것이다. 즉 말하자면 잠을 깨인 그의 양심이 처녀의 울리는 종소리를 듣고 벌떡 일어났던 것이다. 다시 말하면 양심의 불에 처녀가 기름을 부었던 것이다.

'여기에……'

그의 '서곡'이 있고 생애의 출발이 시작되었다고 주화는 생각하였다. '서곡'에는 여러 가지의 음조가 있을 것이다. 그 여러 가지의 음조 속에서 주화의 경우와 같은 것도 확실히 그 음조의 한 가지의 양식樣式이리라고 그는 생각하였다.

그렇다고는 하더라도 현재의 그의 심경과 수일 전 자살을 계획하던 때

의 심경과의 사이에는 얼마나 한 큰 변천과 차이가 있는가. 그 소양지판
霄壤之判[18]의 변천을 생각할 때에 그는 처녀의 공덕을 크다고 아니할 수
없으며 그에게 대한 애착과 감사를 깊이 깨닫지 않을 수 없었다.

화동길을 걸어 내려가 넓은 거리에 나선 주화의 머릿속에는 남죽에게
대한 걱정이 서리어 오르며 동시에 그의 앞에는 앞으로 닥쳐올 괴롬과
위험의 험한 길이 구불구불 내다보임을 깨달았다.

저무는 서편 하늘 일대는 때 아닌 노을이 뱉어 놓은 붉은 피에 젖어 있
었다. 붉은 피 속으로는 무거운 해가 몰락을 섭섭히 여기어 최후의 일순
을 주저하고 있었다. 피투성이가 되어서도 뻔히 결정된 마지막 운명을
게두덜거리며[19] 다투고 있는 해의 꼴이 주화의 눈에는 흉측스럽게 비취
었다.

내일의 여명은 찬란히 빛나리라!

『동광』, 1931~1932

---

18) 소양지판(霄壤之判): 하늘과 땅 사이의 차이라는 뜻으로, 사물들이 서로 엄청나게
　　다름을 이르는 말.
19) 게두덜거리다: 굵고 거친 목소리로 자꾸 불평을 늘어놓다.

# ☯ 약령기弱齡記

해가 쪼이면서도 바다에서는 안개가 흘러온다. 훤칠한 벌판에 얇게 깔려 살금살금 기어오는 자줏빛 안개는 마치 그 무슨 동물과도 같다. 안개를 입은 교장 관사의 푸른 지붕이 딴 세상의 것같이 바라보인다. 실습지가 오늘에는 유난히도 넓어 보이고 안개 속에서 일하는 동물들의 모양이 몹시도 굼뜨다. 능금꽃이 피는 시절임에도 실습복이 떨리리만큼 날씨가 차다.

쇠스랑으로 퇴비를 푹 찍어 올리니 김이 무럭 나며 뜨뜻한 기운이 솟아오른다. 그 속에 발을 묻으니 제법 훈훈한 온기가 몸을 싸고 오른다. 학수는 그대로 그 위에 힘없이 풀썩 주저앉았다. 그 속에 전신을 묻고 훈훈한 퇴비 냄새를 실컷 맡고 싶었다.

"너 피곤한가 부구나."

맥없는 학수의 거동을 바라보고 섰던 문오가 학수의 어깨를 치며 그의 쇠스랑을 뺏아 들고 그 대신 목코[1]에 퇴비를 담기 시작하였다.

"점심도 안 먹었지?"

"……."

"(중략)…… 배우는 학과의 실험이라면 자그마한 실습지면 그만이지 이렇게 넓은 땅을 지을 필요가 있나. (중략)……."

---

1) 목코: 주머니 모양으로 된 통그물의 앞 모서리를 댄, 여러 코를 한데 묶은 것.

혼잣말같이 중얼거리며 문오는 퇴비를 다 담고 나서,

"자, 이것만 갖다 붓고 그만 쉬지."

학수는 힘없이 일어나서 목코의 한 끝을 메었다.

제삼 가족의 오늘의 실습배당은 제이 온상溫床의 정리였다. 학수는 온상까지 가는 길에 한 시간 동안에 날른 목코의 수효를 속으로 헤어보았다. 열일곱 번째였다. 그사이에 조금이라도 게을리 하여서는 안 되는 것이다. 퇴비를 새로 만드는 온상에 갖다 붓고 나니 마침 휴식의 종이 울린다.

"젖 먹은 힘 다 든다. 실습만 그만두라면 나는 별일 다 하겠다."

옆에서 새 온상의 터를 파고 있던 삼 학년생이 부삽을 던지고 함정 속에서 뛰어나온다. 그도 점심을 못 먹은 패였다. 흐르는 땀을 손등으로 받아 뿌리면서 물을 켜러 허둥지둥 수도 있는 곳으로 걸어갔다.

학교를 둘러싸고 있는 사면의 실습지 구석구석에 퍼져서 삼백여 명의 생도는 그 종적조차 모르겠더니 휴식 시간이 되니 우줄우줄 모여들어 학교 앞 수도를 둘러싸고 금시에 활기를 띠었다.

온상을 맡은 가족은 그곳으로 가는 사람이 적고, 대개 그 자리에 주저앉아 땀을 들였다. 학수도 문오도(같은 사학년인 두 사람은 각별히 친밀한 사이였다) 떨어지지 아니하고 실습복 채로 땅 위에 주저앉았다.

"능금꽃이 피었구나."

확실한 초점 없는 그의 시야 속에 앞밭에 능금나무가 어리었다. 흰 꽃에 차차 시선이 집중되자 '능금꽃'의 의식이 새삼스럽게 마음속에 떠올랐다.

"……아니, 마른 가지에."

보고 있는 동안에 하도 괴이하여서 학수는 일어서서 그곳으로 갔다. 확실히 마른 가지에 꽃이 피어 있다! 그 알 수 없는 힘의 성장을 경탄하고 있을 때에 등 뒤에서 부르는 소리에 그는 뒤로 돌아섰다.

남부농장에서 실습하던 같은 급의 창구가 온상 옆에 서 있다.

"꽃구경하고 있다."

싱글싱글 웃으며,

"능금꽃 필 때 시집가는 사람은 오죽 좋을까."

괭이자루를 무의미하게 두드리고 앉았던 다른 동무가 문득 생각난 듯이,

"아, 참! 금옥이가 쉬이 시집간다지."

창구가 맞장구를 치며,

"마을의 자랑거리가 또 하나 없어지는구나. 두헌이가 X으로 넘어갔을 때 우리는 마을의 자랑거리를 하나 잃었더니 이제 우리는 마을의 명물을 또 하나 잃어버리는구나. 물동이 이고 울타리 안으로 사라지는 민출한 자태도 더 볼 수 없겠지."

"신랑은 XX 사는 쌀장수라지. 금옥이네도 가난하던 차에 밥은 굶지 않겠군."

"우리도 섭섭하지만 정 두고 지내던 학수 입맛이 어떤가."

싱글싱글 웃으면서 창구는 학수를 바라본다. 비인 속에 슬픈 기억이 소생되어 학수는 현기증이 나며 정신이 흐려졌다.

"헛물만 켜고 분하지 않는가. 그러나 가난한 학생에게는 안 준다니 할 수 없지만."

창구의 애꿎은 한마디에 학수는 별안간 아찔하여지며 정신을 잃고 그 자리에 쓰러졌다.

핏기 한 점 없는 해쓱한 얼굴로 뻣뻣하게 쓰러지는 학수를 문오는 날쌔게 달려와서 등 뒤로 붙들었다. 창구가 달려와서 그의 다리를 붙들었다.

"웬일이냐?"

보고 있던 동무들이 우르르 모여들었다.

"가끔 빈혈증을 일으키니."

"주림과 실습과 번민과…… 이 속에서 부대끼고야 졸도하기 첩경이지."

그 어느 한편을 부축하려고 가엾은 동무를 둘러싸고 그들은 우줄우줄 하였다.

"공연히 실없는 소리를 했더니 야유가 지나쳤나 부다."

창구는 미안한 생각을 금할 수 없어서 몇 번이나 사과하는 듯이 말하면서 문오와 같이 뻣뻣한 학수를 맞들고 숙직실로 향하였다.

다른 가족의 동무들이 의아하여 울레줄레 따라왔다. 감독 선생이 두어 사람 먼 데서 이것을 보고 쫓아왔다.

숙직실에 데려다 눕히고 다리를 높이 고였다. 웃통을 활짝 풀어헤치고 물을 축여 가슴을 식히고 있는 동안에 핏기가 얼굴에 오르면서 차차 피어나기 시작한다. 십 분도 채 못 되어 의사가 달려왔을 때에는 학수는 회복하고 눈을 떴다. 의사가 따라 주는 포도주를 반 잔 쯤 마시고 나니 새 정신이 들었다. 골이 아직 띵하였으나 겸연쩍은 생각에 학수는 벌떡 일어났다.

"겨우 마음 놓았다. 사람을 그렇게 놀래니."

창구는 정말 안심한 듯이 웃으며,

"실없는 말 다시 안 하마."

"감독 선생께 말할 터이니 실습 그만두구 더 누워 있어라."

문오는 학수 혼자 남겨 두고 창구와 같이 실습지로 나갔다.

숙직실에 혼자 남아 있기도 거북하여 학수는 허둥지둥 방을 나와 마음 편한 부란기(孵卵器)[2] 당번실로 갔다.

훈훈한 비인 방에 혼자 누워 있으려니 여러 가지 생각과 정서가 좁은

---

2) 부란기(孵卵器): 달걀이나 물고기의 알을 인공적으로 까는 기구.

가슴속을 넘쳐 흘러나왔다.

"병아리만도 못한 신세!"

윗목 우리 속에서 울고 돌아치는 병아리의 무리…… 그보다도 못한 신세라고 학수는 생각하였다.

'병아리에게는 나의 것과 같은 괴롬은 없겠지.'

창밖으로는 민출한 버드나무가 내다보였다. 자랄 대로 자라는 밋밋한 버드나무…… 그만도 못한 신세라고 학수는 생각하였다. 아무 생각없이 순진하게 자라야 할 어린 그에게 너무도 괴롬이 많다. 그 가지가지의 괴롬이 밋밋하게 자라는 그의 혼을 숫제 무지러트린다. 기구한 사정에 시달려 기개는 꺾어지고 의지는 찌그러진다. 금옥이, 서로 정 두고 지내던 그를 잃어버리는 것은 피차에 큰 슬픔이었다. 성밖 능금밭에서 만나던 밤, 금옥이도 울고 그도 울었다. 그러나 학수의 괴롬은 그 틀어지는 사랑의 길뿐이 아니다. 집에 가도 괴롭고, 학교에 와도 괴롭고, 가난과 부자유…… 이것이 가지가지의 괴롬을 낳고 어린 혼의 생장을 짓밟았다.

생각하고 있는 동안에 두 눈에는 더운 것이 넘쳐 나왔다. 뒤를 이어 자꾸만 흘러나왔다. 웬만큼 눈물을 흘리면 몸이 가뿐하여지건만 마음속에 서러운 검은 구름이 풀리지 않는 이상 눈물은 비 쏟아지듯 무진장으로 흘러내렸다. 흐릿한 눈물 속으로 학수는 실습을 마치고 들어온 문오의 찌그러진 얼굴을 보았다.

"너무 흥분하지 말아라."

어지러운 그의 꼴이 문오의 눈에는 퍽도 딱하였다.

"……금옥이 때문에?"

"보다도 나는 학교가 싫어졌다."

"학교가 싫어진 것은 지금에 시작된 일이냐? 좋아서 학교 오는 사람이 어디 있겠니. 기계가 움직이듯 아무 의지도 없이 맹목적으로 오는 데가 학교야. 그렇다고 학교에 안 오면 별수가 있어야지."

"즐겁게 뛰노는 곳이 아니고 사람을 XX하는 곳이야."

"흙과 친하라고 말하나……(중략)……흙과 친할 수 있는가."

"어디로든지 먼 곳으로 가고 싶어."

"가서는 어떻게 하게? 지금 세상 가는 곳마다 다 괴롭지, 편한 곳이 어디 있겠니?"

"너무도 괴로우니 말이다."

"가버리면 집안 사람들은 어떻게 하겠니. 꼭 참고 있는 때까지 있어 보자꾸나."

"……."

"오늘 밤에 용걸이한테 놀러나 갈까."

문오는 학수를 데리고 당번실을 나갔다.

아침.

조례시간에 각 학년 결석 보고가 끝난 후 교장이 성큼성큼 등단하였다.

엄숙하게 정렬한 삼백여 명의 대열이 일순 긴장하였다. 교장의 설화가 있을 때마다 근심 반 호기심 반의 육백의 눈이 단 위로 집중되는 것이다.

"다달이 주의하는 것이지만……."

깨어진 양철같이 울리는 목소리의 첫마디를 들은 순간 학수는 넉넉히 그다음 마디를 짐작할 수 있었다.

"번번이 수업료 미납자가 많아서 회계 처리에 대단히 곤란하다……."

짐작한 대로였다. 다달이 한 번씩 이 말을 들을 때마다 학수는 마치 죄진 사람같이 마음이 우울하였다. 다달이 불과 몇 원 안 되는 금액이지만 가난한 농가의 자제에게는 무거운 짐이었다. 교장의 설유가 있을 때마다 매 맞는 양같이 마음이 움츠러졌다.

"이번 주일 안으로 안 바치면 단연코 처분할 터이니……."

판에 박은 듯한 늘 듣는 선고이지만 학수의 마음은 아프고 걱정되었다.

종일 동안 마음이 우울하였다.

때도 떳떳이 못 먹는 처지에 그만큼의 돈을 변통할 도리는 도저히 없었다. 달마다 괴롭히는 늙은 아버지의 까맣게 끄스른 꼴을 생각만 하여도 가슴이 저렸다. 가난한 집안을 업고 가기에 소나무같이 구부러진 가련한 꼴이 그림같이 그의 마음속에 들어붙어 떨어지지 않았다. 일 년 동안이나 공들여 길렀던 돼지는 달포 전에 세금에 졸려 팔아 버렸다. 일 년 더 길러 명년 봄에 팔아 감자밭을 몇 고랑 더 화리(花利)[3]맡으려던 아까운 돼지를 하는 수 없이 팔아 버렸다. 그만큼 세금의 재촉이 불같이 심하였던 것이다.

그날 일을 학수는 지금까지도 잘 기억하고 있다. 면소에서는 나중에 면서기가 술기[4]를 끌고 나왔다. 어머니는 그것을 소용없는 일인 줄 알면서도 욕지거리를 하였다. 아버지는 뜰 앞에 앉아 말없이 까만 얼굴에 담배만 푹푹 피웠다. 밥솥을 뺏어 실은 술기가 문 앞을 굴러 나갈 때 어머니는 울 모퉁이까지 따라 나가며 소리를 치며 울었다. 하는 수 없이 아버지는 다음 날 아끼던 돼지를 팔고 밥솥을 찾아내었다. 돼지를 없애고 어머니는 세 때나 밥술을 들지 않았다. 그때 일을 학수는 잊을 수가 없다.

'돼지도 없으니 이달 수업료를 어떻게 하노.'

걱정의 반날을 지우고 집에 돌아갔을 때 밭에 나간 아버지는 아직 돌아오지 않았다.

호미를 쥐고 뜰 앞 나물밭을 가꾸고 있는 동안에 아버지가 돌아왔다. 그러나 피곤하여 맥없는 그 꼴을 볼 때 귀찮은 말로 그를 더 괴롭힐 용기

---

3) 화리(花利): 수확이 예상되는 벼를 매매의 대상으로 이르는 말.

4) 술기: 수레의 방언.

가 나지 않았다.

가난한 저녁상을 마주 대하고 앉았을 때 아버지 쪽에서 무거운 입을 열었다.

"요사이 학교 별일 없니?"

"늘 한 모양이지요."

"공부 열심히 해라. 졸업한 후 직업에라도 속히 붙어야지 늙은 몸으로 나는 더 집안을 다스려 갈 수 없다."

그것이 너무도 진정의 말이기 때문에 학수는 도리어 적당한 대답을 찾지 못하였다.

"날씨가 고약해서 농사가 올해도 또 낭패될 것 같다. 비료도 몇 가마니 사서 부어야겠는데 큰일이다. 작년에도 비료를 못 쳤더니 땅을 버렸다고 최 직장이 야단야단 치는 것을 올해는 빌고 빌어서 간신히 한 해 더 얻어 부치게 되지 않았니."

학수는 다시 우울하여져서 중간에서 밥숟갈을 놓아 버렸다.

"암만해도 돼지를 또 한 마리 사서 기를 수밖에는 도리가 없다. 닭을 쳐도 시원치 못하고 그저 돼지밖에는 없어…… 학교 돼지 새끼 낳았니?"

아버지는 단 한 사람의 골육인 아들에게 모든 것을 이야기하고 의논하였다.

그러나 농사일에 정신없는 아버지 앞에서 학수는 차마 수업료 말을 꺼내지 못하였다. 물을 마시고는 방을 뛰어나갔다.

밤이 이슥하였을 때 학수는 울타리 밖 우물에 물 길러온 금옥이에게 눈짓하여 성밖에서 만나기로 하였다.

달이 너무도 밝기에 따로따로 떨어져 학수는 먼저 성밖으로 나가 능금밭 초막 뒤편에 의지하여 금옥이가 나오기를 기다렸다.

보름달이 박덩이같이 희다. 벌판 끝에 바다가 그윽한 파도 소리와 함께 우련한 밤 속에 멀다. 윤곽이 선명한 초막의 그림자가 그 무슨 동물과도 같이 시꺼멓게 능금밭 속까지 뻗쳐 있고 그 속에 능금나무가 잎사귀와 꽃이 같은 푸르스름한 빛으로 우뚝 솟아 있다. 달밤의 색채는 반드시 흰빛과 묵화빛만이 아니다. 달빛과 밤빛이 짜내는 미묘한 색채, 자연은 이것을 그 현실의 색채 위에 쓰고 나타난다. 이것은 확실히 현실을 떠난 신비로운 치장이다. 그러나 달밤은 또한 이 신비로운 색채뿐이 아니다. 색채 외에 확실히 일종의 독특한 향기를 품고 있다. 알지 못할 그윽한 밤의 향기, 이것이 있기 때문에 달밤은 더한층 아름다운 것이다. 인류가 태고적부터 가진 이 낡은 달밤, 낡았다고 빛이 변하는 법 없이 마치 훌륭한 고전古典과 같이 언제든지 아름다운 달밤!

그러나 괴롬 많은 학수에게는 이 달밤의 아름다운 모양이 새삼스럽게 의식에 오르지 않았다. 금옥의 생각이 달보다 먼저 섰던 것이다. 만나는 마지막 밤에 다른 생각 다 제쳐버리고 금옥이를 실컷 생각하고 그 아름답고 안타까운 마지막 기억을 마음속에 곱게 접어 두고 싶었다.

초막 건너편 능금나무 사이에 금옥이가 나타났다. 능금꽃과 같은 빛으로 솟아 보이는 민출한 자태와 달빛에 젖은 오리오리의 머리카락…… 마지막으로 보는 이런 것이 지금까지 본 그 어느 때보다도 더한층 아름다웠다.

"겨우 빠져나왔어요."

너무도 밝은 달빛을 꺼리는 듯이 손등으로 얼굴을 가리우고 금옥이는 가까이 왔다.

"요새는 웬일인지 집안 사람들이 별로 나의 거동을 살피게 되었어요. 날이 가까웠으니 몸조심하라고 늘 당부하겠지요."

학수는 금옥이의 손을 잡으면서,

"며칠 안 남았군."

"그 소리는 그만두세요."

"그날을 기다리는 생각이 어떻소?"

"놀리는 말씀예요?"

"놀리다니, 내가 금옥이를 놀릴 권리가 있나?"

"그렇지 않아도 슬픈 마음을 바늘로 찌르는 셈예요."

"누가 누구의 마음을 찌르는고!"

"팔려 가는 몸을 비웃으려거든 그날이 오기 전에 나를 어떻게든지 처치해주세요."

"아, 어떻게 하면 좋은가! 나같이 힘없고 못생긴 놈이 또 있을까!"

말도 끝마치기 전에 학수에게는 참고 있던 울음이 탁 터져 나왔다. 목소리가 높아지며 어린아이 모양으로 엉엉 울었다. 금옥이의 얼굴도 달빛에 편적편적 빛났다.

그는 벌써 아까부터 학수의 눈에 띠이지 않게 눈물을 흘리고 있었던 것이다.

"어떻게든지 처치해주세요."

느끼는 목소리로 간신히 말하고 얼굴을 학수의 가슴에 푹 파묻었다. 울음소리가 별안간 높아졌다.

"처치라니, 지금의 나에게 무슨 힘이 있고 수단이 있나? 도망…… 그것은 이야기 속에나 나오는 일이지. 맨주먹의 우리가 어떻게 그것을 하노."

학수는 가슴을 쥐어뜯었다.

"그것도 할 수 없다면 두 가지 길밖에는 없지요. 불쌍한 집안 사람들의 뜻은 어길 수가 없으니 그날을 점잖게 기다리든지, 그렇지 않으면 내 한 목숨을 없애든지……."

금옥이의 목소리는 떨렸다. 며칠 동안에 눈에 띠우리만큼 여윈 것이 학수의 손에 다치는 그의 얼굴 모습으로도 알렸다. 턱이 몹시 얇아지고 손목이 놀라리만큼 가늘어졌다.

"어떻게 하면 좋은고."

학수는 괴로운 심장을 빼내 버린 듯이 몸부림을 쳤다.

"사람의 일이란 될 대로밖에 안 되는 것 같아요. 이것이 우리들의 만나는 마지막이 될는지도 모르지요."

울음 속에서도 금옥이의 태도는 부자연스러우리만큼 침착하다.

아무 해결도 없는 연극의 막을 닫는 듯이, 달이 구름 속에 숨기고 파도 소리가 별안간 요란히 들린다.

눈물에 젖은 금옥이의 치맛자락이 배꽃같이 시들었다.

모든 것을 단념한 후의 무서운 괴롬과 낙망 속에 금옥이의 혼인날이 가까워 왔다. 능금밭 초막에서 만난 밤 이후 학수는 다시 금옥이를 만나지 못한 채 그날을 당하였다.

통곡하는 마음을 부둥켜안고 학교에도 갈 생각 없이 그는 아침부터 바닷가로 나갔다.

무슨 심술로인지 공교롭게도 훌륭한 날씨이다. 너무도 찬란히 빛나는 햇빛에 학수는 얼굴을 정면으로 들기가 어려웠다. 한들한들 피어난 나뭇잎이 은가루같이 반짝반짝 빛났다. 굵게 모여와서 깨트려지는 파도 조각에 눈이 부셨다. 정어리 냄새와 해초 냄새와…… 그의 쇠잔한 가슴에는 너무도 세인 바다 냄새가 흘러왔다.

포구에는 고깃배가 들어와 사람들의 요란히 떠드는 소리가, 생활의 노래가 멀리 흘러왔다. 사람 자취 없는 물녘5)에는 다만 햇빛과 바람과 파도 소리가 있을 뿐이다. 끝이 없는 먼 바다의 너무도 진한 빛에 눈동자

---

5) **물녘**: 물가. 바다, 강, 못 따위와 같이 물이 있는 곳의 가장자리.

가, 전신이, 푸르게 물드는 듯도 하다. 두 다리를 뻗고 앉아서 학수는 모래를 집어 바다에 뿌리면서 금옥이와 같이 물녘에서 놀던 가지가지의 장면을 추억하였다. 뿌리는 모래와 함께 모든 과거를 바다 속에 묻으려는 듯이 이제는 눈물도 없고 울음도 나오지 않았다. 다만 빠직빠직 타는 속에 바닷바람도 오히려 시원찮았다.

주머니 속에 지니고 왔던 '하이네'의 시집을 집어냈다. 금옥이와 첫사랑을 말할 때 책장이 낡아버리도록 읽던 '하이네'를 이제 마지막으로 또 한 번 되풀이하고 싶었다. 그것으로서 슬픈 첫사랑의 막을 내릴 작정이었다.

수없는 사랑의 노래와 실망의 노래…… 아무 실감 없이 읽던 실망의 노래가 지금의 그에게 또렷한 감정을 가지고 가슴속에 울려왔다. 다음 시에 이르렀을 때 그는 그것을 두 번 세 번 거푸 읽었다. 그것은 곧 학수 자신의 정의 표시오, 사랑을 묻은 묘의 비석이었다.


낡아빠진 노래의 가락가락 음과
마음을 괴롭히는 꿈의 가지가지를
이제 모두 다 장사지내버리련다.
저 커다란 관을 가져 오너라…… 그리고 열두 사람의 장정을 데려오너라.
'쾨룬'의 절간에 있는
'크리스톱6)' 성자의 상像보다도 더 굳센 열두 사람의 장정을.
장정들에게 관을 지워서 바다 속 깊이 갖다 버려라.
이렇게 큰 관을 묻으려면 커다란 묘가 필요할 터이지.

---

6) 크리스톱: 그리스도.

여기에서 그만 슬픔의 결말을 맺고 책을 덮어버리려다가 그는 시의 힘에 끌리어 더욱더욱 책장을 넘겨 갔다. 낮이 지나고 해가 기울었다. 연지 찍고 눈을 감은 금옥이가 채 밑에서 신랑과 마주앉아 상을 받고 있을 때였다.

학수는 모래 위에 누운 채 몸도 요동하지 않고 시에 열중하였다.

가느다란 갈대 끝으로 모래 위에 쓰기를,
"아그네스, 나는 너를 사랑하노라!"
그러나 심술궂은 파도가 한바탕 밀려와,
이 아름다운 마음의 고백을 여지없이 지워 버렸다.
약한 갈대여. 무른 모래여.
깨어지기 쉬운 파도여. 너희들은 벌써 믿을 수 없구나.
어두워지니 나의 마음 용달음치네.
억세인 손아귀로 노르웨이 숲 속에서
제일 큰 전나무 한 대 잡아 뽑아다
타오르는 에트나의 화산 속에 담가,
새빨갛게 단 그 위대한 붓으로
어두운 하늘에 줄기차게 써볼까.
"아그네스, 나는 너를 사랑하노라!"

학수는 두 번 세 번 거듭 여남은 번 이 시를 읽었다. 읽을수록 알지 못할 위대한 흥이 솟아 나왔다. '아그네스'를 '금옥이'로 고쳤다가 다시 여러 가지 다른 것으로 고쳐 보았다. '동무'로 해보았다. '이 땅'을 놓아 보았다. 나중에는 '세상'으로 고쳐 보았다. 그것이 무엇이라고 꼬집어 말할 수 없는 위대한 감격이 가슴속에 그득히 복받쳐 올라왔다.

"백두산 꼭대기에서 제일 큰 참나무 한 대 뽑아다 이 가슴의 열정으로 시뻘겋게 달궈 가지고 어두운 하늘에 줄기차게 써볼까. 그 무엇이여, 나는 너를 사랑하노라!고."

모래를 차고 학수는 벌떡 일어났다. 저물어 가는 바다가 아득하게 멀고 쉴 새 없이 날아오는 파도 빗발에 전신이 축축이 젖었다.

그날 밤에 학수는 며칠 전 문오와 같이 찾아갔던 후로는 다시 만나지 못한 용걸이를 찾아갔다. 오래전에 빌려온 몇 권의 책자도 돌려보낼 겸.

독서에 열중하고 있던 용걸이는 책상 앞에서 몸을 돌리고 학수를 맞이하였다. 좁은 방에는 사면에 각색 표지의 책이 그득히 쌓여 있다. 그 책의 위치가 구름의 좌향같이 자주 변하였다. 책상 위에 펴있는 두터운 책의 활자가 아물아물하게 검고 각테 안경 속에 담은 동무의 열정이 시꺼멓게 빛났다. 열정에 빛나는 그 눈. 바다 같은 매력을 가지고 항상 학수의 마음을 끄는 것은 그 눈이었다. 깊고 광채 있고 믿음직한 그 눈이었다. 학교에 안 가도 좋고 눈에 띠이게 하는 일 없이 그는 두 눈의 열정을 모아 날마다 독서에 열중하는 것이 일과였다.

그가 서울을 쫓겨 고향으로 내려온 지 거의 반년이 넘는다. 근 사 년 동안 어떤 사립학교에서 공부하다가 작년 가을에 휴교 사건으로 학교를 쫓겨난 후 즉시 고향으로 내려온 것이다. 학교를 쫓겨났다고 결코 실망하는 빛 없이 도리어 싱싱한 기운에 넘쳐 그는 고향을 찾아왔다. 부끄러워하는 대신에 그에게는 엄연한 자랑의 티조차 있었다. 그 부끄러워하지 않고 겁내는 법 없는 파들파들한 기운에 학수들은 처음에 적지 아니 놀랐다. 그들의 어둡고 우울한 마음에 비겨 볼 때 용걸이의 그 파들파들한 기운과 광채는 얼마나 부러운 것이던가. 같은 마을에서 같은 어린 시절을 보낸 그들을 이렇게 다른 두 길로 나누어 놓은 것은 용걸이가 고향을 떠난 사 년 동안의 시간이었다. 사 년 동안에 용걸이는 서울서 무엇을 배우고 무엇을 하고 그의 굳은 신념은 무엇에서 나왔던가를 학수는 문호와 같이 그의 집에 자주 드나드는 동안에 듣고 짐작하고 배워 왔다. 마을에서는 용걸이를 위험시하고 각가지의 소문을 내었으나 그는 모든 것을 모르는 체하고 싱싱한 열정으로 공부에 열중하였다. 그 늠름한 태도가 또한 학수들의 마음을 끌고 잡아 흔들었다.

"요사이 번민이 심하지?"

용걸이는 학수의 사정을 대강 알고 그의 괴롬을 짐작할 수 있었다.

"아니, 오늘 잔칫날 아닌가?"

다시 생각하고 용걸이는 검은 눈에 광채를 더하여 숭굴숭굴 웃었다.

학수에게 아무 대답이 없으니 용걸이는 웃음을 수습하고 어조를 변하였다.

"그러나 그런 개인적 번민은 누구에게나 한두 가지씩은 다 있는 것이네."

이어서,

"가지가지의 번민을 거치는 동안에 차차 사람이 되지."

경험 많은 노인과 같은 목소리가 침착하고 무겁다.

성공하지 못한 용걸이의 과거의 연애 사건을 학수도 잘 알고 있다. 근일 년을 넘은 연애가 상대자의 의사와 그 집안의 반대로 깨어지고 말았다. 물론 그들의 반대의 이유가 용걸이의 가난에 있다는 것은 말하지 않아도 확실한 것이었다. 용걸이의 번민은 지금의 학수의 그것과 같이 컸었고 그의 생각에 큰 변동이 생긴 것도 이때부터였다. 그는 이를 갈고 독서에 열중하였다. 그러는 동안에 배척받은 열정을 정신적으로 바칠 다른 큰 것을 발견하였던 것이다.

"개인적 번민보다도 우리에게는 전 인류적 더 큰 번민이 있지 않은가."

드디어 이렇게 말하게까지 된 것이다.

"그러기 때문에 나도 오늘에는 개인적 번민을 청산하고 새로 솟는 위대한 열정을 얻었단 말이네." 하고 학수는 해변에서 느낀 감격이 사라질까를 두려워하는 듯이 흥분한 어조로 그 하루를 해변에서 지낸 이야기와 하이네 시에서 얻은 위대한 감격을 이야기하였다.

"하, 그렇게 훌륭한 시가 있던가…… 읽은 지 오래여서 하이네도 이제는 다 잊어버렸군."

하이네의 시를 듣고 용걸이도 새삼스럽게 감탄하였다.

"백두산 꼭대기에서 제일 큰 참나무 한 대 잡아 뽑아다 이 가슴의 열정으로 시뻘겋게 달궈 가지고 어두운 하늘에 줄기차게 써볼까. 짓밟힌 XXX이여 나는 너를 사랑하노라!고."

'백두산'의 구절이 조금 편벽된 것 같다고는 하면서도 용걸이는 학수가 고친 이 시의 구절을 두 번 세 번 감동된 목소리로 읊었다.

"용걸이 있나?"

이때에 귀익은 목소리가 나며 문이 펄떡 열렸다.

들어온 것은 성안의 현규였다.

"현균가?"

학수는 그의 출현을 예측하지 않았기 때문에 오래간만의 그를 반갑게 바라보고 있다.

"공부 잘하나."

현규는 한껏 이렇게 대꾸하면서 학수를 보았다. 그만큼 그들의 관계와 교섭은 그다지 친밀한 것이 못 되었다. 그가 들어왔기 때문에 학수와 용걸이의 회화가 중턱에서 끊어졌고 또 학수가 있기 때문에 용걸이와 현규의 사이도 어울리지 아니하고 서먹서먹한 것 같았다.

현균, 그도 역시 용걸이와 같은 경우에 있었다. 학교를 중도에서 폐한 후로부터는 용걸이와 같은 길을 걷게 되었던 것이다. 두 사람은 자주 만났다. 그러나 그것은 결코 사람들의 눈에 역력히 띠이지 않게 교묘하게 하였다. 용걸이는 학수를 만나 보는 것과는 또 다른 의도와 내용으로 현규와 만나는 것 같았다.

오늘밤에도 그 무슨 일로 미리 약속하고 현규가 찾아온 것이 확실하리라 생각하고 학수는 그만 자리를 일어섰다.

"그러면 이번에는 이것을 가지고 가서 읽어 보게."

나가는 학수에게 용걸이는 두어 권의 작은 책자를 시렁에서 뽑아 주었다. 그것을 가지고 학수는 집을 나갔다.

기울어지는 반달이 흐릿하게 빛났다.

좁은 방에서 으슥하게 만나는 두 사람의 청년, 그 뜻깊은 풍경을 학수는 믿음직하게 마음속에 그렸다.

무슨 새인지, 으슥한 밤중에 숲 속에서 우는 새소리를 들으면서 희미한 밤길을 더끔더끔 걸었다.

이튿날, 학수는 수업료 미납으로 정학 처분 중에 있는 줄을 번연히 알면서도 오후부터 학교에 나갔다. 그날 학우회 총회가 있는 것을 안 까닭이다. 학우회에는 기어이 출석할 생각이었다. 예산 편성 등으로 가난한 그들에게 직접 이해관계가 큰 총회를 철모르는 어린 동무들에게 맡겨 망치고 싶지 않았던 것이다.

실습을 폐하고 총회는 오후부터 즉시 시작되었다. 사월에 열어야 할 총회가 일이 바쁜 까닭에 변칙적으로 오월에 들어가는 수가 많았다.

새로 선 강당은 요란하게 불어 올랐다. 학생들은 하루 동안 실습이 없어진 그 사실만으로 벌써 흥분하고 기뻐하였다.

천장과 벽과 바닥의 새 재목 빛에 해가 비쳐 들어와 누렇게 반사하였다. 그 속에 수많은 얼굴이 떡잎같이 누르칙칙하게 빛났다. 재목 냄새와 땀 냄새에 강당 안은 금시에 기가 막혔다. 발 벗은 학생이 많았다. 가끔 양말을 신은 사람이 있어도 다 떨어져 발허리만에 걸치고 있는 형편의 것이었다. 냄새가 몹시 났다. 맨발에는 개기름과 땀이 지르르 흘러 무더운 냄새가 파도같이 화끈화끈 넘쳐 밀려왔다.

여러 번 창을 열고 공기를 갈면서 회가 진행되었다.

교장의 사회가 끝난 후에 즉시 각부 예산 편성 결정으로 들어갔다. 학교에서 작성한 예산안 초안을 앞에 놓고 와글와글 떠들기 시작하였다. 부마다 각각 자기의 부를 지키고 한 푼의 예산도 양보하지 않았다. 떠들고 뒤끓으며 별것 아니요, 벌 떼의 싸움이었다. 하다못해 공책 한 번 쥐어 본 적 없는 아무 부에도 속하지 않는 중간층의 학생들은 이 부에도 저 부에도 붙지 못하고 중간에서 유동하였다. 두 시간 동안이 지나도 각부의 예산은 결정되지 못하였다.

뒷줄 벤치 위에 숨어 앉은 학수는 무더운 화기에 정신이 얼떨떨하였다. 지지할 만한 또렷한 한 부에 속하지 않은 그는 한마디도 입을 열지 아니하고 싸우는 꼴들을 냉정히 바라보고 있을 뿐이었다. 생각으로는 운동의 각부보다도 변론부, 음악부, 학예부 등을 지지하고 싶었으나 예산편성이 끝난 후 열을 토하고 XX지 않으면 안 될 더 중대한 가지가지의 조목을 위하여 그는 열정의 낭비를 피하고 입을 꾹 다물었다. 해마다 문제되는 스포츠 원정비의 적립을 철저히 반대할 일……(중략)

이것이 제일 중요한 조목이었다.

다음에 "학우회 기본금과 입회금의 적립 반대, 가족 실습의 수입 이익은 가족에게 분배할 일……" 등등의 일반 학생의 이익을 위하여 싸워 뺏지 않으면 안 될 여러 가지 조목이 그의 가슴속에 뱅 돌고 있었다.

거의 네 시간이 지났을 때에야 겨우 예산이 이럭저럭 결정되고 선수 원정비 시비에 들어갔다.

서울과의 거리가 먼 까닭에 스포츠, 더욱이 정구와 축구의 원정에는 막대한 비용이 들었다. 빈약한 학우회비만으로는 도저히 지출할 수 없는 까닭에 기왕에는 기부금 등으로 이럭저럭 미봉하여 왔으나 금년부터는 매월 학우회비를 특별히 더하여 원정비로 채우려는 설이 학교 당국에서부터 일어났다. 이 제의를 총회에 걸어 그 시비를 결정하자는 것이었다.

교장의 설명이 있은 후 즉시 운동부장인 XX이가 직원 좌석에서 일어섰다. 개인 개인의 산만한 운동보다도 규율 있는 단체적 스포츠가 필요함을 그는 역설하고 그럼으로써 원정비 적립을 지지하라는 일장의 설화를 하였다.

학생들의 의견도 나기 전에 미리 뭇 의견의 방향을 결정하려는 그 심사가 괘씸하여서 학수는 벌떡 자리에서 일어서서 첫소리를 쳤다.

"지금의 학우회비로서 지출할 수 없다면 원정은 그만두자. 우리들의 처지로 새로이 회비를 더 내서까지 원정을 갈 필요가 있는가?"

회장이 물 뿌린 듯이 고요하다.

어린 학생들은 대개 어떻게 하는 것이 옳을지를 몰라 갈팡질팡하는 때가 많다 그것을 잘 아는 학수는 절실한 인상으로 그들을 바른 방향으로 인도하겠다고 그 자리에 선 채 말을 이었다.

"지금의 수업료도 과한 가난한 농군의 자식인 우리들에게는 다만 이 이십 전이 결코 적은 돈이 아니다. 지금의 수업료조차 못 내서 쩔쩔매면서 이 위에 또 더 바칠 여유가 있는가. 철없는 행동은 모두들 삼가자!"

그가 앉기가 바쁘게 다른 학년의 축구선수가 한 사람 일어서서 잘 돌아가지 않는 혀로 원정의 필요를 말한 후, 기왕에 원정 가서 얻어온 우승기, 그것을 영구히 학교의 것으로 만들 작정이니 원정을 후원하라고 거의 애걸하다시피 하였다.

우승기, 이것이 철모르는 눈을 어둡히고 이끄는 것임을 문득 느끼고 학수는 한층 목소리를 높였다.

"그렇게 말하는 너부터 잘 생각해보아라. 한 사람의 선수를, 한 사람의 영웅을 내기 위하여 이 많은 사람이 마음에도 없는 희생을 당하여야 옳단 말이냐. 한 사람의 선수가 우리에게 무엇을 가져왔나, 우승기? 아무 잇속 없는 한 폭의 허수아비에 지나지 못한다. 학교의 명예? 대체 무엇 하는 것이냐. 그따위 명예가 우리에게 무슨 이익을 갖다 주었나. 우승기, 명예…… 일종의 허영에 지나지 못하는 것이다. 동무들아, 선수 원정을 반대하자! 원정비 적립을 반대하자!"

"옳다!"

"원정비 반대다!"

동의의 소리가 이 구석 저 구석에서 일어났다.

XX이의 얼굴이 붉어지고 직원석이 수물수물 움직였다.

하급생 좌석에서 어린 학생이 일어서서 수물거리는 시선과 주의를 일신에 모았다. 등 뒤에 커다란 조각을 대인 양복을 입은 그는 이마에 빠지지 흐르는 땀을 씻으면서 가느다란 목소리를 내었다.

"실습, 그것이 우리에게는 훌륭한 운동이다. 이외에 무슨 운동이 더 필요한가. 알맞은 체육이면 그만이지 우리에게 그 이상의 기술과 재주는 필요하지 않다. 가난한 우리는 너무도 건강하기 때문에 배가 고픈데 이 위에 더 운동까지 해서 배를 곯릴 것이 있는가?"

허리춤에서 수건을 뽑아서 땀을 씻고 한참 무주무주하다가 걸어앉았다. 그 희극적 효과에 웃음소리가 와 터져 나왔다. 수물거리는 당 안을 정리하려고 학수는 다시 자리를 일어서서 목소리를 더한층 높였다.

"옳다.……(중략)……괴로워하는 집안 사람들을 이 위에 더 괴롭힐 용기가 있는가. 수업료가 며칠 늦으면 담임 선생이 불러들여 학교를 그만 두라고 은근히 퇴학을 권유할 때……(중략)……우리는 우리들의 처지를 생각하여야 한다."

같은 형편과 생활에서 나온 절실한 실감이 동무들의 가슴을 뒤집어 흔들었다.

"그렇다."

"원정비 적립을 그만두자."

찬동의 소리가 강당을 들어갈 듯이 요란히 울렸다.

"학수, 학수!"

요란한 가운데에서 별안간 날카로운 고함이 들렸다. 직원 좌석이 어지럽게 동요하고 그 속에서 XX이의 성낸 얼굴이 학수를 무섭게 노렸다.

"학수, 너는 당장에 퇴장하여라. 수업료도 안 내고 가만히 와서 총회에 출석할 권리가 없다."

……(중략)……

그는 아무 일도 안 일어났던 듯이 시치미를 떼고 천연스럽게 집으로 돌아갔다.

정주鼎廚에서 어머니가 뛰어나왔다.

"학수야."

끄스른 얼굴과 심상치 않은 목소리에 학수는 황당한 어머니를 보았다.

"학수야, 금옥이가……."

어머니는 달려와서 그의 옷자락을 붙들었다.

"금옥이가……."

어머니의 눈에 그렁그렁하는 눈물을 보고 학수는 놀래서,

"금옥이가 어떻게 했단 말예요?"

---

7) 정주(鼎廚): 부엌과 안방 사이에 벽이 없이 부뚜막에 방바닥을 잇달아 꾸민 부엌.

"……떠났단다."

"예?"

"바다에 빠져서."

"금옥이가 죽었단 말예요? 금옥이가…….""

"대체 어떻게 된 노릇이냐. 혼인날 종일 네 이름만 부르더니 밤중에 신 방을 도망해 나갔단다."

"그래 지금 어디 있어요? 지금 어디…….""

"금옥이네 집안 식구들은 지금 모두 바다에 몰려가 있다. 아까 포구 사 람이 달려와 시체를 건졌다고 전했단다. 지금 모두 해변에 몰려가 있 다."

"바다…… 금옥이."

학수는 엉겁결에 허둥지둥 뛰어나갔다. 바다로 향하여 오 리나 되는 길을 줄달음쳤다.

며칠 전에 학수가 사랑을 잊으려고 하이네를 읽으며 하루를 보낸 바로 그 자리를 금옥이는 마지막의 장소로 골랐던 것이다. 가지가지의 추억 을 가진 그곳을 특별히 고른 그 애처로운 마음을 학수는 더한층 슬피 여 겼다.

물녘에는 통곡소리가 흘렀다. 집안 사람들은 시체를 둘러싸고 가슴을 뜯으며 어지럽게 울었다.

얼굴을 가린 시체…… 보기에도 참혹한 것이었다. 사람의 몸이 아니고 물통이었다. 입에서는 샘솟듯 물이 흘러나왔다. 혼인날 입은 새 복색 그 대로였다. 바다에서 올린 지 얼마 안 되는지 전신에서 물이 지어서 흘렀 다. 그 자리만 모래가 축축이 젖어 있다.

미칠 듯한 심사였다.

학수는 달려들어 그 자리에 푹 쓰러졌다. 수건을 벗기고 얼굴을 보았다. 물에 씻기운 연지의 자리가 이지러진 얼굴에 불그스레하게 퍼져 있다. 홉뜬 흰 눈이 원망하는 듯이 학수를 보았다.

"금옥이……."

얼굴이 돌같이 차다.

"왜 이리 빨리 갔소."

가슴이 터질 듯이 더워지며 눈물이 솟았다.

"학수, 어쩌자고 이렇해 놓았소."

금옥이의 어머니가 원망하는 듯이 학수를 보며 들고 있던 한 장의 사진을 주었다.

"학수의 사진을 품고 죽을 줄이야 꿈에나 생각했겠소."

받아 보니 언제인가 박아준 그의 사진이었다. 학수 대신에 영혼 없는 사진을 품고 간 것이다.

겉장을 벗기니 물에 젖어 피어난 글씨가 흐릿하게 읽혔다.


학수. 나는 가오. 태산같이 막힌 골짜기에서 나는 제일 쉬운 이 길을 취하였소. 당신에게만 정을 바친 채 맑은 몸으로 나는 가오. 혼자 간다고 결코 당신을 원망하지 않으리다. 공부 잘해서 가난한 집안을 구하시오.


"결국 내가 못난 탓이지……. 그러나 이렇게 쉽게 갈 줄이야 몰랐소."

학수는 시체를 무릎 위에 얹고 차디찬 얼굴을 어루만졌다.

"금옥아, 학수 왔다. 금옥아, 눈을 떠라."

어머니는 마주 앉아서 찬 수족을 만지면서 몸을 전후로 요동하며 울었다.

"학수, 생사람을 잡으니 어쩌잔 말이오. 그러면 그렇다고 혼인 전에 진작 말이나 해주었더면 좋지 않았겠소? 금옥이가 갔으니 어떻게 하면 좋소."

통곡하는 소리가 학수의 뱃속을 살근살근 갈아내는 듯하였다.

"집으로 데리고 갑시다."

학수는 눈물을 수습하고 일어났다.

"금옥아. 이 꼴을 하고 집으로 다시 들어오려고 나갔더냐?"

금옥이의 아버지가 시체를 일으켰다.

"내가 업지요."

들것에 메우기가 너무도 가엾어서 학수는 시체를 등에 업었다.

돌같이 무거웠다. 중량밖에는 아무 감각이 없는 무감동한 육체였다. 똑똑 떨어지는 물이 모래 위와 길 위에 줄을 그었다.

조그만 행렬이 길 위에 뻗쳤다.

어두워 가는 벌판에 통곡 소리가 처량히 울렸다.

짧은 그의 생애가 너무도 기구하여서 학수는 금옥이의 옆을 떠나지 않고 그를 지켰다.

피어오르는 향불의 향기…… 일전에 능금밭에서 마지막으로 만났을 때 맡은 달밤의 향기와 너무도 뼈저린 대조였다.

촛불에 녹은 초가 눈물과 같이 흘러내렸다.


(이 소설은 부득이한 사정으로 중간에서 6회를 생략하고 오늘로서 최종회를 내어 끝을 막겠습니다.-『삼천리』편집자)


금옥이의 장삿날이 왔다.

진한 안개가 잔뜩 끼어 외로이 가는 어린 혼과도 같이 슬픈 날이었다.

너무도 짧은 장사의 행렬이었다. 빨리 간 그의 청춘과도 같이 너무도 짧은……. 시집에서는 배반하고 나간 그의 혼을 끝까지 돌보지 아니하였고 장례는 전부 친가에서 서둘러 하였다.

상여 뒤에는 바로 학수가 서고 그 뒤에 집안 사람들이 따라 섰다.

짧은 행렬이 건듯하면 안개 속에 사라지려 하였다. 외로운 영혼을 남몰래 고이 장사 지내버리려는 듯이.

앞에서 울리는 요령 소리조차 안개 속에 마디마디 사라져 버렸다.

학수의 속눈썹에도 안개가 진하게 맺혀 눈물과 함께 흘러내렸다.

어린 초목의 잎이 요령 소리에 떨리는 듯이 안개 속에서 가늘게 흔들렸다.

산모롱이를 돌아 행렬은 산골짜기로 들어갔다.

묘지까지 이르렀을 때에 상여는 슬픔과 안개에 푹 젖었다.

주검을 묻는 것이 첫 경험인 학수에게는 그것이 너무도 끔찍한 짓같이 생각되어 뼈를 긁어내는 듯도 한 느낌이었다.

젖은 흙 속에 살이 묻혀지는 것이다. 사람의 의식儀式으로 이보다 더 참혹한 것이 있는가. 퍼붓는 눈물이 흙을 적시었다.

"너도 같이 가거라."

학수는 지니고 왔던 하이네 시집을, 해변에서 금옥이를 생각하며 읽던 그 시집을 금옥이의 관 위에 같이 던졌다. 금옥이를 보내는 마지막 선물로 그의 관 위에 뿌려 줄 꽃 대신으로 생전에 같이 읽던 노래를 던져 주었다. 그것은 동시에 그의 슬픈 과거를 영영 장사지내버리는 셈도 되었다. 그는 장사 지내는 하이네 시집 속에서 '백두산 꼭대기에서 제일 큰 참나무 한 대 뽑아'의 위대한 열정을 얻은 것과 같이 금옥이의 죽음에서도 슬픔만이 온 것이 아니라 말할 수 없는 일종의 힘이 솟아나왔다.

'그대의 혼을 지키면서 나는 나의 힘이 진할 때까지 일하고 싸워 보겠다.'

시집과 관이 흙 속에 완전히 사라졌을 때에 학수는 그 위에 다시 흙을 뿌리며 피의 눈물과 말의 슬픔으로 그 조그만 묘를 다졌다.

어느덧 황혼이 짙어 안개가 더 깊었다.

"나도 떠나겠다."

어느 때까지 울어도 슬픔은 새로워질 뿐이지 한이 없었다.

학수는 시에서 얻은 열정과 죽음에서 얻은 힘을 가지고 묘 앞을 떠났다.

그러나 뒷걸음질하여 마을 길로 돌아서지 아니하고 고개를 향하여 앞으로 앞으로 걸음을 떼어 놓았다.

"어디로 가오?"

금옥이네 식구들이 물었다.

"고개 너머 먼 곳으로 가겠소."

"먼 곳이라니."

"이곳에서 무엇을 바라고 살겠소."

대답하고 학수는 속으로 혼자 중얼거렸다.

"용걸이의 걸은 길을 밟도록 먼 곳에 가서 길을 닦겠소이다."

그들과 작별하고 학수는 고개를 향하였다.

고개 너머 정거장에서 기차를 타고 어디로든지 향할 작정이었다.

"어디로? 너무도 막연하다. 그러나 항상 막연한 데서 일은 열리고 시작되는 것이 아닌가. 막연한 모험과 비약…… 이것이 없이 큰일을 할 수 있는가."

고개 위에 올라서니 거리가 내려다보이고 그 속에 정거장이 짐작되었다.

"아버지는? 집안 사람은?"

고향을 이별하는 마지막 순간에 그에게는 여러 가지의 생각이 한꺼번에 솟아올랐다.

"내가 학교를 충실히 다닌다고 아버지와 집안을 근본적으로 건질 수 있을까? 차라리 이제 가서 장래의 큰길을 닦는 것만 같지 못하다."

중얼거리며 주먹을 지긋이 쥐었다.

"아버지여. 금옥이여. 문오들이여. 고향이여…… 다 잘 있으오. 더 장한 얼굴로 다시 만날 날이 있으오리."

눈물을 뿌리고 학수는 고향을 등졌다. 한 걸음 두 걸음 고개를 걸어 내려가는 그의 마음속에서는 결심이 한층 더 새로워질 뿐이었다.

『삼천리』, 1930

# ✿ 계절

## 1

"천당에 못 갈 바에야 공동 변소에라도 버릴까?"

겹겹으로 싼 그것을 나중에 보에다 수습하고 나서 건은 보배를 보았다.

"아무렇기로 변소에야 버릴 수 있소."

자리에 누운 보배는 무더운 듯이 덮었던 홑이불을 밀치고 가슴을 헤쳤다. 멀쑥한 얼굴에 땀이 이슬같이 맺혔다.

"그럼 쓰레기통에라도?"

"왜 하필 쓰레기통예요?"

"쓰레기통은 쓰레기만 버리는 덴 줄 아우? 그럼 거지가 쓰레기통을 들처낼 필요가 없어지게."

건은 농담을 한 셈이었으나 보배는 그것을 받을 기력조차 없는 듯하였다.

"개천에나 던질 수밖에."

"이왕이면 맑은 물 위에 띄워 주세요."

보배는 얼마간 항의하는 듯한 어조로 말 뒤를 재쳤다.

"땅속에 못 파묻을 바에야 맑은 강 위에나 띄워 주세요."

"고기의 밥 안 되면 썩어서 흙 되기야 아무 데 버린들 일반이 아니요."

하고 대꾸를 하려다가 건은 입을 다물어 버렸다. 보배에게서 문득 '어머니'를 느낀 까닭이다. 그것이 두 사람의 사랑의 귀찮은 선물일망정(아직 생명을 이루지 못한 핏덩이에 지나지 못할망정) 몇 달 동안 배를 아프게 한 그것에 대하여 역시 어머니로서의 애정이 흘러 있음을 본 것이다.

유물론자인 건이지마는 구태여 모처럼의 그의 청을 거역하고 싶지는 않았다.

"소원대로 하리다." 하고 새삼스럽게 운명의 보를, 다음에 보배를 보았다. 눈의 착각으로 보배의 여윈 팔이 실오리같이 가늘어 보였다. 생활과 병에 쪼들려 불과 일 년에 풀잎같이 바스러져 버렸다. 눈과 눈썹이 원래 좁은 사이에 주름살이 여러 오리 잡혀졌다.

단칸의 셋방이 몹시 덥다. 소독용 알코올 냄새에 섞여 휘덥덥한 땀 냄새가 욱신욱신하다. 협착한 뜰 안의 광경이 문에 친 발 속에 아지랑이같이 어른거린다.

몇 포기의 화초에 개기름같이 찌르르 흘러 있는 여름 햇볕이 눈부시다. 커브를 도는 전차 바퀴 소리가 신경을 찢을 듯이 날카롭다.

"맑은 물에 띄우면 이 더위에 오죽 시원해할까."

보를 들고 일어서려 할 때 보배는 별안간 몸을 뒤틀며 괴로워하였다. 또 복통이 온 모양이었다.

"아이구……."

입술을 꼭 물었고 이마에는 진땀이 빠지지 돋았다. 눈도 뜨지 못하고 전신은 새우같이 꾸부러졌다.

"약이나 먹어 보려우."

별수 없이 건은 매약을 두어 알 보배의 입에 넣어 주고 물을 품겼다. 이불 위로 배를 문질러도 주었다.

한참 동안이나 신음하다가 보배는 일어나서 뒷문으로 갔다. 뒤가 무거운 것이다.

연일 연복한 약이 과한 모양이었다. 약이래야 의사에게 의론할 바 못

되므로 책에서 얻어들은 대로 위산과 피자 기름을 다량으로 연복한 것이었다. 공교롭게 효험이 있어서 목적을 달하였으나 원체 근 다섯 달에 가까운 것이었으므로 모체가 받은 영향이 큰 모양이었다. 몸이 쇠약한 위에 복통이 심하였다. 다른 병이나 더 일으키지 말았으면 하는 것이 지금 와서는 건의 유일의 원이었다. 보배는 들어와 다시 요 위에 쓰러졌다.

"가슴이 아파요."

"설상가상으로."

"폐마저 상해버리는 셈인가요. 상할 대로 상하라지요. 어차피 반갑지 않은 인생!"

"고요히 눕구려."

보배의 표정이 얼마간 평온하여진 것을 보고 건은 운명의 보를 들고 거리로 나갔다.

전차에 올랐을 때에 차 안의 시선이 일제히 건에게로 쏠렸다. 알코올 냄새의 탓이거니 하고 시침을 떼고 자리에 걸터앉았으나 보 위에 모인 사람들의 시선이 쉽사리 흩어지지도 않았다.

사람들은 이 보의 것을 무엇으로 생각할까.

가령 맞은편에 앉은 양장한 처녀의 앞에 이것을 갖다가 풀어 보인다면 그의 표정은 어떻게 변할까. 기급을 하고 아우성을 치면서 달아날 것이 아닌가.

도회란 속속으로 비밀을 감추고 있는 음침한 굴속이 아닌가.

다리 위에 섰을 때에 얼마간의 용기가 필요하였다. 사람들이 다리 위를 지나거나 말거나 건은 한 개의 돌멩이를 던지는 셈치고 그것을 던지지 않으면 안 되었다. 털썩 하고 물 위에 흐린 음성이 났다. 검은 보는 쉽사리 물속에 젖어 버려 다음 순간에는 보의 위치와 모양조차 사라져 버렸다. 슬픔도 두려움도 양심도 죄악의 의식도…… 아무 감정도 없었다.

목석같이 무감정한 그의 마음을 건은 도리어 의아하게 여겼다. 발을 돌릴 때에 마음은 한결 시원하였다. 몸이 자유로워진 것 같고 걸음이 가뿐하였다.

'두서없던 생활에 결말이 났다.'

보배와의 일 년 동안의 생활도 끝났고 수년간의 그의 무위의 생활도 끝났다. 이것을 기회로 새로운 생활로(한번 벗어났던 운동의 선 위로) 돌아갈 수 있는 것이다. 바다를 건너간 동무들이 그를 부른 지 오래다. 지금에야 네 활개를 펴고 그들의 부름에 응할 수 있는 것이다.

건이 그것을 버린 지 삼 년이 넘었다. 어찌할 수 없는 커다란 시대의 움직임이었다. 그 역 한 시험이라고 생각할 수밖에는 없었다. 많은 동무들이 선 위에서 떨어졌다.

그 세상에 가 있는 사람 외에는 거개 타락하여 일개의 시민이 되거나 그렇지 않으면 표변하여 버렸거나 하였다. 그중에서 양심을 버리지 않는 사람이 어느 결엔지 바다를 건너 날쌔게 달아났다. 당시에는 갈 바를 몰라 마음이 설레던 것도 때를 지남을 따라 초조의 속에서도 차차 마음이 가라앉았다. 반년 동안이나 우물쭈물 지나는 동안에 그는 알맞은 사람을 얻어 잡지를 시작하게 되었다. 물론 그것이 마지막 목적은 아니었으나 그럭저럭 하는 동안에 마음의 안정도 얻고 한편으로 시세도 살피자는 뜻이었다.

그러나 일 년도 지탱하지 못하고 잡지는 실패였다. 끌어댄 친구는 가엾게도 얼마 안 되는 자본을 완전히 소탕하여 버렸다. 그마저 없어지니 건은 입에 풀칠할 도리조차 없어 가난과 불안의 구렁 속에서 헤매일 수밖에 없었다. 카페의 여급으로 있는 보배를 알게 되고 가까워진 것은 이런 때였다. 건은 보배를 원하였고 보배는 건을 구하였다. 반드시 연애가 아닌 것도 아니었으나 보배가 건을 구한 것인 그 역 당시 마음의 가난과 불만이 있었기 때문이었다.

보배는 그때에 실연의 괴롬과 상처가 아직 온전히 사라지지 않은 중이었다. 학교 시대의 스승이요, 학교를 나와서는 애인이라고 믿었던 사람이 사랑의 유물까지 남긴 뒤 하필 사람이 없어 그의 동창의 동무를 이끌고 달아난 것이었다. 생각하여 보면 한 사람의 불량한 스승이 장기인 음악을 낚시 삼아 두 사람의 제자를 교묘하게 차례차례로 낚은 셈이었다.

학교를 마쳤을 뿐 인생에 미흡한 보배는 기막힌 생각에 무엇이 무엇인지 분간할 수도 없었다.

애인을 후려 간 상대자가 그의 친우임을 믿을 수 없었던 것이다. 가지가지의 소문을 옆 귀로 흘리며 얼마 동안은 괴롭게 몸부림치지 않으면 안 되었다. 그러나 이때부터 그는 비로소 인생에 눈뜨게 되었다.

눈물을 씻고 새로 분을 발랐다. 직업에서 직업으로 생활을 쫓는 동안에 가슴의 상처는 완전히는 아물지 않았을망정 옛 애인과 동무에게 대한 태도는 벌써 관대하고 무심한 것이었다. 그것보다도 날마다의 생활의 걱정과 쇠약하여 가는 건강이 의식의 전부를 차지하였다.

건을 알게 된 것은 이런 때였다. 같은 불여의의 처지가 두 사람을 쉽사리 접근시켰고 감정의 소통이 마음의 문을 서로 열게 하였다. 두 사람은 단칸의 셋방에 만족하였다. 반드시 연애가 아닌 것도 아니었으나, 말하자면 일종의 공동생활이었던 것이다. 건은 일정치 않은 수입을 보배의 것과 합자하였다. 이것도 생활의 한 방편이요, 형식이거니 생각하였다. 이러한 형식으로 모인 살림이기 때문에 보배가 옛 애인과의 소생을 유모에게 맡겨 두고 그의 관심과 수입의 일부분이 그리로 들어간다 하여도 건에게는 아랑곳도 없는 노릇이요, 불쾌히 여길 필요도 없는 것이었다. 물론 보배 역시 건에게 대하여 그것을 미안히 여기지는 않았다. 건은 이러한 공동생활 속에서도 끊임없이 앞을 내다보고 일을 생각하고 열정을 북돋우면 그만이었다. 공동생활은 말하자면 그가 다음 일의 실마리를 찾을 때까지 유숙하고 있으면 족한 일종의 정류장이었다. 그렇기 때문에 두 사람의 애정의 산물이 생겼을 때에도 그것을 길러 갈 욕망도 능력도 없는 두 사람은 합의의 결과 그 수단을 써서 그 노릇을 한 것이었다.

무사히 성사된 것만 다행이었다. 건은 이것으로 보배에게 대한 애정이며 지금까지의 무위의 생활이며를 청산한 셈이었다. 자유로운 몸으로 바다 밖에서 부르는 동무의 소리에 응하여 뛰어갈 수 있는 것이다.

백화점 지하층에 들러 보배의 즐겨하는 음식을 사 가지고 돌아왔다.

'보배의 건강만 회복되었으면 시름을 놓으련만.'

걸음걸음 이런 생각을 하고 오던 터이라 건은 방문을 열었을 때에 놀라고 낙담하지 않을 수 없었다. 나갈 때에 누웠던 보배는 자리에 웅크리고 앉아서 괴로워하는 것이다. 요 위와 그 옷자락에는 피가 임리하여 있다.

"웬 피요?"

몸서리를 치면서 소리를 쳤다.

"하혈이 이때 멈추지 않았단 말요?"

"하혈이 아니예요."

절망의 목소리였다.

"그럼 동맥을 끊었단 말이오?"

대답하는 대신에 보배는 기침을 두어 번 하였다. 입안에 고인 것을 뱉었다. 거품 섞인 피였다.

"아니 각혈이란 말요?"

건은 몸을 주물트렸다. 보배는 이어서 입안의 것을 두어 번 그릇에 뱉었다. 가는 핏방울이 옷섶에 튀었다. 얼굴은 도화빛으로 불그레 상기되었다.

요동하는 보배의 몸을 눕히고 건은 급스럽게 방을 나갔다. 오랜 후에 그는 면목이 있는 의사를 데리고 왔다. 토혈은 외출혈이 아니라 역시 폐에서 나온 것이었다. 출혈을 멈추게 하는 주사를 피하에 두어 대 놓은 후 정맥에 '야토코인'을 놓았다. 입이 무거운 의사는 아무 말도 하지는 않았으나 침착한 표정 그것이 무서운 선고였다.

'야토코인'을 오랫동안 맞아야 할 것을 말하고 안정을 시키라는 충고를 남긴 후 참고로 보배의 혈담을 싸 가지고 의사는 가 버렸다.

'기어코 올 것이 왔구나.' 하는 생각에 건은 도리어 엉거주춤하던 마음이 이상하게도 가라앉음을 느꼈다. 일난이 가고 다시 일난이 오는 기구한 운행을 막아 낼래야 막아 낼 수는 없는 것이다. 아직 극히 가벼운 중세라는 의사의 말을 칭탁하여 보배를 위로하고 간호에 힘쓸 뿐이었다. 공교롭게도 각혈은 쉽게 그치고 기침도 차차 가라앉고 열도 내리기 시작하였다. 일주일 동안에 정양하니 안색도 회복되고 식욕이 늘었다.

일주일이 넘었을 때에 보배 다니는 카페에서는 사람이 왔다. 보배는 며칠 후부터 다시 나가겠다는 뜻을 품겨서 돌려보냈다.

"그 몸으로 어떻게 일한단 말요. 다 집어치우고 고향으로 돌아가는 수밖에는 없소."

건은 딱하다는 것보다도 보배를 측은히 여겼다.

"이 주제를 하고 고향엔들 어떻게 돌아가요. 좁은 고장에 소문만 요란히 펴놓고 이제 이 꼴로 헤적헤적 돌아갈 수 있단 말예요."

"고향의 체면을 꺼려서 이 무서운 곳에서 죽어야 한단 말요."

"……."

"별수 없소. 하루라도 속히 내려가도록 생각하우. 완전히 회복한 후에 다시 오면 좋지 않소."

한참 동안 말이 없다가 보배의 어조는 별안간 애달파졌다.

"나를 처치해 놓고 가버리실 작정이지요? 동경 있는 동무에게서 편지 자주 오는 줄 알고 있어요."

"내 일이야 내 멋대로 처리하겠거니와 보배의 건강을 걱정하여서 말요. 우리에게 무슨 다른 도리가 있소."

"……."

"날을 보아서 하루 바다에 나갔다 옵시다. 몸이 웬만치 가뿐하여지면 두말 말고 고향으로 가기로 하고."

건은 혼자 지껄이고 있는 동안에 문득 보배의 눈에 고인 눈물을 보고 말을 끊어 버렸다.


## 2

보배의 기분이 상쾌한 날을 가려 건은 인천으로 해수욕을 떠났다.

번잡한 곳이니 필연코 그 무슨 귀찮은 것을 만나게 될 듯한 예감도 있는 까닭에 보배는 그다지 마음에 쓰이지 않는 것을 억지로 그의 건강도 시험하여 볼 겸 끌어낸 것이었다.

거리에서나 차 속에서나 걱정하였던 것보다는 비교적 굳건한 보배의 몸을 건은 기뻐하였다. 오늘이 보배와의 마지막 날이라는 은근한 생각이 있기 때문에 이날 보배에게 대한 그의 애정이 평소보다 더한층 두터움을 느꼈다.

보배의 건강을 웬만하다는 것만 증명되면 건으로서는 이 마지막 날에 더 바랄 것이 없는 것이다. 보배의 한 표정 한 거동이 모두 건의 주의의 과녁이었다. 그의 품속에는 며칠 전 동무에게서 온 급한 편지가 감추어 있는 것이었다.

여름의 해수욕장은 어지러운 꽃밭이었다. 청춘을 자랑하는 곳이요, 건강을 경쟁하는 곳이었다. 파들파들한 여인의 육체 그것은 탐나는 과실이요, 찬란한 해수욕복 그것은 무지개의 행렬이었다. 사치한 파라솔 밑에는 하이얀 살결의 파도가 아깝게 피어 있다. 해수욕장에 오는 사람들은 생각건대 바닷물을 즐기고자 함이 아니라 청춘을 즐기고자 함 같다. 찬란한 광경이 너무도 눈부신 까닭에 건들은 풀께를 떠나 사람의 그림자 없는 북쪽으로 갔다.

더위를 견디기 어려워 건은 요 며칠 답답한 방 안에서 해수욕복을 입고 지냈으나 바다에 잠겨 보고 바다의 고마움을 짜장 느꼈다. 보배도 해수욕복으로 갈아입으니 치마를 입었을 때의 인상보다는 그다지 몸이 축나지 않았음을 알 수 있었다. 허리 아래는 역시 여자답게 활짝 펴져서 매력을 감추고 있는 것이었다.

물속에 잠겼다 모래펄에 나왔다 하는 동안에 건은 언제부터인지 얼마 떨어지지 않은 물속에서 농탕치고 있는 한 사람의 여자를 보고 있었다.

명랑한 얼굴 탄력 있는 거동을 살피면서 처녀인가 아닌가를 마음속으로 점치며 은근히 보배와 비교도 하여 보았다. 처녀의 감정은 어려운 노릇이겠으나 확실히 보배보다는 나이의 테두리가 한 고패 젊고 그의 인생도 그만큼 젊으리라고 생각하고 있는 동안에 그 여자는 이쪽을 보고 뛰어오는 것이다.

"보배! 언니!"

가까이 달려와서,

"얼마만요."

보배의 손을 쥐었다.

"옥련이오. 우연히 만나게 되는구려."

보배의 이 한마디에 건은 그 여자가 바로 공교롭게도 보배의 이왕의 사랑의 적수임을 깨달을 수 있었다. 다시 그를 훑어보았다.

"고생한다는 말을 저쪽에서 잘 듣고 있었지요. 그러나 그렇게까지 사람을 몰라보시게 되었어요."

아무 속심사도 없어 보이는 순진한 목소리였다. 보배는 동하지 않는 침착한 태도였다. 어울리지 않는 듯이 그 어디인지 엿보았다.

"언제 나왔소?"

"한 일주일 될까요."

"동경 재미는 어떱디까?"

"재미가 있으면 나왔겠어요."

"아주 나왔단 말요?"

"생각 같애서는 다시 들어갈 것 같지 않아요."

옥련은 숨김없이 걱실걱실 대답하였다.

"음악공부는 집어치웠소?"

"공부고 머고 허송세월하고 놀았어요."

"옥련이 나오는 날 난 공회당에서 오래간만에 고명한 독창을 듣게 될 줄 알았더니."

농담이 아니었다. 보배는 평소에 생각하고 있던 것을 그대로 말했음에 지나지 않았다.

"작작 놀리세요, 호호호."

하아얀 이빨이 신선하게 드러났다. 귀여운 얼굴이었다.

"도회에 가서 걱정 없이 허송세월하는 것도 좋겠지."

"걱정 없이가 무어예요. 이래 보여도 고생 톡톡히 했어요."

"무슨 고생. 사랑 고생. 안방 고생?"

"그야 언니의 고생에 비기면야 고생이랄 것도 없겠지만. 그래도 가령 화수분이 아닌 이상에야 돈이 떨어져 고생한 때 있었고."

"사랑에 끌려간 바에야 사랑만 있으면 그만이겠지."

"또 조롱이야."

옥련은 웃을 수밖에 없었다. 허물이 있는 이상 자연히 겸양의 태도를 지었다. 그러나 보배 자신은 미흡하고 나어린 동무를 측은히 여기면 여겼지 마음속으로 미워하지는 않았다. 그렇기 때문에 미묘한 관계에 있는 두 사람으로서는 다따가 만난 자리에 사이가 화목한 편이었고 피차에 말이 많았다.

"조롱은 무슨 조롱. 고생했다는 얼굴이 전보다 더 푸냥해졌어."

보배는 기어코 한마디 더해 붙이고 요번에는 어조를 부드럽게 했다.

"그래 나오기는 혼자 나왔소?"

"아니예요. 같이 나왔어요." 하고 옥련은 저쪽 모래밭을 턱으로 가리켰다. 보배는 그쪽을 보았다. 건도 그의 시선을 따랐다. 해수욕복을 입은 한 사람의 후리후리한 사나이가 모래를 털면서 이쪽으로 걸어오는 중이었다.

'궐자厥者[1]이구나.'

알아차린 순간 건은 어깨를 으쓱하였다. 흉측한 벌레나 본 듯한 떫은 표정을 하였다. 입에 도는 군침을 모래 위에 뱉었다.

이때 옥련은 처음으로 건의 존재를 발견한 듯이 그를 돌려다보면서 몸의 자세를 틀고 보배와 건을 나란히 볼 수 있는 위치에 앉았다.

그러나 보배는 옥련에게 건을 자세히 관찰할 여유를 주지 않고 꾀바르게 또 이야기를 시작하였다. 물론 한편으로는 가까이 걸어오는 사나이

---

1) 궐자(厥者): '그'를 낮잡아 이르는 말.

태규-사랑의 배반자에게 시선을 주고 싶지 않은 까닭도 있었다.

"돌아온 건 무슨 목적이오? 앞으로 어떻게 할 작정이냐 말요?"

"작정이나 웬 있나요. 할 일 없으니까 조촐한 차점이나 하나 열어 볼 생각예요."

"돈도 없다면서."

"피아노 한 대 남은 것 팔아 버린다나요."

"흥, 그것도 좋지."

앞에 사람의 그림자가 어른거렸다. 태규가 와서 앞에 선 것이었다.

"보배. 오래간만요."

몹시 겸연쩍은 태도였다.

"풍편에 소식은 가끔 듣고 있었지만."

보배는 고개를 돌리지 않았다. 딴 편을 향할 때 그의 인사를 옆 귀로 흘렸다.

별안간 벌떡 건이 일어서는 눈치였다. 보배가 얼굴을 돌렸을 순간에는 건은 이미 태규의 볼을 보기 좋게 갈긴 뒤였다.

"벌레 같은 것…… 무슨 염치로 간실간실 눈앞에 나타나."

거의 본능적으로 하려는 것을 건은 다리를 걸어 그 자리에 넘어트렸다.

"하, 웬 놈야. 무례한 것…… 비신사적……."

"나는 물론 그 신사 축에 들고 싶지도 않다. 너 같은 것을 용납하여 두는 세상도 무던히는 관대한 셈야. 이 신사! 망할 신사!"

비슬비슬 일어서는 것을 붙들어서 바닷물까지 끌고 가 다시 딴족을 걸어 쓰러트렸다. 일어설 여유도 안주고 물속에 잠긴 머리를 발로 지긋지긋 밟아 얼굴째 꺼꾸로 물속에 묻어 버렸다.

"저이가 왜 저래. 다따가 모르는 사람을 무엇으로 여기고. 무례한 양반……."

옥련은 두 주먹을 흔들고 발을 구르면서 어쩔 줄을 모르는 모양이었다. 보배는 무감동한 표정으로 냉정하게 그 광경을 방관할 뿐이었다.

"신사! 힘의 맛이 어때."

물을 켜고 허덕허덕 일어나는 태규를 건은 다시 머리를 밟아 물속에 틀어박았다.


해변에서 한 걸음 먼저 여관으로 돌아온 건은 혼자 식탁을 마주하고 앉아 맥주를 마시면서 보배의 돌아오기를 기다렸다.

보배와의 마지막 날에 최후의 만찬을 성대히 할 작정으로 건은 깨끗한 여관을 골라 사치한 식탁을 분부한 것이었다.

하녀가 가져온 두 번째 병의 맥주를 따랐을 때에 보배가 돌아왔다.

"보배도 한결 몸이 가뿐해졌수?"

건이 바다 이야기, 요리 이야기를 너저분히 꺼냈다. 아무리 기다려야 낮에 해변에서 겪은 사건은 이야기하지 않는 까닭에 보배 쪽에서 그것을 끄집어내지 않을 수 없었다.

"아까는 무슨 망령예요?"

"무엇? 나는 벌써 잊어버리고 있었구료."

건은 엉뚱하게 딴소리를 하였다.

"오래간만에 팔이 근질근질해서."

"그것으로 마음이 시원하단 말예요?"

"시원하구 말구. 보배는 시원치 않소?"

뒤슬뒤슬 웃고 나서 잔을 들었다.

"초면에 폭력을 쓰는 것은 어떨까요."

"나 역 궐자가 그다지 미운 것은 아니었으나 그때의 복잡한 감정은 그 방법으로밖에는 정리할 수 없었던 거요."

"원시인의 방법이 아닌가요?"

"병든 현대에 있어서는 원시인의 방법이 가끔 시원한 경우가 많아."

건은 팔을 내저으면서 힘을 자랑하는 듯이 웃었다.

"오늘 저녁은 특별히 부탁한 요리요. 실컷 먹고 푹 쉬고 내일 돌아갑시다."

저녁을 마친 후,

"내 거리를 한번 휘돌고 들어오리다." 하고 건은 자별스럽게 보배를 품 안에 안아 보고는 여관을 나갔다. 새삼스러운 그의 거동을 수상히 생각하였다. 아니나 다를까, 건은 종시 돌아오지 않았다. 보배는 요 위에서 궁싯거리면서 밤중에 여러 번 눈을 떠 보았으나 돌아오는 기척은 없었다. 물론 밤이 훤히 밝은 후까지도.

쓸쓸한 하룻밤을 세우고 이튿날 아침 첫차로 보배는 서울로 돌아왔다.

섭섭한 느낌을 종잡을 수 없었다. 전에는 이런 적이 없었는데 생각하며 마음을 억지로 굳게 가지고 방에 돌아왔을 때에 구석에 늘 놓여 있던 트렁크가 눈에 띠이지 않았다.

'기어코 혼자 가 버렸구나.'

더한층 쓸쓸한 것은 한쪽 벽에 밤낮으로 걸렸던 건의 잠자리옷이 사라졌음이었다.

물론 구석에 놓였던 몇 권의 책자도 간 곳이 없고 책상 위 종잇조각에는 연필 자취가 어지러웠다.

밤차로 돌아와 부랴부랴 짐을 꾸려 가지고 지금 집을 떠나려고 하는 것이오. 보배를 이별하려면 이 수밖에는 없소. 정거장에서 작별하다가는 자칫하면 눈물을 흘리게 되는지도 모르니까. 그러나 지금에는 급하고 바쁜 생각뿐이오. 될 수 있는 대로 속히 고향으로 내려가시오. 간신히 구한 여비 속에서 이것을 떼어서 놓았소. 주사 값을 치르고 여비를 삼으시오. 품에 지녔던 시계, 이것도 보배에게 주고 가겠소. 나의 앞으로의 생활에는 밤낮의 구별조차 없을 터이니 시계도 필요치 않을 것이오. 시계 보고 틈틈이 생각이나 해주오. 나의 가슴은 지금 열정에 뛰놀고 있소. 나의 행동을 양해하여 주시오. 차시간이 바빠 이만 쓰겠소. 가서 또 편지할 날이 있으리라고 생각하오. 제발 몸 튼튼히 하시오. 건.

앞에 놓인 봉투 속에서는 지폐 다섯 장과 끼워 놓은 시계가 나왔다.

보배는 순간 눈물이 핑 돌았다. 뼈가 찌르르 아팠다. 평소에 무심히 지냈던 애정이 한꺼번에 솟아오르는 듯하였다.

"언제까지든지 같이 지낼 수 없었는가."

가지가지의 기억이 머릿속을 피뜩피뜩 스쳤다. 무뚝뚝은 하였으나 무언지 굵은 애정으로 항상 보배의 마음을 녹여 주었다. 태규와의 기억이 마음속에 남아 있지 않음에도 불구하고 건과의 기억이 가슴속에 굵게 굵게 맺히고 있음은 반드시 시간의 거리가 가까운 탓만은 아닌 것 같았다.

건이 버리고 간 헌 옷가지에 얼굴을 묻고 있으려니 어느 때까지라도 눈물이 나올 것 같다. 보배는 일어서서 방 안을 어정어정 걸었다 뜰에 나갔다 하였으나 쉽사리 마음은 개이지 않았다.

# 3

이튿날 보배는 오래간만에 다니던 카페를 찾았다. 근무를 계속할 생각으로가 아니라 마지막 작별차로였다.

교섭을 마치고 아래층으로 내려왔을 때에 대낮의 카페 안에서 술 마시고 있는 태규를 문득 만나 보배는 주춤하였다. 동무 여급들의 눈도 있고 하여 모르는 체하고 나가려고 하다가 기어코 불리우고 말았다.

동무들 있는 앞에서 뿌리치고 나가기도 도리어 수상스러워질까 보아 순직하게 의자에 앉아 버렸다.

"일전에는 실례가 많았소."

쌍꺼풀진 눈가에 불그스레한 술기운을 띠운 태규는 보배를 보는 눈망울에 몹시 윤택이 있었다.

보배는 그 아름다운 눈을 보아서는 안 되겠다는 듯이 시선을 피하면서 무엇이 실례인가 하고 그가 말한 '실례'의 뜻을 생각하려고 애썼다.

"다따가 실례라니까 잘 모르겠죠?"

태규는 보배의 표정을 살펴 가느다란 단장으로 두 손을 받치고 말을 이었다.

"하기야 모욕을 받은 것은 나니까 실례를 한 것은 보배들 쪽이겠지만 나는 그날 집에 들어가 곰곰이 생각한 결과 역시 실례가 내 쪽에 있다고 판단한 것이오. 오랫동안 실례가 많았소."

두 팔 밑에서 단장이 휘춘휘춘 휘었다.

"낸들 보배를 근본적으로야 배반했겠소? 다만 그때의 감정에 충실하였던 거요. 새로운 감정 그대로 행동하였던 거요. 사람은 생각하면 변새 많은 동물 같소. 원래가 늘 다른 것을…… 자유를 원하는 것이 사람의 본성이 아니겠소. 나는 구태여 과거의 행동을 합리화시키려고 하는 것도 아니요, 나의 행동의 정당성을 보배에게 주장하려는 것도 아니요. 원컨대 사람의 자유로운 행동이 그대로 바르게 용납되는 세상이야말로 마지막 이상이 아니겠소. 그런 세상에서는 나의 행동도 응낙될 것이오. 어떻게 말하면 보배에게는 잠꼬대같이 들릴 것이오. 나는 얼토당토않은 이 상주의자일는지도 모르오."

장황한 태규의 말을 새삼스럽게 들을 필요도 없어 보배는 딴 편만 보고 있기에 그 자리가 심히 괴로웠다.

"저쪽에 있을 때에도 보배의 소문이 조각조각 들릴 때마다 마음이 아팠고 적어도 늘 걱정만은 하고 있었던 거요."

보배는 얼마간 귀찮아서 딴 편을 본 채 동무들과 몇 마디 말을 건네고 있었다. 태규는 단장을 놓고 술잔을 들어 보배에게도 권하였다.

보배는 물론 거절하였다. 그러나 그 이상 더 권하지도 않고 태규는 그의 잔을 마시고 일어섰다.

"오래간만에 한 곡조 쳐보고 싶구려." 하고 구석에 놓인 피아노 옆에 앉았다. 귀익은 드리고[2]의 '세레나데'가 울렸다. 태규는 고개를 들고 창을 노리며 일종의 정서를 가지고 뜯는 모양이었다. 그러나 보배는 몇 해 전 같은 지붕 밑에서 아침 저녁으로 듣던 면면한 그 곡조를 이제는 무심히 옆 귀로 흘리는 것이었다. 웬일인지 문득 일전에 해변에서 옥련이가 피아노를 팔아서 차점 열겠다고 전하던 말이 생각났다. 보배는 이 얼토당토않은 딴 생각에 잠기면서 피아노에 열중하고 있는 몰락한 피아니스트인 옛 애인의 뒷모양을 물끄러미 바라보았다.

피아노를 마친 후까지도 태규의 얼굴에는 일종의 정서가 쉽사리 사라지지 않았다. 술도 마시지 않고 여급들과 말도 없이 일어선 채 모자를 쓰고 보배를 재촉하였다.

---

2) 드리고(Ricardo Drigo, 1846~1930): 이탈리아의 지휘자·작곡가. 파도바에서 출생. 오랫동안 페테르스부르크의 황제실 말린스키 극장의 지휘자로서 활약하고, 발레·살롱 음악을 작곡했다. 파도바에서 사망. 유명한 '세레나데'는 발레 'I milioni d'Arlecchino'의 일부이다.

"나갑시다. 차마 보배 다니던 술집에 오래 있고 싶지는 않구려."

거리에 나왔을 때에 태규는 자유롭게 목소리를 내었다.

"해야 할 몇 마디 말이 있소. 보배의 집까지 간대도 물론 안내함이 없으니 알맞은 차점으로나 가지 않으려우?"

거리의 한복판에서 실례를 할 수도 없어서 또 하는 수 없이 태규의 뒤를 따라 뒷골목 차점으로 들어갔다.

"어린것 잘 자라오."

의자에 앉자마자 다짜고짜로 이 소리였다.

"상관할 것 있어요?"

"그렇게 매정하게 굴 것이야 있소. 나는 이 이상 더 보배에게 귀찮게 굴자는 것이 아니요. 다만 오늘 이 몇 시간만 거역 없이 나의 말과 생각을 존중하여 주구려."

태규는 차를 이르고 나서,

"애정 문제는 별것으로 하더라도 어린것의 양육에 관하여서야 내게도 책임이 있는 것이 아니요. 혼자 공연한 수고만 말고 모처럼이니 내 청도 들어달란 말요."

"누가 책임을 지랬어요?"

"내 청이래야 그다지 훌륭하고 넉넉한 것은 못 되오마는." 하면서 속주머니를 들쳐 한 장의 두툼한 봉투를 보배의 앞에 내놓았다.

"나중에는 또 다른 도리도 있을는지 모르나 우선 지금에는 이것이 나의 기껏의 정성이니 받아 주시오."

차를 가져온 보이가 간 뒤에 태규는 말을 이었다.

"또 한 가지 청…… 이것도 오늘 하루만의 청이니 거절하지 말고 들어 주시오."

차를 한 모금 마시고 나서,

"어린 것을 한 번만 보여 주시오."

한참이나 생각하다가 보배는 한마디로 잡아떼었다.

"그럴 것 없어요. 이것도 받을 필요 없고."

봉투마저 그의 앞으로 밀쳐 버렸다. 보배의 생각으로는 돈도 받아서는 안 되고 어린것도 보여서는 안 되었다. 이제 와서 그런 멋대로의 동정과 제의를 하는 것이 보배의 비위에 맞지 않는 것이다. 후회, 동정…… 이런 것을 보배는 극도로 미워하고 배척하였다.

여러 번의 간청에도 보배의 뜻은 종시 굽히지 않았다.

"만날 필요조차 없는 것을……."

오늘 태규와 만나게 된 것까지 불쾌히 여기면서 물론 차도 마시지 않고 혼자 차점을 뛰어나와 버렸다. 태규가 행여나 쫓아오지나 않을까 하여 골목을 교묘히 빠져 재게 걸었다.

며칠 후 보배는 의외의 신문 기사를 보고 눈을 둥글게 떴다. 삼 단의 굵은 제목이 태규의 사기 사건을 보도하였다.

낭비에 궁한 결과 부동산의 문서를 위조하여 사기를 한 탓으로 검거되었다는 것이었다. '몰락한 음악가'니 '약관의 피아니스트'니 하는 조롱의 문구가 눈에 띄었다. 보배는 그와의 과거에까지 캐어 올라가지 않은 것을 다행으로 여겼다. 사기까지 하게 된 형편에 일전에 양육비로 내놓던 돈은 대체 어떻게 하여 변통한 것인가. 받지 않기 다행이었다고 보배는 생각하였다. 아마도 차점인가를 경영하기 위하여 그 노릇까지 한 것 같은데 그러면 대체 옥련은 어떻게 되었을까. 태규를 잃은 옥련이라는 것은 생각할 수 없는 가엾은 존재임에 틀림없다. 옥련이 역시 나와 같은 길을 밟게 되지 않을까. 생각하는 보배의 마음은 여러 가지로 궁금하였다.

"세상이란 헤아릴 수 없이 교묘하게 틀어져 나가는구나."

보배는 모르는 결에 한숨 비슷한 것을 내쉬었다.

## 4

몸이 괴로워서 보배는 다음 날부터 다시 자리에 누웠다. 아픈 데는 없었으나 어딘지 없이 몸이 노곤하였다. 주사는 계속하여 맞는 중이었다. 물론 각혈의 증세는 없었으나 다만 전신이 괴로울 뿐의 정도였다.

이 생각 저 생각에 지쳐 무료히 누워 있으려니 편지가 왔다. 피봉에 이름은 없었으나 건에게서 온 것이었다. 실종 후의 첫 편지였다. 무료하던 차에, 더구나 건을 생각하고 있던 차이므로 보배는 조급하게 내려 읽었다.

보배, 이것이 보배에게 보내는 첫 편지이고 혹은 마지막 편지일는지도 모르오. 왜 그러냐 하면 앞으로는 자주 편지 쓸 기회도 없을 듯하니까. 지금 이 편지를 쓰는 곳이 어디인 줄 아오. 지도에도 오르지 않은 대동경 동남쪽 구석에 있는 빈민굴이라면 보배는 놀라겠소. 서울의 방을 무덥다고 여겼으나 이 방에 비기면 오히려 사치한 셈이죠. 단칸방에 사오 인의 동무가 살고 있소. 벽이 떨어지고 다다미가 무지러진 것은 말하지 않더라도 보배 자신이 상상할 수 있을 것이오. 세상에서 제일 불결하고 누추한 곳을 머릿속에 떠올려 본다면 족할 것이니까 말이오. 그러나 이 불결한 방과는 반대로 마음은 반드시 불행한 것이 아니요. 도리어 한없이 즐겁소. 피가 뛰논다고 말하면 어린애 수작같이 들릴는지 모르겠으나 실상 옛날에 느낀 열정을 지금 다시 느끼고 있는 중이오. 날마다 보는 것, 그것은 이 방에 떨어진 벽이 아니고 그 너머의 세상이오. 날마다 생각하는 것, 그것은 반드시 먹고 입는 것에 대한 걱정만이 아니고 날마다 계획하는 것, 그것은 적어도 일상생활에 떠난 앞날에 대한 것이오. 동무들은 아침에 나갔다가 다음 날 새벽에 돌아오고, 혹은 며칠씩 안 돌아오는 수도 있소. 피차에 만나면 웃는 법 없고 살림 걱정하는 법 없고 잠자코 무표정한 얼굴로 맡은 일을 볼 뿐이오. 세상 사람들과는 혈족이 다른 감동 없는 무쇠덩이와도 같은 사람들이오. 그러나 그들 속에서 나는 얼마나 친밀한 애정과 굳은 신념을 느끼고 있는지 모르오. 굳게들 믿고 즐겁게 일하여 가는 것이오. 이 이상 우리의 생활을 구체적으로 적는대야 보배에게는 흥미 없는 일일 것이오. 우리의 혈관 속에 굵게 맺히고 있는 열정만이라도 보배가 알아야 된다면 족하겠소. 내 말만 하다가 문안이 늦었소. 그동안 건강은 웬만치 회복되었소? 아직도 시골 안 갔으면 제발 속히 내려가오. 만일 후일에 다시 만날 날이 있다 하더라도 그것은 보배의 건강이 있은 후의 일이 아니겠소. 내 충고 어기지 마오. 문밖에 돌아오는 동무의 발소리가 나기에 이만 그치겠소. 여기 있는 동무들은 고향에나 동무에게 결코 편지 쓰는 법 없소. 일도 바쁘거니와 그런 마음의 여유를 만들지 않는 것이요. 나는 여기에 온 후로는 서울서 겪은 일을 차차 잊어갈 뿐이요. 이만. 건.

편지에는 물론 주소도 번지도 기록되지 않았다. 봉투에 찍힌 일부인日附印에 나타난 '후까가와'라는 흐릿한 글자로 보배는 건의 처소를 막연히 짐작할 수 있을 뿐이었다. 읽고 나니 건이 느끼고 있는 열정이라는 것을 아련히나마 느낄 수 있었다. 건의 건강한 육체, 굵은 감정이 새삼스럽게 생각났다. 나도 몸만 건강하다면 건이 하는 일 속으로 뛰어 들어갈 수 있을까…… 얼토당토않은 생각도 하여 보았다.

괴로운 것도 잊어버리고 이모저모 건을 생각하고 있는 동안에 반날이 지났다.

저녁때 의외에도 뜻하지 않은 옥련이 돌연히 찾아왔다.

"일전에 일러주신 번지를 생각하고 더듬어 왔죠."

두 마디째에 옥련은 다짜고짜로 이야기에 들어갔다.

"신문 보셨어요?"

"어떻게 된 일이요?"

"집에는 들어가지 않고 방을 빌리고 있었죠. 별안간 습격이에요. 요행히 저는 빠졌지만 차점이고 무엇이고 다 틀렸어요."

"피아노 팔지 않게 됐구려."

"세상일이 왜 그리 잘 깨트려져요. 마치 물거품 모양으로. 언니, 앞으로 어떻게 했으면 좋겠소?"

소녀다운 형용이었으나 실감이 흘렀다.

보배는 결국 너도 나와 같은 운명을 밟게 되었구나 생각하며 미흡한 동무의 미래가 측은하게 내다보이는 것 같았다.

그가 간 후에 보배는 울울한 마음에 건의 일이 다시 생각났다. 별일이 없으면서도 또 한번 읽고 싶은 생각이 나서 건의 편지를 다시 펴들었다.

『중앙』, 1935

이효석(1907~1942)

소설가.

1907년 강원도 평창군 진부면 하진부리 196번지에서 1남 3녀 중 장남
      으로 태어남.

1914년 평창공립학교 입학.

1920년 경성제일고등보통학교 입학.

1925년 경성제일고등보통학교를 졸업. 경성제국대학 입학.

1928년 경성제대 재학 중 단편『도시와 유령』을 발표.

1930년 경성제국대학 영문과 졸업. 단편『깨뜨려진 홍등』,『마작 철학』,
      『약령기』등을 발표.

1934년 평양 숭실전문학교 교수로 부임. 안정된 직장과 단란한 가정 환
      경 속에서 창작에 몰두.

1936년 대표작『메밀꽃 필 무렵』을 비롯해『들』,『산』,『인간산문』,『
      분녀』등을 발표.

1939년 단편집『해바라기』,『성화』, 장편『화분』발간.

1940년 부인 이경원과 사별. 차남 영주를 잃음. 장편『창공』을 연재.

1941년 장편『벽공무한』,『산협』출간.

1942년 5월 25일 뇌막염으로 사망. 부친에 의해 평창군 진부면 하진부
      리에 부인과 나란히 안장.

1943년 유고 단편『만포』,『황제』발표.